Bernd Brucklachner
Die Mehlzeichner

AF282329

Bernd Brucklachner

Die Mehlzeichner

Kriminalroman

Bibliografische Information der Deutschen Nationalbibliothek: Die Deutsche Nationalbibliothek verzeichnet diese Publikation in der Deutschen Nationalbibliografie; detaillierte bibliografische Daten sind im Internet über http://dnb.dnb.de abrufbar.

Verlag: BoD · Books on Demand GmbH, Überseering 33, 22297 Hamburg, bod@bod.de

Druck: Libri Plureos GmbH, Friedensallee 273, 22763 Hamburg

ISBN: 978-3-8192-4410-0

Inhaltsverzeichnis

I

La Perla

Die Abendsonne legt einen duftenden roten Mantel über das bunte Treiben in San Juan. Zwischen den nostalgisch anmutenden Fassaden und der am Stadtrand erbauten Zitadelle drängen sich stinkende Auspuffrohre, Radfahrer, Maultierkarren und hektisches Hupen. Im Aufflackern der Straßenlaternen verstummt das Treiben für kurze Zeit. Die Menschen ziehen sich zurück, versammeln sich unter den kühlenden Ventilatoren. Ihr Treffpunkt ist dort, wo an den langen, heißen Abenden die Telenovelas um Aufmerksamkeit buhlen.

Auf dem Bürgersteig vor einer ‚Dive Bar' sprüht derweil eine Jukebox lautlos bunte Lichter. Sie tanzen auf einen verwaisten Gast zu, der entspannt sitzt, mit seinem zerkauten Zigarrenstummel. Er träumt über die Straße hinweg und greift dabei vergeblich nach der am Boden stehenden Flasche. Stolpernd verlässt er seinen Platz, taumelt auf die Jukebox zu, die er mit ausgestreckten Armen erhascht. Zuerst die Musikauswahl, eine Münze fällt, die Schallplatte dreht sich, ein Kratzen folgt. Angezogen von den Rhythmen tanzt der Borincano mit seinen Goldketten und den beiden Uhren am Handgelenk zu seinem Stuhl zurück. Wieder sucht seine Hand die Flasche auf dem Boden. Ein Rudel verwilderter Hunde auf der anderen Straßenseite übertönt mit dem zähnefletschenden Bellen den Reggae aus dem Lautsprecher. Urplötzlich, als hätte man Guayabas mitten ins nächtliche Bild geschüttet, rollen hochglanzpolierte Cabrios hinter chromblitzenden Limousinen mit ihren vergnügungssüchtigen Nachtschwärmern vorbei.

Der betrunkene Borincano winkt ihnen zu. Schwerfällig erhebt er sich erneut und beobachtet aufmerksam eine schmächtige Gestalt abseits der Küstenstraße. Deren Schatten bläht sich auf zu einem Riesen an der imposanten Mauer der Zitadelle und verschwindet in einem finsteren Mauerspalt. Hier ist der Eingang zum schmalen Korridor, der in das am Meer gelegene Viertel ‚La Perla‘ führt.

Zwischen diesen Mauern begleitet vom Flimmern der Sterne, schleppt eine vom Schmerz gebeugte Mutter einen Korb. Ihre Schritte, wie ihr Atem, werden hastiger. Krampfhaft umklammert sie eine Plastiktüte, die sie unter ihrer Jacke verborgen hält.

Widerwillig entschließt sie sich für die Abkürzung, bleibt stehen, schaut sich um, lauscht den

Zikaden. Obwohl kein Mensch zu sehen ist, streift ein kühler Hauch ihren Nacken, dann dieses Rascheln der trockenen Gräser verunsichert. Redet sie sich das ein, oder treibt der Wind sein Spiel mit ihr?

Sie grübelt: Weglaufen, mit meinen kaputten Hüften?

Unweit am Ende des Durchgangs sind die Lichter der Hütten zu sehen, wo die Treppe hinunter zu ihrer Tochter führt. Sie hält kurz inne, atmet tief durch. Eine Konservendose klappert, ihre seidenen Nerven zucken. Krampfhaft krallen sich ihre Fingernägel in die Plastikfolie mit den Geldscheinen darin.

„Du Galgenstrick hinter mir, ich verfluche dich!", ein Blick zurück, sie ängstigt sich: „Nicht aufhören, ein paar Schritte – Papa Legba, hilf mir in dieser ...!" Sie verschluckt ihr Flehen, denn ein stechender Schmerz raubt ihr den Atem. Sie merkt, wie die Kraft aus ihrem Körper sickert, merkt, wie er sich unter einem keuchenden Hustenanfall hinunter bückt, bis der Korb den Boden streift. Mit weit geöffnetem Mund saugt sie stöhnend Luft ein, die beim Ausatmen in einem kupferfarbenen Husten endet. Strauchelnd fällt sie zu Boden und kraftlos verhallt ihr Schrei im Gras. Der

Korb rollt davon, hüpft über die Stufen der eisernen Treppe. Jeder Aufprall klingt dumpf, wie der Ton einer verstimmten Glocke. Zitternd schließt sie die Augen, die Plastiktüte zwischen den Fingern. Bilder von ihrer Tochter tauchen auf, von einer Tragfläche, die sich beim Anflug auf Puerto Rico durch die dichten, wabernden weißen Wolken schneidet.

Am 8. Oktober 1970 verabschiedete sie sich mit ihrem Kind vom herbstlich kühlen Deutschland. Ihr Ziel nach 15 Stunden Flug: eine Karibikinsel zwischen der Dominikanischen Republik und den Britischen Jungferninseln. Unter einer Wolldecke ruhte sie neben ihrer Tochter. Die Kleine, voller Neugier, wühlte aus Langeweile in einem Netz an der Rückenlehne des Vordersitzes. Inmitten einer Kotztüte und einem Notfallplan steckten Prospekte ihrer fremden Insel. Beim Lesen lernte sie: Die gebirgige, von Regenwäldern durchzogene Landschaft benennen die Einheimischen ‚Puerto Rico‘, was ‚reicher Hafen‘ bedeutet. Die Fotos zeigten weiße Strände mit Palmen, aufrecht wie Kirchtürme, viele Hotels, Casinos und schmuckvoll arrangierte Süßigkeiten. Amarinta feierte beim Verlassen des Flugzeugs ihren zehnten Geburtstag, leider ohne Kuchen und ohne Luftschlangen. Dafür fielen zur Begrüßung Sturzbäche vom Himmel. Dicke Tropfen trommelten auf das Dach der Gangway. Das Mädchen sagte geknickt: „Mama, ich hatte gehofft, dass dies ein Land mit Sonne ist."

Eine alte, gebeugte Fremde mit runzligen, verkrüppelten Händen, an denen prall gefüllte Tragetaschen hingen, lachte und sagte im Flüsterton: „Die heftigen Regenschauer, Fräulein, vergehen, wie sie gekommen sind, und sei nicht verzagt, wir erfreuen uns hier über jede Abkühlung."

Das Mädchen versuchte, mehr zu erfahren, leider schoben die Passagiere sie und ihre Mutter an der Alten vorbei zur Gepäckausgabe. Nach der Einreiseprozedur mit allen Formalitäten und dem Kampf um ein Taxi fuhren die beiden durch die Hauptstadt San Juan. Beim Anblick der Menschen auf dem Boulevard war sich die Mutter sicher, die richtige Entscheidung getroffen zu haben. Nach dem Unfalltod ihres Ehemannes festigte sich der Wunsch, an ihren Geburtsort zurückzukehren.

Amarinta war skeptisch, sie ließ ein gepflegtes Wohnviertel einer deutschen Kleinstadt hinter sich und erkannte sofort die Andersartigkeit, sobald sie das Inseltaxi verlassen hatte. Ihr fiel auf, was auf den Hochglanzprospekten fehlte. Jenes heruntergekommene Viertel mit seinen Bretterbuden, den Ruinen, den Schrottautos, dem scheinheiligen Namen „La Perla". Die Lippen verstummten, bange, Blicke folgten einem sandigen Weg.

Die Abwässer der Küstenstraße sprudelten über Plastikmüll, platt getretene Blechdosen und blank geschliffene Steine. Amarintas Füße mit ihren Sandalen erspürten sofort die Grenze zwischen Wohlstand und Armut. Trotz der Enttäuschung schenkte das Lächeln ihrer Mutter Mut. Versöhnlich erschien ihr das Rauschen der Meeresbrandung hinter den bunten Häuserfassaden. Tröstlich das Geschrei der Möwen, die fernen Klänge von Salsamusik, wie das ungestüme Bellen herumtollender Welpen aus einer umgestürzten Blechtonne. Je tiefer sie in die trostlose Welt eindrangen, desto penetranter atmete Amarinta den Geruch des Verfalls ein. Hühner neben den Gänsen suchten in verwilderten Ecken nach Nahrung. Wenn man den herumliegenden Plastikmüll zu dekorativer Kunst erklärte, hing Schmuckes an den verzweigten Gassen.

Vor einem Schuppen galoppierte ein Schwein auf sie zu und steckte seine schwarze Schnauze zwischen den Bretterzaun, um die Fremden zu beschnuppern. Es folgte ein heftiges Grunzen zur

Begrüßung. Gegenüber einem Holzhaus mit einer meckernden Ziege, die an einen Pfahl gebunden war. Hinter ihr das Vordach der Veranda, darunter eine rote Hängematte, daneben ein gebrechlicher Schaukelstuhl, beides schwankte synchron im Küstenwind. Um die Ecke, in einer Gasse, chillten Jugendliche unter einem ausladenden Blechdach, deren Kassettenrekorder das Viertel beschallten. In einer anderen Seitenstraße fiel ihr ein schilfgrüner Straßenkreuzer auf, aus dessen offener Motorhaube zwei Beine baumelten. Dahinter rauchte eine Großmutter aus einem geöffneten Fenster genüsslich ihre dicke Zigarre. Daneben lehnte im Türrahmen lasziv eine Schönheit mit Lockenwicklern. Eindringlich musterten beide die Neuankömmlinge mit ihren Koffern.

Im Nu zerriss die Wolkendecke und die Sonne heizte den Boden auf, der die Feuchtigkeit mit aufsteigendem Dampf an die Luft abgab. Holprig führte der Weg über Bordsteine, die herausgebrochen, unterspült, kreuz und quer lagen. Asphaltfragmente zeugten von einer ehemaligen Straßenbefestigung, von der aus in unregelmäßigen Abständen Treppen zu der geduckten Häuserzeile am Ufer führten. Insulaner hockten auf Stühlen vor ihren Buden, tranken Rum, rauchten, diskutierten. Um sie herum tanzten von Geisterhand gelenkte Fetzen von Plastiktüten.

Zielstrebig spazierte ihre Mutter auf eine hellblaue Mauer zu, in deren Mitte ein zweiflügeliges Holztor mit massiven Brettern beeindruckte. „Schatz, wir haben es geschafft!", sagte sie und atmete tief durch. „Setz den Koffer ab! Dort ist ein Seil! Bitte zieh daran, aber kräftig!"

Das zarte Händchen umklammerte eine abgegriffene gelbe Quaste neben dem Tor, sie zog und es ertönte glockenhell hinter der Mauer. Gespannt standen beide zwischen ihren Gepäckstücken, bis sich ein handbreites Blech mit Quietschen zur Seite schob. Zwei Augen lugten unter grauen, buschigen Brauen hervor. Mutters ansonsten feste Stimme zitterte, als sie ihren Namen aussprach. Die Tür schwang auf. Amarinta trat in den Hof, und ihr war klar, dass es kein Zurück mehr gab. Ein älterer, grauhaariger, in blütenweißem Gewand begrüßte sie. „Du bist Amarinta, ich freue mich, dass du bei mir bist", sagte er und strich ihr über das Haar. „Sieh dich um, ich hoffe, es gefällt dir." Sie kapierte sein Spanisch kaum, weil ihm die Zähne fehlten und der Wind pfiff.

Sobald die Tür ins Schloss gefallen war, blieb der Küstenwind draußen, und die Erwachsenen unterhielten sich in aller Ruhe über die Vergangenheit. Amarinta hörte nicht zu, denn ihre Neugierde galt mehr den Eigenheiten des Hofes, dessen gefegter Sandboden Ordnung ausstrahlte. Voller Neugier betrachtete sie einen Steinhügel, auf dem eine imposante Skulptur thronte. Über einem ausladenden blauen Mantel, reich verziert mit Glassteinen, erhob sich ein geschnitztes schwarzes Gesicht mit weißen Augen. Eine solche Gestalt mit dem schwebenden Jesuskind vor der Brust hatte sie noch nie gesehen. Kniehoch standen in der ersten Reihe Tongefäße, Bilder, Figuren, Rasseln, schwarze Steine mit weißen Augen. Dazwischen die verschiedensten Trinkgläser, gefüllt mit Wasser, daneben Tonschalen, übervoll mit rostigem Krimskrams. Ein Strauß roter und weißer Rosen strahlte Freundlichkeit aus. Vor dem Haus reihten sich bunt bemalte Ölfässer aneinander, neben einem rustikalen Holztisch mit Bänken.

Amarinta betrachtete die andersartige Welt aufmerksam, denn sie wusste nichts von dieser Religion, von diesem Priester, mit dem sie künftig unter einem Dach lebte. Unweit des Altars lagen auf dem Boden zwei nach oben gewölbte Mönchsziegel, an deren Enden abgebrannte Kerzenstummel in geschmolzenem Wachs steckten. Sie kniete nieder, roch das getrocknete dunkelbraune bis schwarze Blut, das den Sand tränkte. Davon angelockt überfluteten grün schillernde Fleischfliegen das Stillleben.

Die Unterhaltung der Erwachsenen verstummte – ihre Mutter rief: „Amarinta, lass das! Komm mit uns, wir schauen unser neues Zuhause an".

Gemeinsam stiegen sie unter freiem Himmel eine Holztreppe hinauf, die an der Außenwand zu kleben schien. Auf den letzten Stufen wirbelte der Wind Amarintas Haare auf und verdeckte ihre Augen – schier wäre sie gestolpert. Oben gab es ein Zimmer, in dem zwei Betten, ein Tisch, zwei Stühle, ein Schrank und ein Fernseher standen. Das einzige Bad mit Toilette im Haus lag im Erdgeschoss. Mutter schien mit der Unterkunft, dem Blick aufs Meer zufrieden zu sein, nur das Mädchen stand träumend vor dem Fenster. Sie erinnerte sich an ihren Vater, an die Sonntage, an denen sie mit ihm Ausstellungen besuchte. Sie erinnerte sich an ein Gemälde, mit diesem Blau, diesen Wellen, diesem Himmel, den Möwen.

In Deutschland schlief Amarinta in ihrem eigenen Zimmer mit Fußbodenheizung, umgeben von unzähligen Stofftieren. Auf diesen bescheidenen dreißig Quadratmetern versuchte sie ihrer Mutter zuliebe, mit dem zu haushalten, was übrig geblieben war. Seitdem ihr Vater in einer Urne liegt, ist ihre Seele voller Trauer.

Der grauhaarige Alte schob das Mädchen sanft beiseite und öffnete das Fenster. Der Duft von Seetang, Meersalz und Fisch wehte ihr entgegen. Ihre Kinderaugen fingen an, zu lachen. Sie erinnerte sich an den Prospekt, an die flachen weißen Scheiben aus der Familie der Seeigel, die dort unten am Strand versteckt lagen. Sie lehnte sich aus dem Fenster und sah die rostigen Wellblechdächer, die sich im Blau der Wellen spiegelten.

In den folgenden Jahren blieb das Armenviertel ‚La Perla‘ im Wesentlichen unverändert. Abgesehen von den Löchern in den Straßen, die ständig an Umfang und Tiefe zunahmen. Abgesehen von den eingestürzten Hütten, den verwilderten Hunden, die durch die Gassen bellten. An die Ausbreitung des Drogenhandels, der Prostitution, der damit verbundenen Schießereien hatte man sich gewöhnt. Regelmäßige Polizeieinsätze dienten angeblich der Sicherheit der Touristen außerhalb des Viertels.

Veränderungen gab es dagegen im gelebten Luxus, im oberen Stadtteil Old San Juan mit seinen Boutiquen und Nobelrestaurants. Selbstzufrieden saßen dort die Alten vor den Kolonialhäusern, deren stuckverzierte Fassaden mit ihren roten, gelben und fliederfarbenen Anstrichen ein heiteres Bild suggerierten. Auf dem Weg zur Schule schweifte Amarintas Blick über das Meer mit seinen weißen Sandstränden und den Segeln, die sich über den Wellen blähten. Regelmäßig beobachtete die inzwischen Vierzehnjährige die Ankunft der Luxusliner, die an manchen Tagen Hunderte Besucher aus fernen Ländern ausspuckten.

Wenn Amarinta von ihrer Mutter die Erlaubnis erhielt, spazierte sie am langen, freien Strand, um Sanddollar zu sammeln. Nach dem Trocknen verzierte sie die weißen Kalkscheiben mit bunten Mustern, Lederbändern, Quasten oder Flaumfedern. Der daraus entstandene Halsschmuck war ebenso wie die filigranen Traumfänger bei den Strandverkäufern gefragt, die zu ihren besten Kunden zählten. Wenn ihr die Lust am Suchen verging, hockte sie sich auf einen schattigen Platz mit Blick aufs Meer. Sie beobachtete die hellhäutigen Urlauber, die abends trotz Sonnencreme knallrot ins Hotel zurückkehrten. Zum Glück benötigte sie mit ihrer dunkelbraunen Haut kein zusätzliches Sonnenbad.

Amarinta wuchs zu einer aufgeweckten Person

heran, die wochentags von morgens bis nachmittags die Schule in der Hauptstadt besuchte. Obwohl sie mit ihren 16 Jahren keine Rundungen besaß und mit ihren stacheligen Beinen eher schlaksig aussah, waren die Jungs verrückt nach ihr. Scheinbar lag es an ihren schulterlangen, bronzefarbenen Locken. Je mehr sie von den Jungs umworben wurde, desto abweisender reagierte sie. Dieses Verhalten passte zwar in ihr religiöses Umfeld, nur in der Schule galt sie daher als unberührbar. Das brachte ihr Spott von ihren Mitschülern ein. Trotzdem gab es eine Handvoll Freundinnen, mit denen sie bei den Hausaufgaben zusammensaß, wie beim gemeinsamen Dominospiel. Dieser Zeitvertreib mit den weißen und schwarzen Steinen ist in den Parks und Cafés allgegenwärtig. Eine Tradition, die zum Bild von San Juan gehört. Vereinzelt kamen die Mädchen mit an den Strand, aber die Begeisterung für die Suche nach den Sanddollar hielt nie lange an. Für Amarinta dagegen brachte jedes gefundene Stück ein zusätzliches Taschengeld.

Zu Hause, in dem blauen Gebäude mit den weißen Fenstern, verbrachte die Kleine ein behütetes Leben, das zugleich ihr religiöses Zentrum war. Vom ersten Tag an kümmerte sich ihre Mutter um den Haushalt des alten Priesters. Sie half an einem Tag in der Woche bei den Vorbereitungen für die Rituale, die im Hof stattfanden. Die übrige Zeit verbrachte sie in ihrem Imbiss, den sie gleich nach ihrer Rückkehr aus Deutschland eröffnet hatte. Die Auszahlung der Lebensversicherung ihres Ehemannes reichte für einen Blechcontainer, eine ehemalige Cocktailbar in der Oberstadt. Ihre landestypischen Gerichte lobten Einheimische wie Touristen gleichermaßen. Absoluter Renner waren die mit Rum getränkten Pfannkuchen aus Maismehl. Der Honig aus dem nahen Regenwald setzte der Leckerei das Tüpfelchen an Speziellem auf.

Amarinta entwickelte sich zu einer hoffnungsvollen Gehilfin des Priesters, der Santeria, deren Bedeutung in der Heiligenverehrung liegt. Eine christliche Variante, die Ähnlichkeiten mit dem Voodoo aufweist, dennoch eine andere Glaubenslehre darstellt. Sklaven aus Afrika brachten sie in die Karibik. Trotz der Ächtung durch die katholische Kirche gibt es bis heute viele Anhänger. Im Laufe der Jahre bildete der Alte die Jugendliche zur Priesterin aus, lehrte sie, mithilfe der Geister die Menschen von ihren Leiden zu befreien. Des Weiteren unterrichtete er Amarinta in der Herstellung heilender Öle, Salben und Zaubertränke. Der wichtigste Teil ihrer Ausbildung war die Kunst des Zeichnens mit Maismehl. Eine Disziplin, mit der sie ihre Schwierigkeiten hatte. Bei der Größe der Symbole hatte sie das Gefühl, dass ihre Arme dafür zu kurz gewachsen waren. Beharrlich kopierte sie die verschiedenen Bildsymbole bis ins kleinste Detail. Dabei lernte sie, das Maismehl in exakten Bahnen aus ihren Fingern rieseln zu lassen. Wenn ihr bei einer Zeremonie ein Symbol misslang, missfiel das den Geistern, und alle Hilfe war verloren.

Trotz religiöser Erziehung tanzte sie mit offenen Augen durch die Welt außerhalb der häuslichen Mauern. Auf dem täglichen Schulweg fiel ihr eines Tages ein Jugendlicher auf. Seine cremeweiße Kleidung passte zu seiner Hautfarbe und seine rote Vespa, ein Motorroller, den sie aus Deutschland kannte, weckte ihr Interesse. Wiederholt blieb der Blonde mit den blauen Augen in den frühen Morgenstunden vor einem Zeitungskiosk stehen. Wortlos schenkte er ihr ein Lächeln. Mit Absicht suchte sie die Nähe des Blonden, kaufte seinetwegen eine Zeitschrift, Süßigkeiten, eine Cola. Es dauerte, bis er ihr einen Platz auf dem Soziussitz seiner Maschine anbot. Ihr gefielen seine lockigen Haare, die im Wind flatterten, und vor allem seinen fremd klingenden Akzent. Von da an tuschelten die anderen auf dem Schulhof über die Unberührbare und ihren Freund aus der Oberschicht, der sie ständig nach der Schule in die Cafébars einlud.

Von seiner Herkunft, seiner reichen Familie Ferrer, erzählte er nur das Nötigste. Diese Heimlichtuerei nervte sie. Sie war sich sicher, dass er nicht zu den Messerstechern gehörte, weder Alkohol noch Drogen konsumierte. Ihr Freund Mathew Ferrer diskutierte gerne über die krassen sozialen Unterschiede auf der Insel. Dabei brachte sie wiederholt ihre Religion ins Gespräch. Als überzeugter Realist zweifelte er vehement an deren Kraft. Sie gab ihm vereinzelt recht, allein mit Ritualen sei keine soziale Verbesserung zu erreichen. Deswegen beschloss sie, Strafrecht zu studieren, um ihren Beitrag in der Bevölkerung effektiver zu leisten. Mathew riet ihr ab, weil ihr die gesellschaftlichen Verbindungen fehlten. Er hatte Ahnung, wovon er sprach, denn er stammte aus einer wohlhabenden Einwandererfamilie der gehobenen Bevölkerungsschicht. Im Villenviertel San Juan hörte er täglich, wie abwertend über die Slums gesprochen wurde.

Sobald die beiden in diesen Diskussionen feststeckten, sprach sie ihn auf ihre Zukunft an, auf seine Familie. Je mehr er vom Thema ablenkte, desto empörter reagierte sie. Redete er von Liebe, von Gemeinsamkeiten, verbarg er dies vehement vor seinen Eltern. Darauf angesprochen sagte er: „Amarinta, wenn sie herausfinden, dass ich mit einer …", Mathew hielt kurz inne. Den wahren Grund, warum sie im falschen Viertel lebte, verschwieg er. „Mit einer Freundin die Zeit verbringen, die Vater nicht ausgesucht hat, der Zorn meiner Eltern ist mir sicher. Genauer gesagt, sie verjagen mich, sobald ich ihre Ansichten verurteile. Leider sind sie konservativ gestrickt. Solange ich meine Beine unter ihren Tisch strecke, bin ich gezwungen, mich unterzuordnen."

Empört wandte sich Amarinta von ihm ab: „Was ist das für ein Spiel, nachdem wir jeden Tag zusammen sind, uns auf einen Tanzwettbewerb vorbereiten." Mit Zittern in der Stimme fuhr sie fort: „Du versprichst mir eine Zukunft, die mir Hoffnung gibt."

„Ja, du hast recht, meine Liebe, hab Geduld – ich werde es Vater behutsam beibringen, dann haben wir eine Chance."

„Okay, Mathew, vergiss nicht, ich werde mich nicht ewig verstecken!"

Vier Monate später belegten sie beim Tanzwettbewerb der Schulen von San Juan den zweiten Platz. Das brachte sie, neben den Siegern, direkt auf die Titelseite der Lokalzeitung. Leider erwischte sie der Fotograf in dem Moment, als Mathew ihr vor Freude einen innigen Kuss aufdrückte. Zum Frühstück präsentierte der Vater seinem Sohn das gedruckte Ergebnis. Es folgte eine klare Ansage: Sofortiger Kontaktabbruch, denn mit einem Mädchen aus den Slums habe man nichts zu schaffen. Mathew wehrte sich, aber seine Argumente halfen nicht. Er fügte sich und ließ ihre Unschuld zurück für ein Internat in Miami.

Ein Grund mehr für sie, der gehobenen Arroganz zu beweisen, was in einem Mädchen aus dem Slum steckt. Liebeskummer passte nicht in den Studienplan. Sie hing weiterhin an dem Jungen, der ihr das Gefühl gab, dass es da draußen, außerhalb des blauen Hauses, anderes gab. Mit Ehrgeiz schaffte sie es 1979, die Aufnahme in das Colegio Universitario de San Juan in der Avenida Arterial. Für ihre Mutter keine simple Entscheidung, denn das Semester kostete 400 Dollar abzüglich eines Stipendiums. Acht waren nötig, um einen Bachelor in Justicia Criminal zu erreichen. Dank der Zuwendungen des Priesters und des Einkommens ihrer Mutter erfüllten sie Amarintas

Herzenswunsch. Die Studentin aus den Slums absolvierte voller Ehrgeiz ein Semester nach dem anderen. Die trockenen Gesetzestexte fielen ihr schwer, dafür faszinierte umso mehr die Forensik, die Psychologie und die Techniken der Strafverfolgung. Nebenbei blieb Zeit für ihre Sanddollars, wie die Touristen, die sie an den Wochenenden zu den Sehenswürdigkeiten der Stadt begleiteten. Dadurch verbesserte sie ihr Deutsch, Spanisch und Englisch.

Mutters Imbissstube bescherte ihnen ein sorgenloses Leben, bis zu jenem verhängnisvollen Abend im Jahr 1983. Vier Puertoricaner und eine Europäerin speisten am letzten freien Tisch des Lokals. Der Älteste trug einen weißen Panamahut, seine jüngere Begleiterin hatte schulterlanges, gelocktes braunes Haar. Die anderen drei Borincano ähnelten Hafenarbeitern, von denen einer mit Goldketten prahlte und zwei goldene Uhren gleichzeitig am Handgelenk trug. Auf dem Tisch stand ein Mofongo aus zerdrückten Kochbananen, Huhn, Knoblauch und Kräutern, in der Mitte eine Flasche Don Q Rum Gran Anejo. Je mehr die Tischgesellschaft trank, desto erregter diskutierten sie. Der brünetten Deutschen übersetzte der Panamahut das Wichtigste, ansonsten blieb sie stumm, spielte freudlos mit der Messerspitze in einem Tongefäß mit Salz. Wiederholt balancierte sie ein weißes Häufchen direkt über ihrer grünen Papierserviette. Die Kristalle rieselten, bis ein Symbol zu erkennen war.

Zu vorgerückter Stunde verließen die anderen Gäste bis auf diese fünf das Lokal. Als die Wirtin die dritte Flasche Don Q Rum servierte, entdeckte sie das Symbol auf der Serviette. Es war ein Voodoo-Zeichen, das den Tod heraufbeschwört. Bestürzt sah sie in die vom Alkohol getrübten Augen der Brünetten. Urplötzlich rammte sie mit einem dumpfen Geräusch die Messerspitze mitten in das Zeichen. Da fuhr der Panamahut sie an: „Sara, lass den Quatsch!" Erschrocken verschwand die Wirtin hinter dem Tresen und widmete sich den Vorbereitungen für den nächsten Tag.

Dieser Panamahut rief bei jedem Schluck „Salute" und prahlte lauthals mit Geschäften in Italien. Dass die Köchin alles mithörte, störte ihn nicht. Die Ausgelassenheit der Tischrunde eskalierte in Schmähungen gegen die arme alte Köchin, die Kartoffel schälte. Als die Beleidigungen nicht aufhörten, servierte sie der Gruppe die Rechnung und wies auf die Ladenschlusszeiten hin. Der Borincano mit den beiden Uhren sprang vom Tisch auf und fuchtelte unkontrolliert mit der Gabel vor ihrem Gesicht herum: „Du Schlampe, ich sag's, wenn hier dichtgemacht wird, hörst du? Ich sag's, hörst du, merk dir das! Hau ab in deine Küche!" Der mit dem Hut packte den mit der Gabel, zerrte ihn zurück auf den Stuhl und sagte in die Runde: „Kein Wort, von diesem Tisch, verlässt den Raum!", er wiederholte den Satz. „Habt ihr begriffen? Am Tisch hat es niemals ein Gespräch gegeben!", brüllte er der Wirtin über den Tresen zu.

Eingeschüchtert, die eine Hand am Telefon, die andere am Fleischmesser, hoffte sie, dass die Kotzbrocken bald verschwinden. Es dauerte eine Weile, bis sie sich aufmachten, das Lokal zu verlassen. Wieder rief der Borincano, dieses Mal ohne Gabel, aber mit schwerer Zunge:

„Schlampe – hörst du – dein brutzelndes Öl – hörst du – dein beschissenes Öl, ich schütte es dir in die Fresse – schwatzhafte Weiber fangen sich davon Fratzen ein!" Beim Hinaustaumeln verrutschten die Tische, die Stühle kippten zu Boden. Auf der Straße wiederholte ein anderer: „Ja, ekelhafte Fratzen!", und er lachte, dass es zwischen den Häuserfassaden widerhallte.

Verunsichert schloss die Wirtin den Rollladen des Containers. Dabei suchte sie, soweit ihr Auge reichte, die finstere Gasse ab, ob ihr nicht einer der Gauner auflauerte. An diesem Abend spazierte sie nicht, sondern eilte nach Hause. Dort angekommen, rief sie vom Hof aus den Priester und erzählte, was sie erlebt hatte. Verriet ihm alles über diesen Panamahut, den sie Miguel nannten, der in Italien mit einer Sekte eine Menge Geld verdiente. Sie sprach von Prostitution, von Drogen, von jenem Unruhestifter, der behauptete, ihre Tochter sei die Richtige für das Geschäft. Woher er sie kannte, war das Erschreckendste. Das Todeszeichen auf der Serviette erwähnte sie nicht.

„Zumindest haben dir diese Gauner einen anständigen Umsatz beschert", scherzte der Priester. Er beruhigte sie: „Solche Gauner sind wir hier gewohnt. Wir leben mittendrin. Du weißt, je lärmerfüllter diese Affen trommeln, desto dürftiger ist ihr Geschwätz." Sie nickte, blieb skeptisch wegen der Äußerungen über ihre Tochter.

Amarinta, die im obersten Stockwerk ihrem Studium nachging, hörte das Schluchzen ihrer Mutter. Sie schlich die Treppe hinunter, spitzelte um die Ecke und sah das besorgte Gesicht des Alten. Sie verzog den Mund und kaute auf der Innenseite ihrer Wange. Eine Angewohnheit, die auftrat, wenn ihre Nervosität den Höhepunkt erreicht hatte. Zurück im Zimmer verdrängte sie, was sie gehört hatte, denn ihre Konzentration galt weiterhin den bevorstehenden Prüfungen. Die Tochter ignorierte die Angst, die an ihrer Mutter nagte. Sah nicht, wie sie litt, wie sie gehetzt, oft schweißgebadet, ohne ein Lächeln von der Arbeit nach Hause kam.

Die letzten Wochen an der Universität waren für Amarinta anstrengend. Sie erkannte ihre Grenzen. Wiederholt versank sie in Erinnerungen an ihren damaligen Freund Mathew, er gab ihr die Kraft, durchzuhalten. Mit der Abgabe ihrer Prüfung begleitet sie ein banges Warten auf die Ergebnisse. Den Traum vom Masterstudium hatte sie aus finanziellen Gründen nie angestrebt. Umso mehr einen erfolgreichen Bachelor, wegen des investierten Geldes, der Aufopferung ihrer Mutter, wie die des Priesters.

Eines Tages plünderte sie ihre Ersparnisse, legte weiße Tücher auf den Tisch im Hof und dekorierte ihn mit Blumen. In der Küche bereitete sie mit Hühnerfleisch und Reis gefüllte Teigtaschen zu, goss eiskaltes Wasser in einen Eimer und stellte Heineken-Flaschen hinein. Bier, das ihre Mutter und der Alte gerne tranken. Der Priester fragte nach dem Grund der festlichen Tafel und starrte auf den Eimer am anderen Ende des Tisches. „Sag, meine Kleine, warum der ganze Aufwand?"

„Es dauert nicht mehr lange, bis Mama nach Hause kommt." Sie holte eine Flasche aus dem Eimer und hielt sie ihm vor die Nase: „Nimm das Bier, es verkürzt dein Warten."

Das Flackern der Tischkerzen war auf die letzten Zentimeter zusammengeschrumpft – derart spät kam Mutter nie – sie kaute auf ihrer Wange. Ungestüm läutete die Glocke neben dem Hoftor. Amarinta sprang auf – hatte Mutter wieder ihre Schlüssel vergessen? Sie öffnete – Uniformierte traten ein, fragten nach ihrem Namen, und überbrachten eine schockierende Nachricht.

Amarintas Schrei durchdrang die Nacht, zwang ihren von Seelenschmerz gekrümmten Körper in den Sand. Sie sprang auf, ihr Leib vibrierte vor dem Altar, dem glitzernden Mantel. Erschöpft warf sie sich erneut flach auf den Boden. Ein Polizist, der zu ihrer Gemeinde gehörte, erkannte sofort den Geist, der von ihrem Körper Besitz ergriffen hatte. Mit Mühe schaffte er es, sie in die Realität zurückzuholen, in der ihre Mutter auf dem Heimweg ermordet neben der eisernen Treppe lag. Weinend blieb Amarinta am Tisch zurück, zusammen mit dem alten Priester, der in sich gekehrt betete.

Trauer lag über dem blauen Haus, trotz des erfolgreichen Abschlusses an der Uni fehlte die Freude. Amarinta hatte genügend gehört und gesehen von der Ungerechtigkeit, die jedes Leben begleitet. Sie hatte gelernt, mit dem Leid fremder Menschen umzugehen, aber als sie ihre eigene Mutter in der Gerichtsmedizin identifizierte, versagten ihr die Kräfte. Die Polizei behauptete, eine Bande von Drogenabhängigen habe auf die Tageseinnahmen spekuliert. Es gab keine Zeugen, die das bestätigten. Amarinta war sich sicher, dass die Mörder mit dem Puertoricaner aus Italien unter einer Decke steckten. Wenngleich die Beamten sich nicht überzeugen ließen, hielt sie daran fest: Mutter ist gestorben, weil sie von den kriminellen Geschäften gehört habe.

Zuerst trauerte Amarinta, wie man um seine Mutter trauert, Träne um Träne. Mit der Zeit verwandelte sich ihre Trauer in Hass. Wiederholt ließ sie sich von dem Alten erzählen, was ihre Mutter in jener Nacht über diese Verbrecher gesagt hatte. Der Name Miguel brannte sich in ihr Hirn wie das Wort Rache. In diesen Momenten sehnte sie sich nach Mathew mit seinen sozialen Verbindungen. Leider hatte er ihr nie verraten, wo er in Miami studierte. Bei seinen Eltern nachzufragen, traute sie sich nicht. Die Stunden an der Uni, die Suche im Internet nach einem Job auf der Insel Puerto Rico, bei einer Arbeitslosenquote von 21,5 Prozent, glichen einem Glücksspiel. Nach all den Wochen, den Absagen, verabschiedete sie sich von ihrer Kommilitonin, die ihr gegenüber am Computer saß und den Arbeitsmarkt nach freien Stellen durchforstete. Beim Hinausgehen von Amarinta stoppte ein Aufschrei, dann das Rudern mit den Armen der Leidensgenossin: „Schau her, meine Freundin, komm zurück!" Die Kommilitonin kritzelte auf ein Blatt Papier und schob die Internetadresse über den Tisch.

Amarinta setzte sich wieder an den Computer, öffnete die Seite, las von den illegalen Machenschaften einer Voodoo-Sekte in Italien. Von Händlern, die Mädchen einschleusten und zur Prostitution zwangen. Von Heilsuchenden, die sich zu willenlosen Kreaturen wandelten, von Abtrünnigen, die spurlos verschwanden. Sofort schoss ihr wieder dieser Miguel durch den Kopf, und ihr Hass war erneut entfacht. Am Ende der Seite ein Link zur Stellenausschreibung:

Zur Verstärkung unserer psychosozialen Beratungsstelle in Mailand suchen wir Mitarbeiterinnen und Mitarbeiter! Die Aufgaben sind: Betreuung von Opfern und Aussteigern krimineller Sekten. Wir stellen gerne Bewerber und Bewerberinnen aus dem Ausland ein!

Amarinta jauchzte vor Glück, denn mit ihrer Sprachbegabung, dem Spanischen, dass dem Italienischen ähnelt, hatte sie beste Voraussetzungen für die Welt da draußen. Die fundierten Kenntnisse über Voodoo, Santeria und Strafrecht ließen auf eine Zusage hoffen. Ihre Zukunft in der Fremde ermutigte den Priestervater, sie vorbehaltlos zu unterstützen. Mit Mehl zeichnete er in den Sand und rief die Loa mit ihrer Macht zu Hilfe. Er stimmte sie mit frischen Kräutern gnädig, opferte Hühner, ließ Trommeln sprechen und Gefäße mit geweihtem Wasser füllen. Drei Tage dauerte das Fest, drei Wochen, bis die Zusage aus Italien im Sekretariat der Universität eintraf.

Nachdem der Papierkram über die Botschaft erledigt war, verkaufte sie den Imbiss an eine Nachbarin. Diese übernahm auch den Haushalt des alten Priesters und versprach, mit Amarinta in Kontakt zu bleiben. Schweren Herzens verabschiedete sich die 24-Jährige von dem Alten, der ihr wie ein Vater zur Seite stand. Am meisten hoffte sie bald, die Suche nach diesem Miguel Fuentes zu initiieren. In der Gerichtsmedizin hatte sie ihrer verstorbenen Mutter geschworen: Sobald meine Füße italienischen Boden berühren, werde ich diesen Bastard mit seinem Panamahut jagen, egal, wie lange es dauert.

Mit den beiden Koffern ihrer Mutter kam Amarinta einst auf diese Insel. Mit ihnen verlässt sie das blaue Haus, das den Stürmen des Meeres trotzt, obwohl es unaufhaltsam an den Ecken bröckelt.

Samstag, den 29. März 2008

TAZ:

– EU-Minister senken die Fangquoten. Dorsch und Hering erhalten dieses Jahr eine Erholungspause.

– Reisende auf dem Weg nach Rom ausgeplündert. Räuber setzte Zugabteil unter Narkosegas.

– Verhandlungen der …

Die Augen eines 49-Jährigen pflücken Buchstabe für Buchstabe aus den fett gedruckten Schlagzeilen einer Tageszeitung. Seine Stirn schlägt Falten, wegen der knapp über dem Boden angebrachten Lüftungsschlitze: Was könnte der mir stehlen? Den Koffer mit seinen defekten Schlössern, die Klamotten, den Kulturbeutel, die Haarbürste – er lächelt, dabei streicht er sich gefühlvoll über die Glatze. Kaffeemaschine, Wecker, Weltempfänger, alles unwichtig. Auf keinen Fall meinen Laptop mit meinen Gedankenkrücken, sie wären verloren. Ein Griff in die Innentasche des neben ihm hängenden Sakkos bringt eine Geldbörse zum Vorschein, die sofort in seine Gesäßtasche wandert. „Ha no, mei

Geldsekl isch tabu", flüsternd grinst er über seinen Dialekt. Wenn einer in Italien ein minimum an Deutsch beherrscht, begreift er auf keinen Fall Schwäbisch. Gebannt starren seine Augen wieder auf die Lüftungsschlitze: „Deinetwegen, du Ganove, würde ich all mein Geld verlieren – der Urlaub wäre zu Ende, bevor ich diese Adria gesehen hätte." Das Brabbeln erleichtert sein Wachbleiben, denn er hatte gelernt: Im Schlaf funktioniert der Geruchssinn beim Menschen nicht. Eines wirft Fragen auf: Welche Menge an Gas müsste der Bursche, bei diesem Raumvolumen, zum Einsatz bringen, um jemanden zu betäuben? Er zweifelt am Gelingen und bleibt wachsam.

Die Dunkelheit hinter der Fensterscheibe lässt ein aufgeräumtes, einzig von ihm benutztes Abteil widerspiegeln. Ein Blick auf die Armbanduhr – sechs Stunden bis Marghera begleitet das Poltern der Waggonräder, wie das Klappern des Schiebefensters, in der abgestandenen muffigen Luft. Für ihn lange her, dieses Erlebnis Eisenbahn.

Bei der Ankunft an der Hotelrezeption hat der Deutsche Mühe mit seiner aufrechten Haltung. Abgestützt an der Theke sagt er: „Ha no, hier mein Ausweis", der Hotelportier sucht geschäftig im Belegungsplan des Computers. „Mathe Nussbaum aus Stuttgart – hab reserviert – ab heute Samstag!", seine Äußerung wechselt in ein Gähnen über die ausgelegten Prospekte hinweg. „Entschuldigung, die lange Reise, die trockene Luft im Zug, hätten Sie bitte Mineralwasser für mich?"

„Un momento per favore", der Portier holt aus der Bar nebenan eine Flasche San Pellegrino, stellt sie auf die Brüstung der Rezeption: „Bitte Signore! Ihr Zimmer 201, zweiter Stock. Nach der Treppe sehen Sie ein Schild ‚Doccia', drehen links und am Ende ..."

Nussbaum verdrängt, hört nicht mehr zu, schnappt die Flasche, den Schlüssel, quält sich die Treppe hinauf. Auf dem Zimmer angekommen, entgleitet der Koffer seiner Hand, kracht auf den Boden, dabei platzen die Schlösser auf. Sofort greift er inmitten der Socken nach dem Wecker, dessen Minutenzeiger auf die Zehn zugeht: „Zu spät, um aufzustehen, zu früh fürs Bett", sagt er, stellt ihn auf den Nachttisch. An diesem heiteren, wolkenlosen Vormittag fehlen die Vorhänge, da hilft nur ein Schlafmittel. Er entledigt sich der Klamotten und verschwindet unter der Bettdecke.

Durch Schreie wacht er gegen 19:30 auf. Was war das? Sitzend auf der Bettkante, warten seine Augen in der fremden Umgebung auf Orientierung.

Die trockene Kehle kratzt, die Haut schweißgebadet – fürs Erste ist Duschen angesagt. Das Bad liegt, er erinnert sich, da draußen neben dem Flur. Die Reste des Schlafmittels im Blut lassen seine Suche unkonzentriert verlaufen.

Eine offen stehende Türe, ein Waschbecken, an dem Badetücher hängen, er murmelt: „Meine Blase, das wird knapp". In der Eile stolperten seine Beine über ein Frotteehandtuch, das am Boden lag. Nachdem er sich wieder gefangen hat: „Entschuldigung! Bitte vielmals um Vergebung – ein Versehen!" Zu seinem Entsetzen steht dort ein Bett, darin – er traut seinen Augen nicht, ausgestreckt ein Nackter. Wie schräg das hier aussieht und was ist das für eine rote Farbe? Fluchtartig verlässt er den Ort, hastet den Flur entlang, rumpelt durch die Tür mit dem Schild ‚Gabinetto'. Im Anschluss betritt er erleichtert nebenan die ‚Doccia'. Auf der Türschwelle starrt er auf ein verschmiertes Rot an den Fliesen. Entdeckt unter dem Waschbecken eine weibliche Person, zusammengekauert, den Wahnsinn in ihren Augen, fuchtelnd mit einem Hackmesser. Im Nu schießt es durch sein Hirn, das ist Blut.

Geschockt flüchtet er, schreckt dabei ein Huhn auf und stürzt hinunter an die Rezeption. Stotternd fordert er von der Dame hinter dem Tresen: „Poli …! Polizei! Rufen Sie die Polizei – einen Arzt! Ha no, wir benötigen einen Notarzt!", er zeigt mit ausgestrecktem Finger zur Decke. „Dort oben das Blut, verdammt, hören Sie – das viele Blut!", sein Brüllen zieht die Blicke der Gäste im Foyer auf sich.

Die am Empfang arbeitende Person ist erst seit zehn Minuten im Dienst und sagt beruhigend: „Wir kümmern uns, Signore. Kein Grund zur Panik." Mit dem Griff nach dem Telefonhörer folgte ein Redeschwall. Obwohl er nichts begreift, beruhigt sich sein Gemüt. Mit übertriebener Höflichkeit verspricht ein Kellner nachzusehen, rennt nach oben, kommt nie zurück. Je mehr Nussbaum die vorgefundene missliche Lage mit ausschmückenden Varianten beim Personal wiederholt, beruhigt man ihn mit hochprozentigem Grappa. Mehrmals zwischen den Erzählungen, dem nachfließenden Traubenbrand verlangt er den Hoteldirektor, dabei versichert man ihm, der Chef sei unterwegs.

Nach dem achten Glas Grappa steht ohne Ankündigung neben ihm ein Anzug: „Bitte, der Herr, ich bin der Manager dieses Hauses, zeigen Sie mir, was ihnen Schreckliches auf den Magen geschlagen hat."

Mathe taumelt, der Alkohol erschwert das Hinaufsteigen bis ins zweite Obergeschoss. Zuerst langsam, dann rennt er vom Bad zu diesem Zimmer. Von all dem, was er gesehen hatte, ist nichts mehr vorhanden.

Überheblich, mit einem süffisanten Lächeln, schiebt ihn der Manager zu seinem Zimmer 201. „Schlafen Sie eine Nacht darüber, morgen ist alles wieder vergessen!"

Mathe Nussbaum schüttelt den Kopf, wirft hinter sich die Tür zu. „Vergessen – hab keinen Bock, mich an diesen Schlachthof zu erinnern, bin hier, um Venedig zu besichtigen." Zurück am Bett schlägt er die Decke auf, dabei entdeckt er ein zusammengerolltes Frotteehandtuch: schneeweiß, mit einem gestickten Emblem, darunter der Name des Hotels. Er greift nach dem Frottee, bemerkt darin einen festen Gegenstand. Beim Aufrollen kommt ihm nicht nur Blut entgegen, sondern ein Hackmesser. Mathe schnappt nach Luft, es ist exakt dieses Teil aus der Dusche. Sofort wickelt er es wieder ein, wirft das Ekelpaket in den Papierkorb.

Verdammt, was wird das? Wie das Opfer im Bett ausgesehen hat, ist er an seinen Verletzungen gestorben. Jetzt hängen die mir, weil ich das Massaker entdeckt habe, diesen Schlamassel an. Das

Messer ist der Beweis. Solange mir eine Erklärung fehlt, warum es unter meiner Decke lag, lasse ich es lieber verschwinden. Die Polizei vermutet sofort: Der besitzt das Messer – der ist der Täter. Besser ist es, diesen Ort zu verlassen? Macht mich das verdächtig?

Obwohl, die Stadt wertigere Unterkünfte hat. Das Hotelpersonal, das provisorische Ambiente des Ein-Sterne-Hauses in jenem Vorort von Venedig, passt eher nach Bangladesch. Dieses Zimmer hier ist ärmlich eingerichtet, sieht trotz allem reinlich aus. Komfort brauche ich hier nicht, plane Besichtigungen, mehr erlaubt mein Budget nicht. Ich suche nach Ruhe. Ausgebrannt durch den Stress der Arbeit, die Missstimmung zwischen mir, dem kratzbürstigen Eheweib, war Grund genug, um ans Meer abzuhauen.

Nussbaum verzichtet auf ein Abendbrot, versucht, den unterbrochenen Schlaf fortzuführen, aber es gelingt ihm nicht. Die Bilder der vergangenen Stunden stecken fest in seinem Hirn: Unbegreiflich, dass der Direktor mir einreden will, ich hätte eine blühende Fantasie. Das Rot, die beiden Gestalten – sie waren absolut realistisch, greifbar wie dieses mit Blut besudelte Hackmesser. Er steht auf, packt den Laptop vom Koffer aus, stellt eine Verbindung her, über das W-LAN des Hotels. Diese Geschichte benötigt einen Mitwissenden, dem ich vertraue.

Mathe sinnt nach – entscheidet sich für Amarinta, mit der er in Deutschland Kontakt über Facebook pflegte. Sie kennen sich nicht persönlich, einzig durch die ausgetauschten Mails hatte sich ein Vertrauensverhältnis aufgebaut. Sie gab ihm Ratschläge bei seinen Eheproblemen, und diese Reise ans Meer war ihre Idee.

Diese Unbekannte aus dem Netz, mit ihren Verrücktheiten, ihren Wortspielen, brachte Nussbaum oft genug zum Lachen. Sie schaffte es, mit Worten fordernd, ihn zu beflügeln. Trotz allem gab es zwischen den Zeilen Momente, die sein Problem thematisierten, logischerweise auf ihre analytische Art.

Amarinta freut sich über seine Ankunft hier in Italien. Sie berichtet von ihrer 24-jährigen Berufserfahrung mit kriminellen Sekten, den Loa, von ihrer ehemaligen Tätigkeit in einer psychosozialen Beratungsstelle. Sie schreibt von Gegebenheiten, denen angeschlagene Urlauber hier in Marghera zum Opfer fallen. Zuerst hält Nussbaum ihre Äußerungen für unseriös, denn der Gedanke an die Loa „sogenannte Geister" löst bei ihm Unglaube aus.

Sie rät ihm, das Hackmesser auf keinen Fall mit bloßen Händen anzufassen und ihr auszuhändigen. Am nächsten Tag arrangieren sie ein Treffen, da ihr Wohnort Padova unweit entfernt ist.

Mathe atmet auf, denn die Zeit ist da, ihren realen Augen gegenüberzustehen. Über eine Stunde dauerte mit ihr das Vergnügen im Chat. Nachdem Amarinta sich aus der Community für Eheberatung verabschiedet hat, pirscht Nussbaum weiter durchs Netz. Für ihn eine willkommene Zerstreuung, eine Ablenkung von dem durchlebten Drama.

Zwei Stunden nach Mitternacht schaltet Mathe den Laptop aus, stellt den Wecker auf halb acht, schluckt die Hälfte einer Schlafpille und verschwindet erneut im Bett. Die Augen zu und es kreisen in den Tiefen seines Inneren eigenartige Gedankenbilder. Das einzig Komische am Traum ist dieses schwarze Huhn, das flügelschlagend, gackernd, planlos umherläuft.

Dieser Realismus erzeugt in ihm Angst, die das Hirn außerstande setzt, es hinweg zu philosophieren, vielmehr auszuradieren. Wie aus dem Nichts taucht seine Jugendliebe auf, mit jenem Vornamen aus der Community. Ihm ist klar, dass auf der Welt Tausende derartige Namen existieren. Trotz allem versetzt die Erinnerung ihn in Aufregung, dabei reißt er die Augen auf. Sieht auf einen leuchtend gelben Streifen, den das Hoflicht über die Zimmerdecke legt. Amarinta aus Padua hat recht mit ihrem letzten geschriebenen Satz: Jene entdeckte Sauerei im Hotelzimmer stammt unter Umständen von verschüttetem Rotwein, hervorgerufen durch zwei besoffene Hotelgäste. Mathe grübelt: Dieses Messer ist kein Fake.

Im Schlaf dreht und wendet er sich, dabei rutscht ihm die Decke vom Bett. Zuerst ein dumpfer Aufschlag, dann ertönt ein blechernes Klingeln dicht daneben. Ein Schlag auf den Wecker, gefolgt vom grellen Beißen der Nachttischlampe – Nussbaum ist wach. Er gähnt, die Augen blinzeln beim Erkunden des Ziffernblattes. Die Zeiger stehen auf halb acht. Ein weiteres Zwinkern erfasst eine gerahmte Getränkekarte, die unbeschadet auf dem Boden neben dem Bett liegt.

An diesem Sonntagmorgen in Italien quält sich der hagere Deutsche, mit Bauchansatz, aus dem Doppelbett. Der Platz vom Bett zur Wandgarderobe besitzt die Breite des Nachtkästchens. Beim Umhängen des Bademantels reißt er das Sakko vom Haken: „Verflucht!", rutscht es ihm heraus. Egal, er beruhigt sich, denn er erspürt eine Leichtigkeit. Kein Wunder, es fehlen die Nörgeleien seines Weibes vor dem Frühstück.

Nussbaum holt das Radio aus dem Koffer, die Kaffeemaschine, eine Plastiktüte mit einer übrig gebliebenen Semmel. Den Automaten, konstruiert für eine Tasse schwarzen Genusses, stellt er auf einen wackeligen Tisch, hineingepresst zwischen Fußende des Schlafplatzes und der Wand.

Wegen eines zerbrochenen Rollladens erlaubt das Fenster begrenzt den Blick zum Himmel. Genug, um festzustellen, ob Regen den Tag versaut oder die Sonne ihn versüßt. Nach dem Befüllen der Kaffeemaschine mit Mineralwasser, dem Einlegen des Kaffeepads, stellt er sie auf den Fenstersims neben dem Radio.

Den Schalter gedrückt, schwebt der Dampf wie der Herbstnebel inmitten des Hotelzimmers. Mit seinen Schlappen schlurft Nussbaum zur Zimmertüre, öffnet sie – vor ihm auf dem Flurboden, eine eigenartige Zeichnung aus weißem Pulver. Verwundert schlurfte er weiter über das Zeichen hinweg, den Flur entlang Richtung Bad.

Heute ist jede Minute kostbar, denn seine Verabredung wartet Punkt neun im Café, unweit des Hotels. Zu Mathe Nussbaum, einem Morgenhektiker, passt sein fehlendes Kopfhaar bestens ins

Konzept, denn der Waschlappen hat dadurch freie Bahn. Auf das Abtrocknen hin folgt das Putzen der Zähne und ein Wühlen im Kulturbeutel auf der Suche nach seiner Mundspülung. Die Spülung liegt vergessen im Reisekoffer. Ohne Unterbrechung der Zahnreinigung, schlurfend über den Flur, empfängt ihn vor seiner Zimmertüre ein eigenartiger Geruch. Verbranntes, mit einem Hauch von Gummi, schürt seine Hektik.

Sekunden vergehen, bis die Tür geöffnet ist, bis Mathe am Bettende steht. Zwischen der Backe, den Zähnen brummt weiterhin die elektrische Bürste, dabei starren seine Augen auf den Automaten: „Godd verdammich!", entgleitet samt Spritzern von weißem Schaum seinen Lippen. Dampfend, zischend brodelt die Maschine fleißig in einer braunen Pfütze. Kaffeebrei quillt aus dem Filterbehälter, versaut das gesamte Umfeld, er brüllt: „Ja, soa Glomb, soa elends! Ha no! Warum die Sauerei, wo mir die Zeit fehlt?", lauthals brabbelnd, richtet sich der Zorn gegen den Automaten: „So a Allmachdsglomp! Ha wa," sein Termin erlaubt kein Trödeln. Amarinta warten zu lassen, das würde ihn schmerzen, denn er benötigt ihre Hilfe. Lumpen saugen übergelaufenen, teilweise eingebrannten Kaffee aus der Kaffeemaschine auf. Genervt sinkt er auf den Stuhl, sieht die Trinkschale vor sich, in der ein Drittel des schwarzen Gebräus übrig geblieben ist.

Auf dem Fensterbrett aktiviert die Zeitschaltuhr des Weltempfängers die Nachrichten um eine Minute vor acht. Zu Hause stand er sonntags um diese Zeit auf. Er beißt in die Semmel, aus dem Lautsprecher vibriert die Stimme des Moderators eines deutschen Senders:

„Es ist neun Uhr. Guten Morgen, ihr da draußen. Es folgen die Nachrichten mit …"

Nussbaum erstarrt. „Ha no, was neun … du Schooofsäggl, unmöglich! Wie so neun?" Zur Sicherheit schaut er auf den Wecker neben dem Bett, der acht zeigt. „Ja, legg me doch …!", quetscht er die Wortfetzen an der zerkauten Semmel vorbei. Die Krümel folgen der impulsiven Aussprache durch die Luft. Angekommen auf der Kaffeeschale, zeichnen sie kreative Muster. „Ha no, solch ein Dreckssonntag!" Wegen fehlender italienischer Sprachkenntnisse hatte er die Umstellung der Uhren auf Sommerzeit versäumt.

Der Hektiker legt beim Anziehen an Tempo zu. Dabei wandern Nussbaums Augen durch den Raum, auf der Suche nach dem Mobiltelefon.

„Solch ein Schofscheiß!", die für ihn befreiend wirkende Äußerung übertönt die Musik, die am

Fenster munter rockt. Zuverlässig, wie jeden Tag in Deutschland, geradeso an diesem sonnendurchfluteten italienischen Morgen, sorgt das Radio für beste Laune. Nussbaum bringt wühlend den Inhalt des Koffers durcheinander. An der Garderobe dreht er die Taschen des Sakkos, des Mantels von innen nach außen. Verlorene Zeit. Mit einem verhaltenen Ton, der in eine drängelnde Melodie des Ohrwurms ‚Felicita' wandelt, gibt der Papierkorb das Gesuchte preis. Wie es aussieht, rutschte das Mobiltelefon vergangene Nacht beim Hantieren mit dem Laptop vom Tisch. Zögernd zieht er das Handy an dem in Frottee eingewickelten Messer vorbei, dann sieht er Amarintas Name auf der Anzeige. Sofort ruft er zurück, ihm bleibt ein kurzes „Hallo!"

„Mathe, wo steckst du? Ich warte! Hier zieht es wie Hechtsuppe, beeil dich gefälligst!"

„Ha no, entschuldige Amarinta …", Mathe versucht es mit Erklärungen – sie fällt ihm ins Wort.

„Zu deinem Glück wohne ich um die Ecke", sagt sie gelassen. „Wenn du absagst, die umsonst gefahrenen Kilometer verkrafte ich, bitte sag es gleich. Kommst du oder kommst du nicht, ich verliere ungern unnötig Zeit mit Herumsitzen."

„Amarinta verzeih, bin unterwegs. Hatte nur …"

„Mathe, bitte", unterbricht sie erneut. „Avanti, avanti, denk an das Messer. Hörst du? Niemand bezeichnete mich je für einen von Geduld geprägten Menschen."

Sonntag

Beim Verlassen des Hotels steckt Nussbaum immer wieder den Saum des Hemdes in seine Hose. Nicht die Tüte mit dem Hackmesser unter der Achsel schränkt die Bewegungen ein, sondern sein Wohlbefinden. Bei jedem Schritt rutscht erneut sein Hosenbund. Wieder nach oben gezerrt, schiebt langsam ein Hemdzipfel sich am Po unter der Jacke hervor. Baumelnd, wie die Rute eines Hundes, dem es elend ergeht, das ist Nussbaums momentane Stimmung. Wegen der Verspätung setzt er zum Spurt an, ihm fehlt die Luft, bleibt stehen, spaziert langsam weiter.

Lang gestreckten Schritts überquert er die Straße, direkt vor der Café-Bar ‚Vero'. Auf dem Bürgersteig laden Stühle mit ihren roten Wolldecken die Besucher zum Verweilen ein. Bunte Eiskarten wippen auf sieben Tischen im schattigen Wind. An den Scheiben der Bar kleben in einem kreativen Chaos verstreut bebilderte Speiseangebote neben Informationen regionaler Veranstaltungen. Drei Italiener, die einzigen Gäste, verharren in ihrer Unterhaltung, taxieren den Touristen mit wedelndem Hemdzipfel. Mathe schaut nach Amarinta, sucht im Mobiltelefon ihre Nummer. Blockiert dabei mit seiner Körperfülle einem heraneilenden Servierbrett den Weg. Es stupst ihn in den Rücken, versucht die Blockade zu verdrängen, zumindest hofft es auf eine Reaktion.

Regungslos verharrt der Germane weiterhin unter dem Türrahmen. Eine Welle lautstarker, asiatisch lächelnder Worte, der drei Köpfe unterlegenen Servicekraft, schwappt direkt auf ihn zu. Nussbaum dreht sich zu ihr, sieht fragend herab. Ihre Hand zeigt auf ihn: „Tedesco?" Von seinem Nicken ermutigt, packt sie seinen Arm, lotst den Verdutzten um die Ecke des Gebäudes, wo es weitere Tische hat.

An einem der Letzten hockt eine Dame mit Zigarillo vor einem Glas Tomatensaft. Bis auf ihre braune Hautfarbe ähnelt jenes weibliche Wesen nicht dem Foto aus dem Internet. Nussbaum zweifelt. Trotz kurzem schwarzem Haar, einer roten Brillenfassung, die sie jugendlicher aussehen lässt, verraten Hautfalten am Hals ihr wahres Alter. Des Weiteren scheint ihre Schlankheit auf dem Foto in der Realität verloren.

Zögerlich verlässt ihr Interesse lächelnd die Seiten einer Zeitschrift. Sie fixiert den Verunsicherten, den sie ebenfalls nur von Fotos her kennt.

„Steht wahrlich vor mir Mathe Nussbaum?", ihre Frage entweicht mit einer Rauheit in der Stimme, die einen übermäßigen Konsum an Zigarillos plus Alkohol erahnen lässt.

Stockend kommen aus ihm die Worte: „Ha no, ich bin, Mathe!"

Die Servicekraft räuspert sich, wartet mit gemeißeltem Lächeln auf eine Bestellung. Er dreht sich zu ihr, senkt seinen Blick, für die Asiatin eine Aufforderung, nach seinen Wünschen zu fragen. Mehr aus Verlegenheit bestellt er einen Cappuccino, mit einem Cornetto, und sagt zu Amarinta: „Jenes, mit Marmelade gefüllte Hörnchen versüßt hoffentlich meinen chaotischen Morgen." Die Plastiktüte legt er auf dem Boden ab, setzt sich, wischt dabei mit einem Taschentuch über die Stirn.

Daraufhin reklamiert Amarinta mit einem Augenzwinkern: „Bei dir benötige ich einen Haufen Geduld", dabei lächelt sie wegen seines Dialektes. „Hoffe, du hast eine überzeugende Ausrede, aber bitte auf Hochdeutsch!"

Mathe antwortet mit spitzer Zunge: „Ich schreib' dir eine SMS, dann verstehst du es besser! Entschuldige vielmals, werde mich bemühen, bei der nächsten Zeitumstellung pünktlich zu sein." Mathe schiebt mit dem Fuß den Stuhl neben sich beiseite. „Ha wa, dein Aussehen verwirrt Amarinta. Die Person im Internet passt mit der Realität nicht überein. Hab' aber das Gefühl, wir kennen uns eine Ewigkeit."

„Stimmt, deine ständigen Verspätungen sind unvergesslich", sie legt ihren Kopf zur Seite. „Im Internet wartete ich, trotz deiner Versprechungen, bis zu einer halben Stunde."

„Ha wa, ich schwitze! Entschuldige! Heute ist dieses Wetter gewöhnungsbedürftig. Bei meiner Abreise in Deutschland, solch Sauwäddr, von wegen Frühling, zumindest hat es hier diese Schwüle."

Amarinta schmunzelt: „Bei uns Mathe zeigt das Meer überwiegend erfreuliche Seiten, nur an manchen Tagen, bedauerlicherweise, eine unerträgliche Feuchtigkeit. Apropos, mein Bild ist aufgehübscht. Verzeih mir! Aber im Netz verkauft sich die Damenwelt dadurch besser. Des Weiteren ist es im realen Leben, bei meinem Job angebracht, dass mich nicht jeder erkennt. Bitte sei ohne Gram, wenn ich sofort zum Thema wechsle, Zeit für Plaudereien finden wir ein andermal. Versprochen!" Sie schiebt ihre Brille mit dem Zeigefinger die Nase hinauf und sagt: „Zuallererst gib mir das Corpus Delicti. Vermute, es steckt in der Tüte dort auf dem

Boden?"

„Ja, im Handtuch eingewickelt! Ich hab' es nicht angefasst! Lass es verschwinden, weit weg von mir!"

Sie lacht, pafft eine Rauchwolke durch die Luft: „Verschwinden lassen, nein. Ich gebe es Kollegen, die das Blut untersuchen und nach Fingerabdrücken suchen, dann sehen wir weiter. Jetzt zu deinen Andeutungen, deinen Mails, dahinter stecken Ungereimtheiten. Du schreibst von Geschlachteten, von einer Menge Blut, gleichzeitig von Leichen, über die du gestolpert bist. Um jedes Detail bitte ich dich, damit ich verstehe, wo das Problem liegt. Wenn es meine Vermutungen bestätigt, ist ein sofortiges Handeln angesagt."

„Ha no, eine dumme Geschichte, Amarinta."

„Dann los, mein Freund!"

„Amarinta, du bist die Einzige, die mir bisher zuhört. Alle anderen lachten mich aus. Versuchten mir einzureden, dieses Erlebnis sei reine Einbildung. Je mehr ich nachgefragt habe, desto herablassender waren deren Reaktionen. Manch einer von denen hat mich ohne Beachtung stehen lassen. Eine Touristin, die gegenüber dem vermuteten Wahnsinn wohnt, gab mir bei der Frage nach dem nächtlichen Stöhnen einer Frau eine Ohrfeige. Vor meiner Nase knallte ihre Tür ins Schloss. Mittlerweile rede ich mir ein, diese Trugbilder entstanden aufgrund der Übermüdung durch meine Anreise. Ha no, sparte Geld, ein Liegewagen ist mit Sicherheit erholsamer."

„Was war dann?", Amarinta treibt ihn an.

„Nach der Ankunft verschwand ich sofort ins Bett. Dank des Schlafmittels wachte ich erst kurz vor zwanzig Uhr wieder auf. Hatte schrecklichen Hunger." Er seufzt. „Seit der Abreise in Deutschland freue ich mich auf die echte, unverfälscht italienische Küche."

Amarinta, drückt ihren Zigarillo aus: „Ob da Unterschiede zu den Restaurants in Deutschland bestehen?", sie lacht, „das sind genauso Italiener, erzähl weiter!"

„Meinem Zimmer fehlt die sanitäre Anlage, daher suchte ich draußen auf dem Korridor das Bad. Drei Türen weiter, diese halb geöffnete – ich war mir dermaßen sicher. Ha wa, sag dir, bis zu dem Zeitpunkt wusste ich nicht, wie es ist, wenn man unter Schock steht. Zuallererst war es nicht das Badezimmer, sondern ein geräumiges Hotelzimmer mit schweren Vorhängen. Peinlich war, ich platzte in eine fremde Intimsphäre. Blitzschnell schaute ich mich um, und dieser Anblick raubte mir die Luft:

Ein Nackter in einem Kingsize-Bett inmitten von brennenden Kerzen. Stell dir das vor! Auf den Fenstersimsen, den Nachtkästchen, dem Tisch, ja auf dem Boden flackerten mindestens dreißig dieser Lichter. Eigenartige Fragmente weißer Symbole waren auf dem Fußboden gezeichnet. Warum man den Körper in rote Farbe tauchte, Puder darüber streute? Er sah aus wie ein Himbeerdessert mit Puderzucker. An das ursprüngliche Blütenweiß des Betttuches erinnerte einzig der herabhängende Saum. Blut ist das nicht, denn wenn der Saft, in dem er lag, in seine Adern gehörte, schien er beileibe leergelaufen. Die Erinnerung, no – do lubbfts mi."

„Wie bitte?", sie schüttelt ihren Kopf.

„Na, ich hätte bald gekotzt. Wie ein Wunder, in Zeitlupe, bewegte sich dessen Schädel aus dem Kissen heraus. Weißglänzend die Augäpfel, seine linke Gesichtshälfte von einer Narbe entstellt, die von der Schläfe bis zum Kinn reichte. Er starrte mich an, seine Hand – sie winkte mir kraftlos zu. Dieser Mensch sah aus wie ein lebender Toter. Mir war nicht klar, was hier veranstaltet wurde. Amarinta glaube mir, ich drängte raus aus diesem Zimmer, unter die Dusche, fort in eine Pizzeria."

„Mathe, oh Gott, du hattest weiterhin Lust auf Essen?"

„Pass auf, meine Liebe, es kommt weitaus grauenvoller. Blind vor Panik stolperte ich beim Verlassen des Zimmers über ein gackerndes, flatterndes Huhn, das aufgeregt umherrannte. Überall Hühnerkot und in der Luft schwebten Flaumfedern. Mit jedem Schritt kreuzte das Vieh meinen Weg. Ich vermute, bin allergisch, so wie die Nase, die Augen juckten. Stell dir vor, dieses Huhn, mit schwarzem Federkleid, und zwischen den Flügeln ein Kreuz aus weißer Farbe. Komisch, nicht wahr?"

„Erzähl, was war nach dem Huhn?"

„Geduld! Ich hastete vorbei an Türen, dann das Schild ‚Doccia'. Diese Tür klemmte, kickte mit dem Fuß dagegen. Ein weiterer Schock – wäre geradewegs über ein Frauenbein gestolpert", er streckt ihr seinen Arm entgegen. „Heiligsblechle, sobald ich daran denke, stehen meine Körperhaare senkrecht."

„Hab's gesehen, Mathe, erzähl weiter!"

„Um mich herum, alles rot, komplett verschmiert, hatte das Gefühl, mein Herz springt jeden Moment aus der Brust. Stell dir vor, unter dem Waschtisch kauerte eine weibliche Person, ihr blondes wirres Haar hing über dem Gesicht, sah aus wie eine verrutschte Perücke. Entdeckte Blut, das im Mundwinkel klebte. Mit beiden Händen umklammerte sie den Griff des Hackmessers, das jetzt in dieser Tüte steckt. Ihre gestreckten Arme hielten es in der Höhe, wie ein Schutzschild, der blutet. Amarinta, ein Trauma."

„Ich glaub' dir Mathe."

„Erst jetzt realisierte ich, dass dieses Rot auf dem Laken, dem Nackten, den Fliesen Blut ist. Der Lebenssaft klebte überall, auf ihrem weißen Kleid, dem Waschbecken. Hechelnd brüllte sie Unverständliches, das am Ende nach ‚maledire' klang. Grauenhaft, wie ihre Augen zwischen zwei Haarsträhnen hindurch direkt in meine Richtung starrten. Zähnefletschend erinnerte ihr Mund an ein tollwütiges Tier, dem einzig der Schaum auf den Lefzen fehlte. Dort lag eine Kreatur, die kurz vor dem Verenden erneut Kräfte sammelte, um exzessiv gegen mich zu spucken, zu fauchen. Ha no, wenn ich wüsste, warum – hatte nichts Böses im Sinn, versuchte zu helfen. Fluchtartig stürzte ich hinaus."

„Mathe, in diesem Hotel finden seit zwei Jahren Fake-Voodoo-Rituale statt. Hätte ich mitbekommen, wo du deine Übernachtungen buchst –

war mir sicher, du mietest dir ein Zimmer direkt in Venedig. Das Blut, die Kerzen, das weiße Mehl, dann das Huhn, das alles deutet auf solch ein Ritual hin. Aufgrund deiner Beschreibung vermute ich, dass der Blutige, wie diese Blonde, beide zu dem Zeitpunkt in einer anderen Welt waren. In einem Zustand der Trance, der außer Kontrolle geraten war. Weißt du, was sie dir zugerufen hat?"

„Nein! Dieser Hexensabbat überforderte mich, hörte Bruchstücke, mehr nicht. Ich verstehe kein Italienisch", Mathe trinkt hektisch.

„Sie verfluchte dein Leben. Pass auf, es könnten dich Albträume quälen."

„Oh verdammt, du hast recht, Amarinta, letzte Nacht hat es angefangen!"

„Mathe, die Angst davor versetzt manchen in Schlaflosigkeit, die im Wahnsinn endet. Bitte erzähl weiter, wohin bist du abgehauen?"

„Panisch rannte ich die Treppen hinunter an die Rezeption. Mein unvorteilhaftes Äußeres, der Pyjama in Übergröße … die Gäste starrten mich an. Sie vermuteten, hier ist ein Irrer, der mitten in der Eingangshalle gelandet ist, dabei wiederholt Notarzt brüllt.

Was ich dort oben sah, erntete Spott. Einer sagte verächtlich: typisch für einen Junkie. Eine

Dame meinte: Ich schaute zu tief ins Glas. Keiner zeigte Mitgefühl, es gab Getuschel, Gelächter. Dieser Empfangsdame sah man an, wie peinlich ihr die Lage war. Sie bat um Ruhe, versicherte eine gründliche Aufklärung. Weder Polizei noch Notarzt durchquerten je das Foyer. Ha no, ich verlangte mehrmals nach dem Hoteldirektor und der ließ ewig auf sich warten.

Gefühlte eineinhalb Stunden dauerte es, bis ich, mit dem Manager des Hotels, das Badezimmer überprüfte. Es gab keine Spur von jenem Rot, das Bett des Hotelzimmers war unberührt. Überzogen mit geplätteten weißen Tüchern lag frischer Fliederduft im Raum. Was sagst du hierzu?"

„Mir scheint Mathe, du bist lange genug am Tresen der Bar gesessen, das Personal hatte Zeit für eine gründliche Reinigung. Oder haben sie dir ein falsches Stockwerk gezeigt?"

„Ich stellte diese Frage, und der Direktor quittierte mit einem derart frechen Grinsen, er zeigte zum Ende des Flurs auf meine Zimmertüre. Am liebsten hätte ich ihm die geballte Faust mitten auf seine Lackaffennase gedrückt. Ich verkroch mich kommentarlos aufs Zimmer. Zum krönenden Abschluss lag unter der Bettdecke dieses Hackmesser. Amarinta, zum Glück bist du mir eingefallen.

Ohne deine Stimme, die beruhigenden Worte hätte ich kein Auge zugemacht. Heute Morgen auf dem Weg zum Bad, wieder eines dieser weißen Zeichen, mit Sarg umringt von Kreuzen direkt vor meinem Zimmer."

Amarinta verzieht den Mund, knabbert an der Innenseite ihrer Backe, zündet sich ein Zigarillo an, schiebt ihre Brille den Nasenrücken hinauf: „Mathe, du benötigst Hilfe."

Er antwortet: „Ich vermute das auch."

„Zum Glück hast du dich bei mir gemeldet, wir finden einen Weg, um den Fluch von dir abzuwenden, doch das bedarf Zeit, benötigt Vorbereitung. Problematisch ist – diejenigen Personen, die hinter der Geschichte stecken, sind gefährlich. Dieses Zeichen am Flurboden gehört zu jenem Baron Samedie, der jedwede Menschlichkeit verspottet, denn er ist der Engel des Todes. Du entdecktest Wahrheiten, die am besten im Verborgenen geblieben wären." Sie inhaliert einen kräftigen Zug, der ihren Rillo halbiert, dessen Qualm sich kriechend über den Tisch bewegt. Sie reckt ihren Hals, sieht zur anderen Straßenseite: „Seit einem Jahr sammelt eine Sonderkommission Hinweise, Genaueres erkläre ich dir später, denn meine momentane Arbeit erlaubt das nicht." Sie scheint angespannt: „Bitte, lass uns weiterhin über das Internet in Verbindung bleiben. Telefonieren nur im äußersten Notfall. Kapiert? Diese Personen sehen in dir ein Risiko, versuchen ...", sie unterbricht mitten im Satz, dabei schieben ihre Augenbrauen Falten auf die Stirn. Zuerst stopft sie die Handtuchrolle, dann die Zeitschrift in ihre Umhängetasche.

„Amarinta, was ist los mit dir?"

„Entschuldige Mathe!", sie drückt den Zigarillo aus, streckt erneut ihren Hals, ihr Blick gleitet über ihn hinweg auf die andere Straßenseite. „Das ist ein ungünstiger Zeitpunkt, mein Lieber, lass uns ein andermal treffen", sie springt auf, dreht ihm den Rücken zu und hastet davon.

„Amarinta, bitte, ich benötige ...", ruft er ihr nach, indes verschwindet die erhoffte Hilfe um die Ecke des rückwärtigen Gebäudes. Statt ihr nachzulaufen, sucht er Auffälligkeiten für den Grund ihrer Flucht. Da ist nichts, außer Japanern, die in einen Reisebus steigen, parkende Autos, Müllcontainer, Mütter mit Kindern. Geknickt vom abrupten Ende des Treffens, bezahlt Mathe am Tresen des Lokals und schlendert frustriert zurück ins Hotel.

An der Rezeption verlangt er den Zimmerschlüssel nebst einer Flasche Mineralwasser. Mit jedem Schritt auf der Treppe zerrt seine Hand an der Hose, über deren Hinterteil der Hemdzipfel wedelt. Beim Öffnen der Tür starrt Mathe zuerst in ein Chaos, dann auf die Zimmernummer außerhalb der Tür. Es ist sein Koffer, dessen Inhalt verstreut am Boden liegt. Ein gefaltetes Papier zwischen den Tasten des Laptops verursacht ein permanentes Piepsen. Behutsam zieht er das Blatt aus der Tastatur, entfaltet es, versucht, die krakelige Schrift zu entziffern:

Kartoffel verschwinde! Kontakt mit Amarinta Sander zieht Strafen nach sich!

Zehn Worte, darunter ein Symbol aus Punkten, Kringeln, das dem des Mehlzeichens von diesem Baron Samedie ähnlich ist. Kartoffel, das Schimpfwort der Italiener für uns Deutsche nichts Neues, Amarintas Nachnamen dagegen schon. Stammt der Brief von Ihrem eifersüchtigen Lebensgefährten? Das wäre die einzige plausible Erklärung. Mathe wirft das Blatt beiseite, sagt mit einem Kopfschütteln: „Wie es scheint, spaziert hier jeder rein und raus, wie es ihm passt!"

Zum Glück ist keine Mordwaffe zurückgeblieben und beim Einräumen des Reisekoffers fällt auf, dass das Fach im Deckel, wo sonst eine Haarbürste steckte, leer ist. Auf allen vieren krabbelnd, sucht er nach dem Bambusteil, mit seinen aufwendig gearbeiteten Intarsien. Die Bürste ist für ihn mehr ein Talisman, eine Erinnerung an die einstige blonde Haarpracht, die sie 27 Jahre lang pflegte. Mathe gibt die Suche auf, sie war dekorativ, nicht hochpreisig, ein Import aus China. Mathe Nussbaum, der Glatzköpfige, verkniff es sich, Anzeige zu erstatten wegen einer Haarbürste. Mehr beschäftigt ihn dieser Zettel – warum hat sie mir ihren Ehemann verschwiegen? War er der Grund für ihr Verschwinden? Träge stopft er all die Sachen zurück in den Koffer.

In seiner Ratlosigkeit fehlt Mathe jedwede Motivation. Er sucht an der Rezeption eine sinnvolle Zerstreuung, die ihm den Nachmittag verkürzt. Auf dem Tresen sticht eine wulstig bunte Glasschale ins Auge, die in verschiedenen Sprachen auffordert: ‚Bitte Zimmerschlüssel einwerfen!‘. Daneben locken Prospekte über Venedig mit Ausstellungen, prunkvollen Kirchen, Vivaldi-Konzerten. Ein Plakataufsteller neben dem Ausgang wirbt für eine Abendvorstellung auf dem Marktplatz, mit einem ABBA-Revival, einer für ihn unbekannten Gruppe. Daneben auf einem separaten Stapel Flyer preist eine fett gedruckte Überschrift ein Seminar an: ein erfülltes Leben in Reichtum durch …

Hinter dem Tresen eine Stimme in gebrochenem Deutsch: „Wünschen, Sie abzureisen, der Herr?"

Mathe spitzelt am Bildschirm des PC vorbei, dabei entdeckt er den Portier vom Anreisetag. Vertieft im Sortieren von Belegen, drückt er jedem Einzelnen einen Stempel auf.

„Nein, wieso kommen Sie darauf? Hab zwei Wochen im Voraus bezahlt, bitte, ich hätte da eine Frage: Benötige eine Eintrittskarte für eines der Konzertangebote", dabei streckt er den Prospekt ‚Collegium Ducale Orchester' ihm entgegen.

Der Rezeptionist schweigt, denn dieser Deutsche nervt. Verbreitete er bisher Unruhe im Haus, plus die Überstunden? Der Stempel knallt energischer auf die Blätter: „Bei uns, nein, im Touristen-Büro – keine Aussicht – alle Karten vergriffen!", sagt es, dabei gibt das Farbkissen erneut einen dumpfen Ton von sich.

„Entschuldigung, das ist seltsam! Jemand hat mein Zimmer durchwühlt und ein Chaos hinterlassen. Kommt das öfter vor?"

„Verehrter Herr, was denn?", er richtet sich auf, bringt sich in Position: „Außer Ihnen, dem Reinigungspersonal betritt kein Mensch das Zimmer – Sie haben vergessen, Türe zu sperren! Gäste bringen Chaos, Personal beseitigt es! Lass mich in Ruhe arbeiten!"

Nussbaum dankt für die Auskunft – verkniff es sich, ihn ein Arschloch zu nennen. Gebeugt verlässt er das Hotel, spaziert vorbei an der Apotheke, den Wohnhäusern, ziellos die Straße entlang. Dabei sieht er nicht die Bäume der Allee, die Geschäfte, die Restaurants. Bemerkt weder die Menschen, die an ihm vorbeigehen, noch registriert er deren Gesichter, die keine italienischen Wurzeln besitzen. Man bezeichnet diesen Stadtteil neben Mestre als einer der ‚hässlichen Schwestern' Venedigs. Hier wohnt der bescheidenere Teil der Bevölkerung, trotz der vereinzelt verblassten Villen, mit ihren parkähnlichen, von der Sonne verbrannten Gärten.

Mathes Weg führt vorbei an einer modernen Backsteinkirche, quert einen von Bäumen beschatteten Park, einen Spielplatz, spaziert entlang des Gemeindehauses, zum Marktplatz. Überall hängen dort an der Absperrung Plakate ‚ABBA-Revival'. Ein Stück weiter das Marktgebäude, über dessen geschlossene Rollläden eine Uhr ohne Zeiger ihr Dasein fristet. Mathes Magengefühl – die Anzahl der Gäste in den Trattorien gegenüber lockt zum Mittagessen. Beim Verzehr einer Lasagne wird ihm klar, der Urlaub driftet direkt auf eine Katastrophe zu. Jetzt ist ein gesunder Optimismus angesagt, um in diesem Mysterium nicht unterzugehen.

Der Kellner räumt den Tisch ab, dabei verdrängt Mathe, was dieser zu ihm sagt, denn zu tief steckt er in einem Dilemma: Von Amarinta allein gelassen, sind die Möglichkeiten begrenzt, um herauszufinden, ob die Narbe lebt oder vergraben ist. Bisher ist des Fluches wegen kein Schaden entstanden, außer diesen blutigen Bildern, die in seinem Kopf herumspuken. Eine Polizeistation aufsuchen, das wäre unklug, denn welcher Beamte schenkt der Geschichte eines Touristen Aufmerksamkeit, ohne Beweise?

Der prall gefüllte Bauch verlangsamt seine Schritte beim Verlassen des Lokals. Bedauerlicherweise findet er keinerlei Ablenkungen in diesem Stadtviertel; originelle Bauwerke, wie Museen, fehlen. Das Wohnviertel, soweit es für ihn zu erkennen ist, belebt einen hohen Anteil eingewanderter Asiaten. Erfreulich sind die zahlreichen Café-Bars, sie sind zwischen all der Hektik, Inseln der Erholung.

Mathe betritt den nahen Park, durch dessen Baumäste, mit ihren sprießenden Frühlingsblättern, die Sonne spitzelt. Eine freigewordene Parkbank lädt ein, seine Beine lang zu strecken. Aus der Jackentasche zieht er ein Notizbuch, zu dem ihm sein Psychiater geraten hat. Dazusitzen, zu Schreiben, zaubert Mathe ein Schmunzeln auf die Lippen:

Mein Ziel war es, die Stadt Venedig zu besuchen, leider habe ich bisher keine einzige Gondel gesehen. Das Treffen mit Amarinta war eher eine Momentaufnahme mit Fragezeichen. Das Positive ist, in Deutschland ließ ich mich stressen, dagegen sitze ich in dieser Parkanlage, um den Tauben beim unermüdlichen Picken zuzusehen.

Jedes Wort auf dem Papier war ein Sieg über mein verschlissenes Leben, das vom Streben nach Wohlstand geprägt war. Reichtum ist von niemandem erzwingbar, ein Burn-out-Syndrom dagegen schon. Hier auf dieser Parkbank, inmitten eines Fleckens Natur umgeben von geschäftigem Treiben, erlaube ich mir eine Auszeit. Zeit, das Wertvollste neben der Gesundheit eines Menschen. Spätestens bei einem Herzinfarkt begreift man, was lebenswert ist, vorausgesetzt man hat überlebt.

Nussbaum legt das Notizbuch neben sich, den Kopf nach vorn gebeugt, bleibt er in einer Melancholie vergraben. Beim Durchatmen sieht er am

Rande des Weges eine Schar Spatzen, die, mit aufgeplustertem Gefieder, Flügel schlagend, ihr Sandbad genießen. Daneben auf zahlreichen Bänken rastende Menschen: Liebende, Zeitungsleser, Kopfhörer, Rucksackreisende, Hausfrauen mit vollgestopften Einkaufstüten.

Mathe Nussbaum macht an diesem Tag einen Strich unter das bisher Gelebte, schafft Platz für einen Neuanfang.

Sonntagabend

Nach diesem ausgiebigen Spaziergang pausiert Mathe erneut im Café mit den wippenden Eiskarten. Windböen fegen die knallbunten Karten abwechselnd auf die Tischplatten nieder. Flink schafft die Kellnerin wieder Ordnung, ohne lang anhaltenden Erfolg. Betört von ihrer zierlich asiatischen Körperform, ihrem angeborenen Lächeln, erkennt er eine andere Wahrheit. Ungeduldig schiebt sie die Eiskarte umher, wischt seinen Tisch, obwohl er vor Sauberkeit glänzt. Durch ihre drängende Anwesenheit reißt sie ihn aus seinen Gedanken, fordert zur Bestellung auf.

„Ha no, einen Valpolicella! Per favore!" Sein gewünschter Rotwein stammt aus dem westlich gelegenen Verona. Das zumindest verrät ihm das Taschenbuch der Sommelière, sein ständiger Begleiter.

Serviert in einer Karaffe, steht ein Wein vor ihm, der an steilen, terrassierten Berghängen oberhalb der Stadt reift. Gepflegt von Generationen emsiger Winzer, mit ihrem Schutzpatron San Zeno, behalten sie heute die Qualität der Reben im Auge. Detailliert beschreibt der Autor die Farbe des jugendlichen Weins, der durch sein Rubinrot besticht. Dagegen liegt beim Servieren ein granatroter Rebensaft im Weinkelch, was eine fortgeschrittene Alterung erahnen lässt. Man schreibt ihm einen stämmigen Körper zu, mit einer samtig harmonischen Note. Hervorstechend bei diesem Tropfen der bittere, zarte Nussgeschmack. Hier stimmt die Trinktemperatur nicht mit den vorgeschriebenen 16 Grad Celsius überein, denn an der Außenseite des Glases perlen Wassertropfen aufgrund der Kühle, die darin steckt. Mathe legt das Buch beiseite, entdeckt vor sich eine Schale Kartoffelchip, ein Versuch von dem Manko abzulenken. Egal, eine Prise Geduld temperiert den Wein ohnehin in der lauen Luft.

Die Fensterwand im Rücken, den Blick zur Straße, die Beine unter den Tisch gestreckt, in dieser Unbeschwertheit lacht ihn die tief stehende Sonne an. Leider stecken die bedrohlichen Geister weiterhin in seinem Hirn. Auf der Hut sein vor diesen gesichtslosen Halunken ist anstrengend. Amarinta gäbe mir Sicherheit, aber die hat sich bedauerlicherweise verdrückt. Gegen die Kriminellen benötige ich eine überzeugende Haltung, mein Nervenkostüm bröckelt. Was führen die im Schilde? Wäre es von Vorteil, wenn ich nach diesem

Narbengesicht suche, dem armen Tropf, dem man derart übel mitgespielt hat. Wo fange ich an?

Nussbaum nippt am Wein. Dabei ordnet er sein Unbehagen dem Fluch dieser blonden Hexe unter dem Waschbecken zu. Besser wäre, Amarinta hätte nichts davon gesagt, so ignorierte ich manche Ungereimtheit. Dummerweise kontrolliere ich mein Umfeld, bin ständig auf der Suche, obwohl ich keinen Schimmer besitze, nach wem. Sind es die, mit den Krawatten, den markanten Strohhüten, oder jene, die mich anstarren? Immer wieder diese Zweifel zwischen Realität und Einbildung.

Er unterbricht seine Gedanken, entdeckt eine Blonde am Ende der Tischreihe. Leider verdeckte das Kopfhaar an jenem Abend des Grauens den größten Teil ihrer verzerrten Fratze. Jede x-beliebige Blondine, die an ihm vorbeiflaniert, wäre verdächtig. Lag eine Perücke über ihrem natürlichen Haar, kämen die Brünetten, Rothaarigen, wie Schwarzhaarigen genauso infrage. Mathe mustert diese Blondine. Ist sie es, da sie zu ihm herüberschaut? Unmöglich, sie ist hochschwanger. Wie mühelos man seinen Hirngespinsten verfällt.

Mathe kontrolliert vergebens sein Mobiltelefon. Warum schweigt Amarinta? Grübelnd über ihr

Handeln, schlürft er einen winzigen Schluck vom Rotwein. Dieser Tropfen mundet. Verstohlen schwenkt sein Blick nach beiden Seiten und kippt in einem Satz den Inhalt des Glases die Kehle hinunter. Und das mit Wein, ein unvernünftiges, ja peinliches Verhalten. Mir gefällt die Gier, egal, was andere davon halten. Er schiebt die Kartoffelchips an den gegenüberliegenden Tischrand, denn sobald eines der knusprigen Scheibchen in seinen Mund wandert, hört das Knabbern nicht mehr auf.

Das plätschernde Wasserspiel des monumentalen Brunnens mitten im Kreisverkehr schwappt bis zu den Tischen herüber, hinein in seine Ohren. Für ihn erschwerend das Belauschen des Nachbartisches mit seinen deutschen Wortfetzen. Plaudereien von überteuerten Restaurants in Venedig und von überfüllten Vaporettos. Hauptsächlich erhitzen sich die weiblichen Teutonen über die afrikanischen Händler mit ihren Handtaschen, ihren Plagiaten für teures Geld.

Hinter seinem Rücken schiebt ein benachbarter Ladenbesitzer einen Stehtisch auf den Gehweg. Daneben platziert er eine schwarze Reklametafel, auf der die Angebote der regionalen Winzergemeinde mit Kreide geschrieben stehen. Im Nu versammelt sich für eine ungeplante Verkostung ein geselliges Häufchen, dem man zum Wein, Weißbrot mit Olivenöl serviert. Nussbaum beäugt die Chips am Tischrand, zieht sie zu sich, nascht, dabei legt sich Zufriedenheit über sein Gesicht.

Mittlerweile verblasst das Abendrot hinter der Häuserzeile der Apotheke. Gleichzeitig verschwindet der Inhalt der zweiten Karaffe in Mathes Kehle. Gegenüber stoppt ein Reisebus. Nach einem Zischen beim Öffnen der Türen bevölkern emsige Asiaten mit ihren Koffern, ihren Reisetaschen den Gehsteig. Inmitten des Durcheinanders ein Junge. Die Hose hängt ihm auf der Hälfte des Sitzfleisches, die Bändel an den Turnschuhen schleifen im Staub. Nach dem Überqueren der Straße verteilt er Prospekte an den benachbarten Tischen, dabei wischt er mit seinem Ärmel über die Nase. Vor Nussbaum bleibt er prüfend stehen und fragt: „Du Nuss?"

Nussbaum nickt, lacht gespreizt über die dreiste Abkürzung, dabei versprüht er einen saloppen Funken: „Si Signore!"

Zarte, von Dreck behaftete Finger strecken Nussbaum einen Flyer über den Tisch entgegen. Mathe nimmt ihn, sieht zu den Nachbartischen, bei denen die Zugabe eines Kuverts fehlt. Fragend hält er dem Jungen den Brief vor die Nase, der mit einem Achselzucken das Weite sucht. Monoton schlägt die Papierkante der gefalteten Nachricht auf den Tisch, in der Hoffnung, alles Negative würde dabei herausrieseln. Er bestellt eine dritte Karaffe, sein rechtes Auge juckt, was ein fatales Zeichen ist. Die Asiatin füllt das Glas mit Rotwein, serviert erneut eine Schale Kartoffelscheiben. In den vergangenen Jahren wohnte in Nussbaum ein Mensch, der dem Leidigen fernblieb, denn er kannte sein explosives Verhalten in Verbindung mit einer angeborenen Aggression. Beim Anblick des Briefes kocht es in ihm, denn er schluckt auf keinen Fall eine weitere Drohung. Sein Zeigefinger fährt in den Umschlag, reißt ihn auf. Zum Vorschein kommt ein von Hand beschriebenes Briefpapier.

Lieber Mathe!

Warum dieser Brief? Momentan ist es unmöglich, dich zu treffen. Sei achtsam! Entschuldige mein abruptes Verschwinden! Die, die nach dir trachten, beobachteten uns. Sie kennen mich, stellen Vermutungen an, die dir schaden. Ich schrieb in unserer ersten Mail von meiner Anstellung in einer Beratungsstelle. Nach zwei Jahren boten sie mir ein ergänzendes Studium im italienischen Recht an. Hinterher diesen Job in der Questura Padova Ufficio Stranieri. Ich gehöre zur Abteilung für die internationale polizeiliche Zusammenarbeit bei Drogendelikten wie kriminell geführten Sekten. Ein ätzender Job, bei dem man permanent in einem Schleudersitz hockt. Im Internet darüber zu plaudern, ist mir untersagt. Da ich dich persönlich gesehen habe und dich über lange Zeit bei deinen Eheproblemen berate, schreibe ich mehr dazu.

Wegen deiner Albträume, Déjà-vus, melde ich mich, sobald ein Ort gefunden ist, an dem ich dich ohne Zeitdruck, ohne Störung, davon befreie. Keine Sorge, es ist schmerzfrei! Mein Brief versucht, jenes

Voodoo darzustellen, ohne die angedachten Grausamkeiten.

Mathe legt das Blatt auf den Tisch und trinkt: Ich vermutete, sie ist die Angestellte eines Sozialamtes – aber was hat sie mit einer Religion, wie dem Voodoo zu schaffen? Meine Eltern warnten mich vor derartigem Hokuspokus. Konzentriert liest er weiter.

Voodoo hat im normalen Sinne nichts mit kriminellen Machenschaften am Hut, wird aber missbraucht. Filmemacher peppen damit seit Jahren ihre Streifen auf, deren Gruselgeschichten sie gewinnbringend vermarkten. Den Menschen suggerieren sie, Voodoo füge Schaden zu. Sie schüren die Angst durch Okkultismus, durch den Teufel, den Bösen. Bedauerlicherweise verbreiten sie das Bild eines Glaubens, der verfälscht, missverstanden in der Welt umherschwirrt. Voodoo ist eine reine Naturreligion, ein zentrales Regelwerk einer Ge-

meinde. Sie kennt einen allmächtigen Gott, der einzig über die vermittelnden Geister, den Loa, in Kontakt getreten wird. Ähnlich den Heiligen in deiner katholischen Kirche.

In diesem Hotel sind all die Rituale reiner Betrug. Die Angestellten, vor allen deren Direktor, spielen kräftig mit. Was hier abläuft, ist kriminell, ist absolut gefähr-lich.

Mathe trinkt mit einem Schluck erneut das Rotweinglas leer, kapiert das Verhalten des Perso-nals, des Hoteldirektors. Zurückgelehnt, liest er weiter.

Das Opfer auf dem Bett, ich vermute, es ist einer von jenen Touristen, die das Abenteuer suchen. Diese sogenannte Pries-terin erhielt ihr Wissen in einem der angebo-tenen Schnellkurse. Geschäftemacher über-zeugen hauptsächlich die labilen Menschen, dass durch Magie ein Steuern von Lebenslagen realisierbar ist. Darunter zählen: Reichtum, Macht, Erfolg im Beruf, in der Liebe, wie Stressbeseitigung in der Ehe. Mit Drogen brechen sie die inneren Widerstände, erleichtern damit die Einflussnahme auf die Psyche, einschließlich deren Bankkonten.

Mathe trinkt, hört nicht die Kellnerin, wie sie fragt, ob er erneut Wein wünscht. Unbewusst nickt er, dabei hängen seine Augen weiter gebannt an den Zeilen.

Benin ist die Wiege des Voodoo und steckte dereinst im Reisegepäck des Sklavenhandels. Ihre Riten verteilten emigrierte Priester bis nach Europa. Sie beinhalten zwei Richtungen: Die eine davon ‚Rada Vodún‘, sie sucht den Frieden, strebt nach Versöhnung, die andere ‚Petro Vodún‘ ist das Böse, sie ist die Schwarzmagie. Die über tausendjährige Religion vermittelt dem

Menschen Gutes, sie strebt nicht nach Vernichtung. Voodoo lehrt uns, dass alles auf Erden miteinander verbunden ist.

Mein Religionswissen beruht auf langjähriger Erfahrung. Sie ist eine enorme Hilfe im Kampf gegen diese verlogenen Priester, die zurzeit in Italien ihr Unwesen treiben. In meinem Job, bei der Polizia di Stranieri, konfrontiert man uns ständig damit. Konkreteres über meine Arbeit erfährst du später, bei einem persönlichen Treffen.

Mathe legt erneut den Brief beiseite, denn in ihm blitzt das Bild seiner karibischen Jugendliebe auf. Er schmunzelt über dieses zarte Geschöpf aus seiner Vergangenheit, denn auch sie suchte stets nach dem Positiven im Menschen. Ihre religiöse Denkweise war in diesem Sinne gestrickt. Einen Schluck vom Wein und er schüttelt energisch den Kopf: Mein karibischer Engel hat keine Ähnlichkeit, ihre hellbraune Haut, hauptsächlich ihr schmales Becken berauschte mich beim Tanzen. Tief atmet er durch, blättert zur letzten Seite.

Schwarzmagie, wie sie vor deinen Augen geschah, verurteile ich. Meiner Einschätzung nach betrieb diese Blondine mit dem Hackmesser diese Schadenszauberei, welche auf Haiti nur ausgewählten Priestern erlaubt ist. Unterlaufen einem dabei Fehler, so fällt das Ausgesprochene auf die eigene Seele zurück. Durch ein Blutopfer, das den Geistern Nahrung schenkt, rief die Blonde zu deren Beistand auf. Das schwarze Huhn, das deine Flucht störte, stand eines der Rituale bevor. Das verteilte Rot auf dem Bett war Ochsenblut. Blutige Praktiken der Kriminellen sind populär, denn solch ein Spektakel bringt eine Menge Geld. Den Geistern oder Loa genügen frisch gesammelte, speziell ausgesuchte Kräuter.

Voodoo ist eine knifflige Religion des Heilens, kein Werkzeug zur Erfüllung kommerzieller Spielereien. Mein lieber Freund, hoffentlich bringe ich einen Lichtschein in das dubiose Treiben deines Umfeldes. Spiel nicht den Detektiv in dieser Voodoo-Geschichte. Bitte vernichte den Brief! Gerät er in die Hände dieser illegalen Machenschaften, bekomme ich Probleme. Solange über mich Unklarheit herrscht, bin ich sicher. Die Community, nein, es fehlt mir die Zeit aufgrund von Ermittlungen rund um den Gardasee. Die E-Mails lese ich. Sobald die Möglichkeit besteht, melde ich mich wieder bei dir!

Freundschaftliche Grüße

Amarinta

Jener Brief hilft teilweise heraus aus Mathes Ratlosigkeit, dennoch herrscht weiterhin Chaos in seinen Gedankenbildern. Nach einem kräftigen Schluck knüllt er die Blätter, steht auf, spaziert zur

Toilette. Unter mehrmaligen Spülen verschwindet die Nachricht in der Kanalisation. Beim Hinaustreten in den Vorraum stößt er gegen eine Person, die ihn um Kopflängen überragt. Diese kolossale Erscheinung mit den Händen in den Hosentaschen füllt den beengten Raum zwischen Waschbecken, dem Ausgang. Erbärmlich, sein Gestank nach einer Mischung aus Fisch und Maschinenöl.

Der Koloss mit seinem ungewaschenen Gesicht, das eine gewaltige Narbe entstellt, erinnert … ist er dieser? Mathe tritt geschockt einen Schritt zurück, stolpert, verfängt sich an der Papierrolle, denn um ein Haar wäre er neben der Toilettenschüssel gelandet. Bedroht ihn hier ein von den Toten auferstandener, ein Zombie? Hier zu sterben, ich auf einer Toilette, das ist fürwahr beschämend. Mathe grübelt: Diese Narbe war niemals tot?

Die Halterung des Toilettenpapiers reißt unter dem Druck seiner Hand aus der Wand, knallt auf den Fliesenboden. Mathe strauchelt erneut, späht seitlich an dem Monstrum vorbei zur Türe. Sie schwenkt auf, ein Gast tritt ein, schiebt den Koloss beiseite. Mathe schlüpft rigoros zwischen beiden hindurch, nach draußen, zurück an seinen Tisch.

Eine fünfte Karaffe mit einer fünften Schale

serviert ihm die Asiatin. Aus den Augenwinkeln heraus betrachtet, gibt es niemanden hier an den Tischen, der annähernd die Körpergröße, mit einer solchen Narbe aufweist. Dieser Koloss ist ihm nicht gefolgt? Wo ist er abgeblieben? Mit jedem Blick durch das Fenster ins Innere der Bar zweifelt Mathe an dem, was er gesehen hat. Warum diese Panik? Verspielte ich die Gelegenheit, dieses Narbengesicht auszufragen? Schluckweise beruhigt er sich mit Wein. War das reine Einbildung oder der Alkohol? Amarinta hatte ihn gewarnt vor auftretenden Halluzinationen. Weiterhin beobachtet Nussbaum im Schein der Straßenbeleuchtung die Betriebsamkeit vor dem Lokal.

Mit dem Blick auf die Uhr, dem letzten Schluck, drängt es ihn zurück ins Hotel. An den Tischen vorbei wird ihm klar, seine Füße haben Probleme, denn mit jedem Schritt zeigt sich die Stärke des Weins. Er torkelt. Seine Augen fixieren den Brunnen in der Ferne, damit ist eine annähernd schnurgerade Fortbewegung zu schaffen. An der Straßenecke angekommen, der Bordstein im Auge, dann der Zebrastreifen. Es bedarf Zeit für die Entscheidung einer Überquerung. Schwankend, trotz allem zielstrebig, stolpern seine Füße von einem Streifen zum nächsten. Er bleibt stehen, verschnauft, sammelt Kraft für die zweite Hälfte der Straße.

Abrupt, aus einer Parklücke heraus, rasen grell aufleuchtende Scheinwerfer auf ihn zu. Die Überlegung, ob vorwärts oder zurück, funktioniert genauso schwerfällig wie seine Orientierung. Auf ihn zu rasende kreisrunde Lichter vergrößern ihr Aussehen – der Motor heult auf. Geblendet – in welche Richtung – verdammt, wohin springe ich? Mathe Nussbaum durchfährt einen gewaltigen Schlag, der Aufprall schleudert seinen Körper beiseite. Rasend entfernt sich ein lang anhaltendes Quietschen rund um den Brunnen, danach herrscht bedrückende Stille.

Ohne Empfindung, entrückt von jeder Pflicht, liegt in ihm eine Schwerelosigkeit, ein Zustand, der keine widerwärtigen Bilder zeigt. Zum ersten Mal sieht er diesen Mathe-Nussbaum aus einer ihm fremden Perspektive. Lang gestreckt, dahinschwebend, mit einem Lächeln im Gesicht. Menschen umkreisen ihn, die er in den Jahren vergessen hat. Die ihn anlachen, ihm Mut zu flüstern, in den Armen halten. Sie ziehen mit ihm davon in einem blauen unendlichen Lichtschein, dessen Schweigen besänftigt. Weiter, immer weiter hin zu einer Person, die mit ausgebreiteten Armen auf ihn wartet. Er kennt sie, erinnert sich an ihr Lachen aus den Zeiten der Schule. Bilder von gemeinsamen Tänzen auf blankem Parkett. Glühende Hitze, Wind, ein See, begleitet von Küssen, die ihm die Welt der Liebe offenbaren. Nach Jahren der Vergessenheit erscheint ihm seine Ersatzmutter, die Fehler verzeiht, jede Ungerechtigkeit hinnahm. Stoisch ertrug sie die Ausschweifungen des forschen Jungen, dem sie ein Lächeln schenkte, in unliebsamen Lebenslagen Trost spendete.

Unvermittelt schubst man ihn mit Gleichgültigkeit durch das Tor einer ambivalenten Welt. Ein blechernes Rumpeln vertreibt die Bilder vom leuchtenden Frieden. Stopp! Bitte nicht diese Eindrücke verlieren. Süßlicher, scharfer Geruch durchzieht seine Nase. Er hustet, reißt seine Augenlider auf, starrt zwischen zwei Müllcontainern zu den Sternen empor. Ihr Flirren dort oben beruhigt, es fehlt das silberne Blau, die weißlich wattierten Wolken. Wo ist der schwebende Zustand, das federleichte Atmen, der Rausch des Unbekannten? Urplötzlich zerren an ihm zupackende Hände, stellen ihn auf die Beine. Taumelnd sinkt er wieder zu Boden, gefolgt von Lachen. Jugendliche belustigen sich an seiner Betrunkenheit, die ihn in die Knie sinken lässt. Es dauert, bis Nussbaum sich mit gelähmter Zunge wehrt: „Ha no, Saubagasch weg do! Verschwindet!"

Zum Glück kapiert die Bande kein Schwäbisch, aber seine Gesten schlagen die Brut in die Flucht. Schwankend kippt Mathe rücklings an ein Schaufenster, bleibt stehen, dreht sich um, sieht dabei auf herzstärkende Mittel neben digitalen Blutdruckmessern. Alleingelassen, die Hände an die Hauswand gepresst, schaut er um die Ecke, fixiert die grell leuchtenden Buchstaben über seinem Hoteleingang.

Mitternacht

Zum Glück ist der stechende Schmerz im Brustkorb erträglich, und die Abschürfungen am Arm
und Hüfte haben die Blutungen eingestellt. Seltsam ist dieses eigenartige Fiepen beim Sprechen.
Behutsam tastet die Zunge über seine Schneide-
zähne – verflixt – eine Ecke fehlt. Abgesehen von
den lädierten Stellen, wie den blauen Flecken,
funktioniert zum Glück der Rest fehlerfrei. Die Luft
hier im Raum ist stickig, er schleppt sich zum
Fenster, um es zu öffnen. Draußen schwirren My-
riaden von wirbelnden Stechmücken und Faltern
rund um die Hofbeleuchtung. Er beschließt: Es
bleibt geschlossen.

Zu allem Übel schwankt der Fußboden, wie auf
einem Schiff im tosenden Meer. Unkontrolliert
plumpst sein Po auf den Rand des Bettes: Lieber
einen Arzt aufsuchen? Besser nicht, bei meinem
jetzigen Alkoholpegel. Peinlich. Wieder auf den
Beinen taumelt er zur Tür, drückt mit dem Ellenbogen die Klinke, schubst sie auf, dabei blockiert sein
vorgeschobener Fuß ihr Zuschlagen. Einge-
quetscht bleibt der Pantoffel im Türspalt zurück.
Sofort erspürt seine Haut die wohltuende Frische

vom Flur. Wieder auf dem Bett wechselt sein Körper in die horizontale Lage, was ihm Schmerzen bereitet und er sich aufrecht an die Bettkante setzt. Unter diesen erschwerten Bedingungen zieht er sich aus, dabei zeigt der Hemdrücken zwischen den Schmutzflecken Blut. Er steigt in die Pyjamahose, verliert erneut das Gleichgewicht, landet auf dem Stuhl, der ein Knarzen von sich gibt.

Trotz des Tornados unter der Schädeldecke ist seine volle Konzentration auf den Laptop gerichtet. Wiederholt erscheint beim Einloggen in die Community: Log-in fehlgeschlagen! Seine Augen brennen, die Finger erwischen ständig die falschen Buchstaben und Zahlen. Zum Glück hat die Mail, nach dem vierten Versuch, ihren Weg zu Amarinta gefunden. Leider bringt das Warten keine Antwort.

Sekundenschlaf lässt den Arm auf die Tastatur fallen, löscht den Webbrowser vom Bildschirm. Erneut sucht Mathe nach dem … sein Kopf sinkt ermattet hinein in die Armbeuge, wo er liegen bleibt. In den Minuten des Dahindämmerns entsteht in ihm ein Drang, der nervt. Er richtet sich auf, tapst schlafwandlerisch Richtung Toilette. Ihm fehlt die Balance, sein Körper rumpelt an Wänden, an Türen. Auf dem Rückweg verlangt sein Zustand nach Pause. Er stützt sich auf einen Servicewagen mit

Handtüchern ab. Dann passiert es, kurz vor seinem Zimmer, womit er nicht gerechnet hat – er gerät in einen Hinterhalt. Hände packen ihn hart an, stülpen einen Sack über seinen Kopf, stoßen ihn vorwärts, Stufe um Stufe, hinein in ein Toben. Vom Leinensack befreit vergisst er für einen Moment, sich zu wehren: Was ist das, wo bin ich, woher kommen all diese Gestalten?

Mathe erspürt die Gewalt, vorangetrieben brüllt er: „Stopp, lasst mich los! Was zum Teufel …!" Egal, wie er rebelliert, der Lärm um ihn herum schluckt seine Worte. Übersättigt mit dem Duft der Räucherschalen, den zahlreichen Kerzen, mit ihren gelb flackernden Lichtern, hat dieses Szenario dämonisches. Vom Dunstschleier eingehüllt hüpfen halb nackte Körper im Takt der Trommeln, dazwischen erklingen glockenartige Instrumente.

Nussbaum versucht, sich zu befreien, um dem Lärm, den fremdartigen Gerüchen zu entfliehen. Desorientiert sucht er nach der Tür – stellt fest: „Heilandzagg, sie ist weg?", trotz Beleidigungen, die er in die Menge ruft, hört ihm keiner zu. Die Menschen im Saal sind geistig entrückt in einer anderen Welt. Erneut packt man seine Arme, zieht ihn heraus aus dem Personenkreis an die Seite eines Dunkelhäutigen. Diese Gestalt besitzt ein kalkweiß gepudertes Gesicht, dessen Bemalung einem Totenschädel gleicht. Nussbaum schwankt wie ein Baum im Wind. Der Rhythmus der Trommeln dröhnt in seinen Ohren, er verliert das Gleichgewicht. Ohne Rücksicht zerrt man ihn erneut auf die Beine und reicht ihm ein Getränk. Er trinkt das Glas leer.

Gestützt auf einem elfenbeinfarbenen, reich verzierten Stock federt der weiß gepuderte mit dem linken Bein auf und ab, das andere baumelt kraftlos daneben. In einer Hand rasselt ein Zierkürbis mit Perlenkette, wie eine Klapperschlange, ein-, zweimal direkt über Nussbaums, Kopf. In unmittelbarer Nähe tänzelt eine Blondine mit entblößtem Oberkörper. Sie ist übersät mit weißen Tupfen. Hervorstechend sind ihre schillernden grünen Augen im Flackern der Lichter. Mathe entdeckt an ihr schwarzes Achselhaar, das nicht zum blonden Kopfhaar passt. Ungewollt starrt er auf ihre Brüste, die beim monotonen Hüpfen einen Punkt der Schwerelosigkeit erreichen. Peinlich schien Nussbaum die Tatsache, vor all den Beteiligten ist er mit Pyjamahose bekleidet, und am rechten Fuß fehlt der Pantoffel.

Das Tempo der Trommeln beschleunigt. Im Einklang der Töne steigert sich die Besessenheit der Blondine. Ihr Körper vibriert, sinkt langsam rücklings auf den Boden, dabei spreizen sich ihre Beine, der Wickelrock rutscht von ihren Schenkeln. In dieser Position ist sie bereit, von den Geistern bestiegen zu werden. So zumindest erinnert er sich an die Pamphlete im Internet über derartige rituelle Handlungen. Verschämt senkt Nussbaum den Blick zum Fußboden, auf ein filigran, mit Mehl gezeichnetes Zeichen, welches er vom Hotelflur kennt. Seinem Körper fehlen die Schmerzen, ausgelöscht, als wäre ihm nichts passiert. Was war das für ein Getränk?

Der lautstarke Rhythmus erfasst ihn. Unbekannte Kräfte dirigieren seine Arme, die Beine lassen seinen Leib vibrieren. Bilder blitzen auf von den Karibikinseln, den einstmaligen Tanzfesten. Er torkelt auf die Blonde zu, die ihn ekstatisch umtanzt. Erneut verlieren seine Beinmuskeln an Kraft, die Knie landen auf den Tonfliesen. Aufblickend perlen Schweißtropfen an ihren schwebenden Brüsten herab. In ihren Augenhöhlen steckten verdrehte weiße Augäpfel, deren Pupillen sich versteckt hielten. Dabei schwappt ein Schauder über seinen Rücken. Flackernde Düsterkeit, eigenartig riechende Rauchschwaden umspielen ihre tänzelnde Entrücktheit. Nussbaum ist geplättet von den Eindrücken, ist unfähig, seine Flucht zu planen.

Mathe in Florida, vergangene Zeiten blitzen auf, wo Jugendliche zu Halloween neben den üblichen Zombies sich als Houngan verkleideten. Dieser sogenannte Hohepriester des Voodoo tritt, wenn nötig, in den gruseligsten Verkleidungen auf, dadurch besetzt er die Gestalt der Loa. Diese Geister ermöglichen es, jeden Wunsch zu erfüllen. Hier ist es das Gesicht des Todes, das inmitten des Menschenkreises tänzelt. Behangen mit Ketten, Amuletten schwenkt es seinen Stock, an dem Büschel von Haaren wehen. Dessen Beine folgen hinkend, stampfend dem Schlag der Trommeln. Dabei schüttet er Wasser in alle vier Himmelsrichtungen, in die dafür aufgestellten irdenen Schalen, den Rest füllt seinen Mund. Mit aufgeblähten Backen presst er das Nass durch seine Lippen, abwechselnd über die Köpfe der Anwesenden, wie die Mehlzeichen am Boden. Mit dem letzten Tropfen kniet er nieder, küsst mehrmals die Bodenfliesen.

Mathe hört hinter seinem Rücken die Worte „Petro Loa". Das ohrenbetäubende Schreien eines korpulenten, schwarzen Frauenkörpers wälzt sich am Boden. Dazu erinnert der pulsierende, stamp-

fende Menschenkreis an Urvölker mit ihren kriege-
rischen Tänzen, denen einzig die Baströcke mit
den hölzernen Speeren fehlen.

Aus einer Schale entnimmt der Houngan ein
mehliges Pulver, lässt es geschickt durch seine
Finger auf den Boden rieseln. Linien zeichnet er
mit beschwingten Bewegungen, das in Trance ge-
ratene Spektakel schwillt zu einem Fortissimo an.
Sobald sein Zeichnen beendet ist, füllt er aus einer
Ginflasche den Mund, sprüht erneut durch die Lippen auf das entstandene Symbol. Aus einer recht-
eckigen Kiste, unter einer Schicht Mehl begraben,
holt er nacheinander zwei Gegenstände heraus.
Nussbaum sieht, wie zuerst eine Schachtel Zigarillos, dann eine Haarbürste hochgehalten wird. Im
Schein der Kerzen sind Verzierungen erkennbar,
exakt wie die von seiner Bürste. Dieses Hinkebein,
verdammt, das ist der Dieb, der mein Zimmer
durchwühlt hat.

Der Houngan platziert mitten in das Mehlzeichen zwei Häufchen Maiskörner mit getrockneten
Früchten, auf denen jeweils der angerauchte Zigarillo neben der Haarbürste ihren Platz findet. Darüber träufelt er dreimal aus einem Fläschchen,
dickflüssiges Gemisch. Ein erneuter kräftiger
Schluck aus der Ginflasche folgte. Wieder ver-

sprüht er die Kraft der Magie auf die Früchte. In ihrer Mitte steckt er eine schwarze Kerze, die er mit einem Streichholz entzündet.

Von einem Takt auf den anderen verändern die Trommeln ihre anfeuernden Rhythmen in ein andächtiges, monotones Schlagen. Dem Houngan überreicht man ein schwarzes, wie ein weißes Huhn. Beide packt er mit einer Hand an den Beinen. Mehlkreuze zeichnet er zwischen ihren Flügeln, streckt die Viecher nach oben, dem imaginären Geist entgegen. Vermischt mit Brotwürfeln streut er Körner vor die Halbnackte, wie auch vor Nussbaums Füße. Bedächtig legt er die Hühner dazwischen. Sofort picken sie das Futter vor Nussbaum auf, aber verweigern jene Köstlichkeit zwischen den rot gefärbten Fußnägeln der Tänzerin. Der Rhythmus steigert sich, die Töne schwellen an, jeder scheint zufrieden, verfällt in Jubel, ruft „Loa, Loa". Mathe schließt seine Augen, saugt einen würzig süßlichen Geruch in sich auf. Je länger er dem Lärm ausgesetzt ist, umso mehr sehnt er sich nach seinem Bett.

Erneut ergreift der Houngan die Tiere, streckt sie in alle vier Himmelsrichtungen, schüttelt im Takt das Federvieh abwechselnd über Nussbaums Kopf und den Mehlzeichen. Nachdem er niedergekniet ist, folgt ein Murmeln, ein wiederholtes Küssen der Bodenfliesen. Das ungezähmte Zappeln der Tiere hilft ihnen nichts, denn blitzschnell bricht er die Flügel, die Beine. Abermals streckt er sie in die Höhe, streicht kreuzweise über den nackten Oberkörper von Nussbaum. Der kollektive Lärm verstummt, er kniet vor den Hühnern nieder, und ein Messer durchtrennt ihre Kehlen. Blut spritzt in eine Kokosnussschale. Im Anschluss taucht der Houngan seinen Siegelring zuerst in die Nussschale, dann in ein Pulver. Er drückt den Ring Nussbaum auf die hohe Stirn, dessen Körper in seiner Taubheit schwimmt. Der Abdruck schäumt auf der Haut und hinterlässt ein gezacktes Zeichen.

Das Trommeln heizt die Stimmung weiter auf. Eine Mischung aus Gin, Öl und Wein ergießt sich über das blonde Haar der Tänzerin, wie auch über die Kopfhaut von Nussbaum. Mehl bestäubt sein Haupt, im Anschluss streift das geköpfte Huhn ihn kreuzweise, dabei tropft das flüssige Rot aus dem Halsansatz. Das Ritualgetränk aus Gewürzen und Blut, vom Bambusbesen in der Kokosnussschale schaumig geschlagen, dient zur inneren Reinigung. Trotz des Zimtgeschmacks würgt Nussbaum dreimal den lauen Lebenssaft die Kehle hinunter. Wie auf Befehl herrscht Stille. Das Tanzen erstarrt, jeder schaut auf die Tierkadaver, wie sie in einem Topf mit kochend dampfendem Wasser landen.

Es ist vorbei, die Anwesenden winken mit Geldscheinen, die sie dem Houngan überreichen. Nussbaum schaut zu, denn er trägt eine Pyjamahose mit leeren Taschen. Im Hintergrund monotone Schläge zweier Klanghölzer. Die drohenden Blicke der Umstehenden durchbohren Nussbaum. Dem Houngan keinen Obolus zu entrichten, bringt Unglück, und zwar für alle. Kollektiv bedrängen sie den Deutschen – er verliert das Bewusstsein.

Verschreckt schreit Nussbaum auf, seine Arme schlagen um sich. Umgeben von verbrauchter Luft, wacht er in seinem Bett wieder auf. Die Geschmacksknospen der Zunge fördern einen Brechreiz, den er zu unterdrücken versucht. Nussbaum quält sich, reißt die Zimmertüre auf, fliegt über den zweiten Pantoffel, rennt zur Toilette.

Würgend quillt aus seinem Inneren eine dunkelbraune Masse, dabei bleibt ein fader Zimtgeschmack im Mund zurück. Sein Spiegelbild zeigt sich farblos, mit einem gezackten Zeichen auf der Stirn, darunter ist die Haut entzündet, sie schmerzt. Verkrustetes Blut klebt wie ein Schnauzbart über der Oberlippe. Alkohol vermischt mit Gruselgeschichten aus dem Internet, war das eine Laune meines Hirnkinos? Scheinbar nicht, denn der beschädigte Schneidezahn, die Schürfwunden, erinnern an zwei größer werdende Scheinwerfer. Die Hände schaufeln Wasser ins Gesicht. Die Mehlkruste, das Blut, beides verschwindet, das eingeätzte gezackte Zeichen prangt unverändert mitten auf der hohen Stirn.

Montag, den 31. Mai 2008

Ein Grummeln im Magen verweigert jedwede Nahrungsaufnahme. Zwischen den beiden Rollladenhälften schwebt ein blauer, wolkenloser Himmel. Das passende Wetter für den ersehnten Ausflug nach Venedig. Obwohl jeder Schritt schmerzt, sorgt eine Kulisse von Kanälen inmitten prunkvoller Architektur für genügend Ablenkung. Vorher berichtet er Amarinta in einer Mail von den Trommeln, den eigenartig fremden Zeichnungen. Die Kollision mit dem Auto, das Zeichen mit seinen Zacken auf der Kopfhaut, verschweigt er. Trotz Reinigung mit Rasierwasser sieht es unverändert frisch auf der entzündeten Haut aus. Welche Hexerei steckt dahinter? Dem Stechen im Schädel gibt Nussbaum übermäßigen Weinkonsum die Schuld. Nach dem Aufhübschen seines Erscheinungsbildes überprüft er erneut die Mailbox. Ohne eine Nachricht vorzufinden, beschließt er die längst fällige Fahrt nach Venedig.

Beim Verlassen des Hotels stellt der Portier keine Fragen. Man wünscht ihm einen schönen Tag, das war's. In den Spiegelwänden beiderseits des Hotelausgangs entdeckt Mathe die Blässe seines Gesichtes. Schubweise auftretender Schwindel verschlimmert ein sich fehlerfreies Fortbewegen. An der Bushaltestelle angekommen bricht er sein Vorhaben ab, dreht zurück, in die entgegengesetzte Richtung. Gegenüber dem Café in der Apotheke erhofft er sich die Linderung für seinen jämmerlichen Zustand.

Mit geplättetem weißem Kittel versucht die Apothekerin, trotz sprachlicher Hürden, dem deutschen Kunden Informationen über dessen Beschwerden zu entlocken. In einer Mischung aus Italienisch und ihrem Französisch erwartet sie Zeichen seines Verstehens. Sie deutet mit Gesten, er solle warten. Der Kittel verschwindet durch eine Tür zwischen den Regalen. Nach Minuten kommt anstatt der Apothekerin eine Blondine zurück. Mathe versteinert bei ihrem Anblick, denn sie erweckt in den Tiefen seiner Hirnwindungen Bilder von jenem Ritual der vergangenen Nacht. Sie rütteln seine innere Stimme auf, die zu ihm spricht: Diese Person tanzte ungebändigt, mit ihren prallen Lippen. Zweifel kommen auf, die sich nur durch das Entfernen ihrer Bluse vertreiben ließen.

Das blonde Geschöpf heischt um Aufmerksamkeit: „Entschuldigen Sie, was wünscht der Herr bitte?", sie stupst ihn dezent am Ärmel.

Nussbaum zuckt. „Ha wa, Schädlbromma", sagt er überdeutlich schleppend, und fasst sich mit beiden Händen an den Kopf. „Schreckliche Kopfschmerzen!"

„Keine Sorge, der Herr, da bietet unsere Apotheke ein spezielles Naturprodukt an." Weitere Kunden betreten den Laden.

Erst jetzt bemerkt er die ihm vertraute Sprache, entdeckt, ihren wiegenden Schritt, ihr Schwingen der Arme hin zum Regal, sanft schwebend, erinnert es an ihren nächtlichen Tanz. Wieder zurück an der Verkaufstheke, sagt sie:

„Bitte morgens eine Tablette, eine abends, beide Male mit Wasser einnehmen!" Sie schiebt ihm das Medikament in einem Plastiktütchen über den Tresen. „Auf keinen Fall vorzeitig die Einnahme beenden. Aus der Erfahrung heraus ist nach der Zweiten Ihr Kopf wieder frei, doch das täuscht. Wir fertigen das geprüfte Medikament im eigenen Labor, ein reines Naturprodukt", sie deutet auf ein übergroßes Plakat an der Wand, auf dem geschrieben steht: Assolutamente efficace!

Er starrt in ihre Augen, deren Grün seine Vermutung bestätigen: „Ha no, seiswiessei Signora, Hauptsache, die Schmerzen sind weg." Verwirrt legt er seine gesamten Geldscheine auf den Tresen. Sie schiebt ihm die zu viel bezahlten wieder zurück, einschließlich des Wechselgeldes. Weiterhin fixiert er ihre Augen, knüllt dabei das Papiergeld mit der einen Hand, mit der anderen steckt er das Tütchen in seine Tasche. Warum erkennt sie mich nicht, zeigt keinerlei Reaktion? Am Ende verbrachte ich eine halbe Nacht mit ihren ekstatischen Tänzen. Sein Blick senkt sich auf den Ausschnitt ihrer Bluse, auf eine goldene Kette mit einem filigran verzierten daumengroßen Schlüssel. Dahinter – er stutzt, denn dort ist ein gezacktes Zeichen, das dem auf seinem Schädel ähnelt.

„Wünschen Sie spezielles aus unserem Drogeriesortiment?" Nussbaum brütet: Aufgrund ihrer Teilnahme am nächtlichen Ritual hat sie mit Sicherheit eine Ahnung über die Vorfälle im Hotel. Hier in der Apotheke, im Beisein anderer Kunden, zu fragen – ihm fehlt der Mut. Kleinlaut sagt er: „Nein, danke, Signora, passt."

„Bitte, der Herr, sehen Sie sich um, unsere Angebote sind umfangreich!", sie spricht den geistig Entrückten an, der schweigend unentwegt in ihren Ausschnitt starrt. Mit manikürten, zarten Fingern versperrt sie durch das Schließen eines Knopfes den weiteren Einblick.

Wortlos verlässt er die Apotheke in der Absicht,

ihr nach Ladenschluss zu folgen. Würde sie dann im Hotel verschwinden, wäre seine Vermutung bestätigt. Mathe wechselt über die Straße zum Café-Vero, wählt einen Tisch, der ein ungehindertes Beobachten der Apotheke ermöglicht.

Ein Cappuccino gehört zu einem italienischen Vormittag, wie das Glas Wasser zur Einnahme von Tabletten. Stundenlanges Herumsitzen in einem Café, das Starren auf eine Ladentüre, erregt Aufsehen. Zeitung lesen? Ein akzeptabler Ansatz, der nach einer Stunde Verdacht schürt. Ein Taschenbuch verspricht da die bessere Variante. Er schnappt sich die Asiatin, die leider bei seiner Frage nach einem Buchladen ihren Kopf schüttelt. Mathe bleibt hartnäckig, erklärt mit Gesten, was er sucht. Daraufhin zeigt sie mit ihrer durch die Luft tanzenden Hand den Weg, dem er zu folgen hat.

Mathe spaziert in Richtung Kreisverkehr, biegt rechts ab, um den Springbrunnen herum. Ein Zeitungsständer neben bunten Schnittblumen weist auf ein Ladengeschäft hin. Seine Sorge, die observierende Person zu verlieren, treibt ihn zur Eile. Auf engstem Raum, in einem Durcheinander von Zigaretten, Schreibwaren, Zeitschriften, stapeln sich neben den Kugelschreibern Bücher. Unter den fremdsprachigen Taschenbüchern liegen sieben

Werke mit deutschen Titeln. Er pickt sie heraus, blättert in Liebesromanen, Krimis und der Erzählung eines Abenteurers. Der Lindbergh-Flug, ein Roman, passend für langwieriges Sitzen. Zum Kauf des Buches kommt eine Wochenkarte hinzu, sie gilt für den Linienbus wie den Vaporetti. Es drängt ihn an den Kaffeehaustisch zurück.

Nussbaums erste Tageshälfte besteht aus Lesen, Cappuccino trinken und dem Beobachten. Wie vorhergesagt, eine Tablette des Medikaments dämmt die Schmerzen, was bleibt, sind einzelne Attacken. Positiv – der Appetit auf einen Toast mit Parmaschinken ist zurück. Nach der Bestellung folgt sofort die Bezahlung, um ja keine Zeit zu verlieren, sobald die Pillendreherin den Laden verlässt. Wolken ziehen am Himmel auf, getrieben von frischem Wind. Er knöpft die Jacke zu, wünscht sich einen Hut für seinen kahlen Kopf. Die Apothekenhelferin, ihr Alter schätzt er um die vierzig, passt in sein Raster. Mathe schmunzelt; noch bin ich verheiratet.

Die Autos füllen an diesem Vormittag die Straßen, die Gäste das Café. Warum ignoriert die Kellnerin den gestrigen Vorfall am Zebrastreifen? Es sei denn, hier gehört es zur allgemeinen Belustigung, den Betrunkenen beim Überlebensspiel zuzusehen. Die Frage nach dem Führer des Fahrzeuges, eine Sinnlosigkeit der Sprache wegen.

Das Buch in den Händen, die Augen zur Apotheke gerichtet, sein Umblättern – reine Schauspielerei. Vor dem Tisch, der Gehweg mit all den flanierenden Schuhen. Nussbaum reduziert seinen Blick auf Form, Zustand, Gangart. Dabei entwickelt er ein Spiel, zieht Rückschlüsse auf den Typus Mensch, den sie trägt. Wortlos erzählen ihm die Schuhe Geschichten, über zart tänzelnde Damen bis zu träge stampfenden Bauarbeitern. Hier gibt es die Sandalenträger mit Plattfüßen, die abgelatschten Designerschuhe, tippelnde High Heels, und die nagelneuen knapp sitzenden, welche ein Hinken verursachen. Eine Horde dahin marschierender schwarzer Lackschuhe, in denen weiße Socken stecken, queren im Gleichschritt seinen Blick. Klobig geformte Gesundheitsschuhe folgen. Vermutlich ist es die Erzieherin? Aufgrund der einseitig abgewetzten Absätze, den kräftigen Waden, tragen ihre Beine einen fülligen Körper.

Im Anschluss verwaist der Bürgersteig für Minuten, dabei versinkt Nussbaum in seinem Roman: Lindbergh schlief ein, führungslos fiel das Flugzeug dem Meer entgegen. Eine Fliege … Mathe spitzelt auf den Asphalt, entdeckt ein Schuhwerk, dessen Größe alles Bisherige übertrifft. Risse zwischen den Löchern im Oberleder, dazu verkrustete Dreckbatzen lösen Mitleid aus. Wackelig beim Laufen bleiben sie vor ihm stehen. Ihre abgewetzten Spitzen zeigen exakt in seine Richtung. Mathes Nase saugt den Geruch von Öl, mit penetrantem Fischgeruch, auf. Diese Kombination ist ihm bekannt. Aus einem Affekt heraus verstößt er gegen seine Spielregeln, er hebt den Kopf. Vor Schreck schiebt er das Buch wieder vors Gesicht, bis zu den Augen. Das Narbengesicht mit seiner eindrucksvollen Gestalt streckt ihm eine aufgehaltene Hand entgegen. Auf ihn herabschauend, zeigt er mit dem Finger auf den Rotwein.

Nussbaum klappt das Buch zu, steht auf … dem Café entspringt eine Flut kreischender asiatischer Worte. Die aufgebrachte Kellnerin stürmt auf den Penner zu, fuchtelt dabei mit ihrem Tablett. Einem Hund gegenüber hätte sie sich nicht anders verhalten. Nussbaum versucht, ihr Drängen abzuhalten, denn ihm liegen viele Fragen auf der Zunge. Flink dreht der Unerwünschte ab, wechselt die Straßenseite, vorbei an der Apotheke und verschwindet hinter der Häuserecke.

Nussbaum fällt zurück in den Stuhl. Die Kellnerin zwinkert ihm beim Abräumen des Nachbarti-

sches zu. Angespannt sitzt er da: Am liebsten würde ich die Asiatin auf den Mond schießen. Denn
mithilfe von Wein hätte ich dem Narbengesicht
manche Antwort entlockt. „Godd verdammich",
brabbelt er, auf der Suche nach dem letzten gele-
senen Satz.

Montagmittag

Das Geläut der Backsteinkirche Sankt Antonio schallt über den Dächern. Pünktlich zur Mittagspause schwenkt die Ladentüre der Apotheke auf. Das blonde Haar, die Figur, der tänzelnde Gang – es ist die Pillendreherin. Mathe springt auf, der Stuhl kippt zum Fenster, das Buch klatscht auf den Boden. Mit gestreckten Schritten nimmt er die Verfolgung auf. Mit einer Handtasche, einem Köfferchen, an dem Messing blitzt, spaziert sie um die Ecke, entlang der Häuserfront bis zum Hoteleingang. Sie bleibt stehen – er triumphiert: Sie gehört zur Sekte.

Das Teil mit den Metallecken stellt sie auf den roten Teppich, kramt in der Handtasche, dann schaut sie zurück in Richtung Apotheke. Nussbaum dreht sich blitzschnell zur Auslage eines Geschäftes, glotzt durch die Fensterscheibe ins Gesicht einer erschrocken aufblickenden Tippse. Die Pillendreherin hat es eilig. Er hängt an ihren Fersen entlang der Vorgärten, geradewegs die Straße hinauf. Nach achthundert Metern wechselt sie auf die andere Seite, verschwindet durch ein eisernes Gartentor hinein in ein ockerfarbenes Reihenhaus.

Gegenüber an der Bushaltestelle setzt er sich, mustert das Haus, mit Satteldach und rotbraunen Dachpfannen, dessen Fenster grüne Holzläden schmücken. Ein Regenrohr trennt optisch die eine Haushälfte von der des Nachbarn. Bei ihm ist die Farbe verwittert, der Putz bröckelt, dazu die gebrochenen Fensterläden runden das desolate Bild ab. Der Vorgarten ist Wildnis pur, im Gegensatz zu dem seiner Pillendreherin. Inmitten gepflegten Rasens gedeiht ein ausladender Besenginster, umringt von blühenden Narzissen. Ihre Hofeinfahrt führt am Haus vorbei in den hinteren Garten. Anstelle der Garage steht eine Holzhütte, eingezäunt von mannshohem Maschendraht.

Ein Bus stoppt vor Nussbaums Nase, öffnet mit einem Zischen die Tür. Zögernd verlässt er seinen Platz, denn jetzt wäre die Gelegenheit, der Stadt Venedig einen Besuch abzustatten. Unmissverständlich überquert er hinter dem Bus die Straße hin zum Gartenzaun. Er beobachtet den Käfig, indem schwarze Viecher unentwegt in den Boden picken. Genauso sah das Federvieh auf dem Hotelflur aus. Er erinnert sich an die nächtliche Zeremonie, denn dort verlor diese Rasse ihren Kopf.

Ohne dass er es bemerkt, steht die Pillendreherin im Hauseingang, sie ruft ihm zu: „Hallo, entschuldigen Sie! Ich kenne Sie! Ein Zufall oder warum stehen Sie an meinem Gartenzaun? Benötigen Sie Hilfe?" Sie tritt näher an den Zaun.

Nussbaum steigt das Blut in den Kopf, antwortet kleinlaut: „Ha no, die Viecha, es sind die Viecha, dort hinten. Ein Zufall, das ist richtig."

„Ich hoffe, mein Medikament bereitet Ihnen keine Probleme? Ist alles in Ordnung? Hilft es nicht, erhöhen wir die Dosis."

„Ha no, es ist besser und danke der Nachfrage." Er redet weiter, obwohl sein abgebrochener Zahn in den unpassendsten Momenten pfeift. „Sie hatten recht, eine Tablette – im Nu waren die Schmerzen wie weggeblasen. Diese Tiere, die dort scharren, sind das Ihre?", er zeigt in Richtung Käfig.

„Es sind Ayam Cemani Hühner, deren Fleisch schwarz wie das der Federn ist. Ursprünglich stammt die Gattung aus Indonesien."

„Ha no, gestehe, mein Wissen in Ornithologie ist bescheiden."

„Interessieren Sie sich, kommen Sie, aus der Nähe sehen die Tiere exquisit aus." Sie öffnet das Eisentor, reicht ihm die Hand: „Willkommen, ich bin Sarina Ganzoli, aber Sarina passt, wir sind doch Landsleute." Sie führt ihre Finger an die Nase, riecht an deren Spitzen, und schwenkt ihren prüfenden Blick, von seinem Kopf bis zu den Füßen. Auf ihrem Gesicht liegt ein kühles Lächeln, das zu ihm sagt: „Ach wie erfreulich, nach langer Zeit deutsche Worte. Ich hoffe, dass mein Vokabular keine Lücken aufweist."

„Ha no, ich bin Mathe Nussbaum, Mathe reicht", er folgt ihr. Er hat in Wirklichkeit kein Interesse an diesen Tieren. Im Gegenteil, er hasst dieses pickende, stinkende Federvieh, deren Kot überall zwischen den Körnern liegt. Seine innere Stimme sagt: Der Gedanke an die Scheiße, da kommt mir beim Verzehr der Eier das Kotzen.

„Kommen Sie Mathe, nutzen Sie die Lücke in den Wolken, im Sonnenlicht betrachtet, schimmert deren Federkleid in schillernden pechschwarzen Nuancen", Sarina sagt es und öffnet den Käfig. „Durch einen Zufall entdeckte ich auf dem Wochenmarkt die Küken dieser ausgefallenen Rasse, die heranwuchsen und sich prächtig vermehrten."

„Was für Eier legen diese Hühner?"

„Die Schale ist braun, der Dotter, das Eiweiß, geschmacklich kein Unterschied zu einem normalen Haushuhn. Es freut mich, dass Sie sich für meine Tiere interessieren. Lust auf eine Tasse Tee oder italienischen Kaffee?" Mathe setzt zur Antwort an, sie redet weiter. „Bei Ihren Kopfschmerzen, mein Freund, ist Koffein ungeeignet. Ich nehme an, Sie reisen ohne Begleitung, hörte, als Single reist man entspannter?"

Mathe hofft, sie holt Luft zum Atmen, obwohl sie ihm das Antworten erspart. Dazwischen sagt er: „Ha no, Alleinsein ist nicht das Problem – ich habe gelernt, mich zu beschäftigen. Signora, meinetwegen Tee kochen? Bitte keine Umstände, ich trinke gerne ein Glas Wasser!"

„Der Tee ist fertig. Eine Frage – haben Sie irgendwelche gesundheitlichen Probleme, wie Allergien oder hohen Blutdruck? Sind Sie in ärztlicher Behandlung, konsumieren Sie Drogen? Laborieren Sie an Ihrer Leber, den Nieren? All diese Fragen, zugegeben, versäumte ich, sie in der Apotheke zu stellen. Wie Sie sehen, ich bin nicht fehlerfrei!", sie befreit den Tisch vom Laub.

„Meine letzte Untersuchung Signora vor einem halben Jahr ergab keinerlei Auffälligkeiten. Zum Glück schlucke ich außer Ihren Tabletten keine Medikamente und von Rauschmitteln halte ich mich fern", er lächelt, „es sei denn, Sie zählen den Wein dazu. Warum sind die Informationen für Sie derart von Belang? Hatte Kopfschmerzen, ansonsten bin ich gesund."

„Mathe, bitte entschuldigen Sie mich einen Augenblick, ich hole den Tee." Ohne darauf zu antworten, verschwindet sie in der Hintertüre des Gebäudes. Mehr aus Höflichkeit schaut Mathe in den Käfig, dabei kommt ihm der Gedanke: eigenartige Liebhaberei, dann dieser Geruch. Nach fünf Minuten kehrt sie mit einem silbernen Tablett zurück. Im Schatten einer von Efeu umrankten Laube deckt sie ein schmiedeeisernes Tischchen ein und sagt: „Bitte setzen Sie sich, genießen Sie die Ruhe zwischen den Gärten!", sie deutet auf ihre bereits gefüllte Teetasse. „In meiner ist laktosefreie Milch, wissen Sie, eine Unverträglichkeit." Sie greift sofort nach ihrer Tasse, riecht daran, schiebt ihm die andere zu: „Mathe, Ihre Gewohnheiten beim Teetrinken, am besten Sie entscheiden! Im Schälchen mit den braunen Würfeln ist Rohrzucker, im Kännchen ist Sahne – oder lieber Zitrone? Kommen Sie vom hohen Norden, dort schwimmt eher das Sahnewölkchen im Tee, oder liege ich da falsch? Hier bitte, mein Lieblingsgebäck, es sind ‚Cremes', eine venezianische zuckerige Spezialität. Jeden Samstag backe ich eine Wochenration, esse sie für mein Leben gern!"

„Sarina, von dem braunen Zucker bitte drei Stück. Danke für Ihre Einladung! Seit meiner Ankunft ist es die erste erfreuliche Abwechslung. Verraten Sie mir den Grund einer Deutschen, warum sie hier in Marghera gelandet ist?"

„Die Schuld liegt bei Euch, Mannsbildern!", ein gespreiztes Lachen folgt. „Zuerst der Urlaub in Venedig, ein Abend im Restaurant, und am Ende ein ausgesprochen aufmerksamer Gastgeber", sie atmet tief, „ich bin geblieben."

„Ihr Ehemann arbeitet in Mestre?"

Sie rührt schweigsam ihren Tee: „Ich bin Witwe. Moreno, der Fischer, blieb eines Tages auf dem Meer. Nach seiner Leiche suchen sie noch heute. Einen amtlichen Totenschein verweigern sie, solange er nicht eindeutig für tot erklärt ist."

„Ha wa, Sarina, das ist eine betrübliche Geschichte, entdeckten sie denn das Boot?"

„Das ist spurlos verschwunden. Für mich war es kein Leichtes, wir lebten vormals von der Hand in den Mund. Die Versicherung zahlt erst, wenn ich den Totenschein vorzeige. Zum Glück lenkt mich von all dem Durcheinander die Hühnerzucht ab. Neben der Arbeit in der Apotheke hilft der Verkauf der Tiere ein Stück beim Überleben. Das Haus ist momentan in einem jämmerlichen Zustand. Der Job im Labor füllt mein Leben derart aus, dabei bleibt für all die anfallenden Reparaturen keine

Zeit. Ich bin handwerklich stümperhaft. Seit Tagen rinnt es im Keller aus einer Leitung, das Wasser steht knöcheltief. Zuerst verkaufe ich die Hühner und für das Geld bestelle ich den Klempner."

Mathe hört ihr zu, aus seinem Brustkorb heraus, entsteht ein Zittern, begleitet von einer Unruhe, die in Euphorie wechselt. Er führt den Zustand auf die Tablette zurück, lässt sich nichts anmerken. „Ha no, mit Häusern, mit all den Renovierungen, Sarina, das ist so eine Sache. Am Ende angekommen, fängt der Spaß wieder von vorn an." Mathe hat eine Idee: Mit dieser Reparatur schleiche ich mich, ohne aufdringlich zu sein, in ihr Vertrauen. Bekomme nebenbei Antworten auf meine Fragen. Er sagt: „Sarina, wenn Sie nichts dagegen haben, ich habe Zeit, handwerkliches Geschick und führe gerne Instandsetzungen durch!", er springt auf, der Stuhl kippt in den Rasen, dabei verfärbt sich das Gras auf seiner Netzhaut in ein blasses Rot. „Ha no, was ist das?", er schwankt. „Wenn Sie mich lassen ...", er dreht sich zum Haus, hebt die Arme, deutet an, er wolle das Gemäuer umarmen, „saniere Ihre Leitung, Ihr komplettes Anwesen!" Tapsig, beim Aufstellen des Stuhles, vermutet er die Ursache im Tee. Schleppend sagt er weiter: „Zeit hab' ich, Ha no, helf gern", taumelnd fällt er auf den Stuhl zurück. „Mir ist eigenartig zu …", er starrt auf die Tasse, wischt sich mit der Hand mehrmals über den Mund.

Unbeeindruckt kontrolliert sie die Menge des getrunkenen Tees in Mathes Tasse. Wovon ein Schluck übrig ist. Daraufhin sagt sie: „Das ist ein passabler Vorschlag, aber dein Urlaub, was ist damit?", sie sieht ihm in die Augen „ich stehle dir ungern mit meiner defekten Wasserleitung die Freizeit!" Erneut gießt sie ihm Tee ein, entfernt den braunen Würfelzucker vom Tisch.

„Ha no, keine Sorge, für mich ist es ein Leichtes, ich helf' gern!", er greift zur Tasse – trinkt. Daumen und Zeigefinger pressen sich an den zierlichen Henkel. Trotz Kraftaufwand rutscht ihm das Porzellan nach unten weg und füllt den Rest vom Tee in die Untertasse. „Entschuldigung, wie tölpelhaft!", er schüttet die Pfütze in die Tasse zurück. Peinlich berührt lenkt er mit einer Frage ab: „Die Tiere dort, bemerkenswert, sind die Stückzahlen der gelegten Eier rentabel?"

„Nein, es sind die Hühner, die den Gewinn bringen. Vor über einem Jahr stand, wie du, ein Fremder am Zaun, er bot mir einen hohen Preis für ein ausgewachsenes Tier. Bis heute besucht er mich regelmäßig, bin gezwungen, Küken nachzukaufen, wegen seiner steigenden Nachfrage. Was er bezahlt hat, ist für einen Kochtopf voller Hühnersuppe übertrieben, ich vermutete zu Beginn, er sei ein Züchter, das war falsch. Dieser Puertoricaner opfert das Federvieh bei seinen Ritualen den Geistern. Darüber nachdenken, nein, sonst kommen mir die Tränen. Ich hänge an jedem einzelnen Tier, vergebe ihnen Namen. Der Hahn dort zum Beispiel ist Luigi, ein selbstgefälliges Kerlchen. Er eroberte mein Herz mit dem typischen Gehabe der Italiener. Der Hahnenschrei schlägt kräftig den Kamm, plustert das Gefieder. Sieh hin, er hat bemerkt, dass wir über ihn reden. Es schmerzt mich, zu wissen, dass sie im Kochtopf landen."

Sie greift nach einem Zuckergebäck, beschnuppert jede Seite, dabei legt sich Traurigkeit auf ihre Miene. Die blauen Lücken in den Wolken lassen die Sonne vom Himmel brennen. Hitzewallungen treiben Mathe den Schweiß auf die Stirn. Er zieht die Jacke aus, ist verunsichert über das, was mit ihm passiert. Bevor die Kräfte versagen, beschließt er, die defekte Leitung im Keller zu reparieren. „Sarina, ich benötige Werkzeug, vor allem Hanf zum Abdichten."

„Mathe, dein Zustand, hat er sich echt verbessert? Lieber verschieben wir das Ganze auf einen anderen Tag!"

„Die Leitung repariere ich sofort, ansonsten ersäufst du. Ich arbeite langsam, lege Pausen ein, keine Sorge."

„Mein Meister, bitte bleib sitzen, denn ich lasse dich zurück und bereite das Werkzeug vor."

„Ha no, ich bewege mich nicht von der Stelle! S'wird scho!"

Sie verschwindet im Haus. Nach ein paar Minuten kommt sie in den Garten zurück, mit den Worten: „Die Kiste, die Gummistiefel warten auf dich neben der Tür zur Kellertreppe und pass bitte auf, es ist eine steile, lange Treppe." Sie stellt sich zu ihm, erfühlt das Pochen an seiner Halsschlagader, mit Blick auf den Sekundenzeiger ihrer Armbanduhr. Sarina durchdenkt gelassen, ob die Dosis zu kräftig oder die Kombination mit den Kopfschmerztabletten übersteigerte Reaktionen verursachen. „Mathe mein Freund, das war ein kurzer Schwächeanfall."

Er starrt sie fragend an, steht langsam auf: „Passt scho!", schwankend verschwindet er im Haus.

Sarina schüttelt den Kopf über die unvermutete Wirkung ihrer Mixtur. Eine kräftige Reaktion bei der hellblauen Viole, der schwächsten hiervon vieren.

Sie stellt Überlegungen an, ob eine Verwechslung vorlag oder das Konzentrat in den Zuckerwürfeln überdosiert war. Sie räumt das Geschirr aufs Tablett.

Mit locker sitzenden Stiefeln an den Füßen kommt Mathe stampfend ihr entgegen. „Ha no, das Werkzeug steht im Flur, wo bitte ist die Tür? Ich finde keine Kellertür."

Sie lacht, stellt das Tablett auf einen Sandsteinquader neben den Betonstufen und sagt: „Zieh deine Jacke wieder an, dort unten ist es kühl." Wie er mit dem Zuknöpfen fertig ist, packt sie seinen Arm und führt ihn vor eine weißlich lackierte Wandverkleidung im Flur. Mit einem Lederlappen, der zwischen den senkrecht verbauten Brettern klemmt, zieht sie eine Tür auf, die jedem Nichtbewohner verborgen bleibt: „Einen Griff zu montieren, hatte man bei der Renovierung vergessen und bitte Mathe, wenn du fertig bist, zuerst den Lappen nach außen ziehen, erst dann die Tür wieder schließen." Sie führt ihn vor die Haustür, um ihm den Schacht für den Hauptwasserhahn zu zeigen. Danach sagt sie: „Am Ende des Kellerflurs hat es einen Abfluss, befürchte, er ist verstopft." Sie ergreift seine Hände. „Bitte, ich meine das ernst, wenn dir übel oder schwindelig ist, verschie-

119

ben wir die Reparatur."

Mathe grinst: „Ha no, wer weiß, was morgen sein wird? Keine Sorge, ich erhole mich."

Stufe um Stufe tastet er in eine unvermutete Tiefe, dabei vermittelt das Deckengewölbe, wie die Wände aus Vollziegeln, einen soliden Eindruck. Angekommen erwartet ihn mitten im Gang von der Decke ein Kabel mit Glühbirne, dessen Licht sich in einer knöcheltiefen Überflutung spiegelt. Für das Tröpfeln einer Wasserleitung – eindeutig hat die Überschwemmung einen anderen Grund. Mit seiner Taschenlampe schreitet er den antik anmutenden Hauptgang entlang, an dessen Wand zur rechten die defekte Leitung führt. Trotz klaren Wassers ist wegen des schummrigen Lichtes ein Abfluss schwer erkennbar. Nach zehn Metern Wassertreten hängt vor einer Mauer mittig ein quadratisch rostendes Stahlblech, dessen Oberfläche wie die eines modernen Gemäldes ist. Unmittelbar davor zeigt der Boden eine quer verlaufende Rinne mit einer Absenkung. Im Schein der Lampe erahnt man einen Gitterrost. Mathe entfernt das Gussteil, den Schmutzkorb und sofort gurgelt das Wasser mit Wirbeln. Bis der Keller im Trockenen liegt, ein Geduldsspiel.

In Abständen wird Mathe schwarz vor Augen.

Mit beiden Händen, gespreizten Beinen stützt er sich gegen die vier Meter hohe Wand. Gleichmäßiges Atmen hilft, bis der Anfall von Schwäche vorüber ist. Im kühlen Nass wäre ein ungewolltes Eintauchen in dieser Jahreszeit ungünstig. Es reicht die feuchte, moderwürzige Luft, die im Hals kratzt. Wo steckt die Quelle des Übels?

Mathes Kraft ist zurückgekehrt, sofort folgt die Taschenlampe dem Lauf der Rinne. Die zwanzig Zentimeter breite Vertiefung verschwindet unter der nebenstehenden Wand, in der eine Feuerschutztüre eingebaut ist. Beim Öffnen fallen ihm die meterdicken Mauern auf, nebst einem Fallrohr in der Ecke. In diesem zehn Quadratmeter unbenutzten Raum verläuft exakt an der Wand zum Nachbarn diese Rinne. Sie endet unterhalb jenes Rohrstutzens, aus dem es permanent tropft. Ist es das Fallrohr der Regenrinne an der Fassade? Da kommt bei Regen genug an Wasser zusammen. Wenn der Gully verstopft ist – kein Wunder. Er leuchtet den Raum ab, entdeckt an der Decke vier Rohre, die im Nichts enden. Dem unverputzten Gemäuer rechnet man ein antikes Alter an. Hier sieht es aus, wie in einem Karzer mit dem Spinnengewebe, den aufgereihten verrosteten Eisenringen an der Wand. Mathe verlässt den Raum.

Gegenüber führen vier Treppenstufen hinauf, in eine Abstellkammer mit allerlei Gerümpel.

Neben der Eisentüre entdeckt er das Leck, zum Glück an einer Rohrverbindung. Nach der Rückkehr vom Hauptabsperrhahn setzt er mit Skepsis die Rohrzange an die Eisenmuffe. Mit jedem Dreh rinnt kräftig das Restwasser heraus, bis die Leitung leer ist. Eine Drahtbürste säubert das Gewinde. Hanf, ein paar Tropfen Öl, damit schafft er die Reparatur. Auf dem Weg zur Treppe, ein weiteres, ebenso vier Stufen erhöhtes Lager. Abgetrennt durch einen Verschlag aus Holzlatten, hinter dem sich diverse Köstlichkeiten stapeln: Wein, Käse, Schinken, Öl, Marmelade, Eingewecktes, neben runzeligen Äpfeln in hölzernen Regalen. Mit solch einem Vorratskeller, der gefliese Sauberkeit ausstrahlt, ist ein Überleben für Wochen gesichert. Die Spinnweben aus der Kleidung geklopft, taucht er wieder aus den Tiefen auf. Den Haupthahn aufgedreht, erneut die Treppenstufen hinunter, die Muffe überprüft. Alles ist dicht! Mathe packt zufrieden die Werkzeugkiste und verlässt den Keller. Bei Tageslicht betrachtet, steht ein verdreckter Deutscher in der Küche vor Sarina, die ihm sofort den Puls prüft, seine geweiteten Pupillen entdeckt, wie auch die zitternden Augenlider.

Sarina fragt ihn: „Ist dir schwindlig?"

Mathe starrt ihr in die Augen. „Nicht der Rede wert, dort unten war es schummrig und recht kühl."

Sie reicht ihm ein Handtuch und zeigt den Weg zur Dusche.

„Ha no, schwer nachvollziehbar, was mit mir los ist. Meine Sinne spielen verrückt, mal reiße ich Bäume aus, dann bin ich schlaff wie ein leerer Sack. An dich die Frage: Hat es in den vergangenen Wochen geregnet?"

Sarina überlegt und sagt: „Ja, 9 Tage ist es her, seitdem steht das Wasser im Keller – jetzt geh duschen!"

Mathe wundert sich, in der Nacht eine Voodoo-Tänzerin, am Vormittag Pillendreherin, und nun lasse ich das Wasser ihrer Brause über meinen Körper rauschen. Warum vertraue ich ihr? Sie ist ein Teil der Verschwörung, das Zeichen oberhalb ihres Busens ist Beweis genug. Eine verzwickte Lage, denn die Zacken auf meiner Stirn sind nicht zu übersehen. Sie verliert darüber kein Wort?

Außerhalb des brausenden Wassers springt die Tür auf. Durch das Milchglas beobachtet, kommt ihm die Silhouette von Sarina entgegen. Ihrem Klopfen folgt ihre Stimme mit dem Hinweis, dass Hemd und Hose ihres Ehemanns auf dem

Waschtisch liegen. Nach ihrer Meinung werde ich darin versinken, aber egal, denn meine Kleidung wirbelt in der Waschmaschine. Wieder fragt sie, ob ich Schwindelanfälle hätte.

Stutzig macht ihn ihre übertriebene Sorge. Er verkniff es sich, seinen Zustand zu erklären: „Ha wa, die Seife runter und draußen bin ich. Danke für die Klamotten, bitte keine weiteren Umstände", ruft er ihr zu.

„Umstände nein, die Waschmaschine arbeitet, bedanke dich bei ihr!", sie sagt es, verschwindet aus dem Bad. Am Küchenschrank öffnet sie die Schublade, entnimmt ein Notizbuch, in dem jede Auffälligkeit, nebst euphorischen Schüben von Mathe notiert sind.

Unterdessen verlässt er die Dusche, schlüpft in die fremde Kleidung, deren Hosenbeine Falten wie das einer Ziehharmonika schlagen. Der Gürtel zurrt den zu losen Bund fest, das Hemd gleicht einem Zelt über seinen Schultern. Zurück in der Küche bietet er frisch gereinigt einen Anblick, der Sarina zum Lachen bringt.

Vor ihm auf den Knien rollt sie den Hosensaum nach oben. Aus einem Keramiktopf entnimmt sie einen Batzen Creme, den sie ihm auf das Zeichen schmiert und sagt: „Dein Tattoo ist frisch und die

Haut hat sich wegen der Säure entzündet", sie beruhigt ihn. „Zwei, drei Tage eincremen und der Schmerz ist vorbei. Leider bleibt das Brandmal länger, warum er einen anlügt? Morgen ist dein Outfit wieder trocken. Mathe bitte sag mir, was bin ich schuldig, bin dir dankbar, dass die Überschwemmung beseitigt ist."

Solange er nach einer Antwort sucht, fällt ihm dieser Kamin auf, der gegenüber dem Fenster die Wand beherrscht. Mit wuchtig in Stein gehauenen Simsen besitzt sein Inneres eine Brandstelle mit Maßen von 3 auf über 1,5 Metern. An den Seiten sind Steinbänke angebracht, die zum Verweilen am Feuer einladen. „Ein alter Kamin!", sagt er und begutachtet ihn.

„Ist nicht lange her, da hat die Mutter meines Ehemannes am offenen Feuer gekocht."

„Sarina, meine Idee ist folgende", Mathe schaut ihr in die Augen. „Ich stelle mir ein italienisches Abendessen vor? Nichts Aufwendiges, von dir für mich gekocht. Im Restaurant speise ich jeden Tag, dein Essen wäre eine gelungene Abwechslung."

„Mathe, das ist ein Vorschlag, der mir gefällt. Heute ist mein freier Nachmittag, der beste Zeitpunkt für einen gemeinsamen Abend! Draußen steht für dich der Liegestuhl, wenn das Essen fertig ist, rufe ich!"

„Sarina, bevor ich mich in den Garten lege, eine Frage. Was ist das für ein eigenartiger Keller mit seinen gewölbten Decken? Dieser Baustil passt eher zu Katakomben, wegen der dicken Mauern. Das Ambiente gibt mir ein Gefühl, sagen wir, es versetzt mich zurück in die Zeit der Römer."

„Das trifft zu." Bestätigt sie und erzählt ihm, dass nach dem Zweiten Weltkrieg Arbeiter die Reste einer Ruine bis zum Gewölbekeller abtrugen, darüber legten sie eine Betondecke und bauten Reihenhäuser darauf. Wiederholt brechen dort unten Steine aus den Wänden, ist der dahinterliegende Raum brauchbar, nutzen sie ihn. Ihr Ehemann deckte ein Loch zum Nachbargebäude mit einer Stahlplatte ab. Damit versperrte er unerwünschten Tieren wie Menschen den Zugang. Mittlerweile sind zwei Kellerräume dazugekommen, die bis zum Garten reichen. Das Bauamt vermutet, es sind Reste von antiken Lagerbauten.

Aus dem Schatten eines Baumes rückt Mathe die Liege in die Sonne. Lang gesteckt sieht er auf das Nachbargebäude, von dem teilweise die Rückwand fehlt, die dem Grün des Gartens Einlass gewährt. Keine fünf Minuten, Mathe ist eingeschlafen. Die Sonne taucht hinter den Häusern ein, da schleicht unbemerkt Sarina zu dem Schläfer. Sie betrachtet ihren Probanden und legt eine Wolldecke über ihn, denn am Abend steigt von den Frühlingswiesen feuchte Kühle auf. Die Zeit vergeht, ein Duft von gebratenem Speck weht durch die Hintertüre nach draußen. Mit jedem Atemzug saugt der Schläfer ein, was ihm Appetit bereitet. Davon aufgewacht, pellt er sich aus der Wolldecke und wechselt den Liegestuhl mit dem Hocker am Küchentisch ein.

Das Abendessen

„Ha no, störe ich?", fragt Mathe die Köchin.

Ohne ihn zu bemerken, steht sie vor einem massig wirkenden Buffetschrank, vertieft in bunte Karpulen nebst Violen, die im Koffer mit den Messingecken stecken. Dessen Deckel, zwei Türen an der Vorderseite, sind weit geöffnet.

„Hallo Sarina, ich bin fertig!", ruft er eindringlich.

Aufgeschreckt sieht sie ihn an, verhindert mit ihrem Oberkörper den Einblick, versperrt hektisch den Koffer mit dem Schlüssel ihrer Halskette. Mathe macht sich Gedanken, warum sie derart aufgewühlt ist, als hätte ich sie pudelnackt erwischt.

„Oje, Mathe – du hier? Okay – bist du fertig?", sie dreht sich zum Herd hin, auf dem ein Topf mit sprudelndem Wasser steht. „Musik gefällig?" Der CD-Player neben dem Koffer gibt ein Brummen von sich, aus dem die vier Jahreszeiten von Vivaldi ertönen.

„Bitte, Sarina, es ist Zeit für meine Pille. Hättest du für mich ein Glas mit Schbrudl."

„Aber ja, das Medikament. Deine Jacke mit den Tabletten hängt dort über der Stuhllehne. Linke Tasche!" Sie füllt einen Becher, stellt ihn auf den Tisch und sagt mit harschem Ton: „Normales Wasser, auf keinen Fall Kohlensäure, dein Medikament benötigt Zeit, um sich aufzulösen, kapiert!", mit einer milderen Stimme fährt sie fort: „Alles in Ordnung bei dir?"

„Danke bestens!" Warum weiß sie über den Inhalt meiner Jacke Bescheid? Verwundert kramt er nach dem Tütchen mit den Pillen. Sobald das leer getrunkene Glas wieder auf dem Tisch steht, serviert man ihm einen bunt beladenen Teller.

„Fang an, der Rest kommt gleich."

„Ha no, ich habe Zeit, aber erst, wenn die Köchin mit am Tisch sitzt, dann schmeckt's."

Mozzarellakugeln auf hauchdünnen Schinkenscheiben dekorieren eine Mischung knackigen Frühlingssalats. Abgeschmeckt mit einem milden, süßsauren Aceto balsamico di Modena, dazu einen Schuss gepresstes Olivenöl der Region des Veneto. Sarina platziert mitten auf dem Tisch eine übervolle Schüssel mit dampfenden Bigoli. Daneben eine antik aussehende Reibe mit einem Brocken Parmesan, einen Topf mit Sahnesoße, Pilze, gebratenen Speck. Nachdem die Kerzen eines dreiarmigen Leuchters Gemütlichkeit ausstrahlen, gießt sie einen Pignolo in die Glaskelche. Der

Wein des Abends stammt von einer hochwertigen roten Rebsorte, angebaut seit Jahrhunderten im italienischen Friaul, der Provinz Udine. Gekeltert besitzt der Tropfen eine rubinrote Farbe mit einer kräftigen Geschmacksfülle. Wahrlich lässt ein jeder Schluck Mathe vergessen, was ihn vor Stunden quälte.

Sarina füllt erneut die Gläser, dabei sagt sie: „Italienerinnen kochen anders, ich dagegen rühre nach wie vor mit den deutsch-serbischen Wurzeln in den Töpfen herum. Ständig hielt Moreno mir die Qualitäten seiner Mutter vor die Nase. Lobte ihre Lasagne, ihre hausgemachten Nudeln, ihre Gnocchi. Er übte Kritik an meinen Bemühungen. Heimlich drängte es mich, für seine Vergleiche, ihn zu erwürgen."

„Ha wa meine Liebe, es gibt nichts Vergleichbares, von diesem Essen habe ich in Deutschland geträumt. Leider würde mir bei einem regelmäßigen Genuss der Bauch kräftig zulegen."

Sie lacht, hebt das Glas. „Unter meinen Fittichen, mit einer Minestrone, einem Gemüsesüppchen, logischerweise ohne die Kartoffeln, da purzeln die Pfunde. Wenn ich es mir überlege: Wohnst du bei mir, sparst du dir eine Menge Geld. Dein Geldbeutel nimmt zu, dein Gewicht dabei ab."

„Ha wa, dieses Angebot ist das ernst gemeint?"

Sie hebt das Glas, prostet ihm zu: „Mathe, ich bin heilfroh, wenn du morgen wieder kommst und bleibst." Die Freude sieht man in ihren Augen. Ihr Mund spitzt sich zu einem Kuss, leider gilt das einzig dem Schlürfen des Weines.

Nach drei Gläsern fasst Mathe Mut und stellt die Frage: „Hat dir jemand ...", er sucht eine passende Formulierung, trinkt erneut: „Warst du bei diesen Voodoozirkeln im Hotel, sprach ein Kunde in der Apotheke darüber?", eine Tapsigkeit lässt ihn lächerlich aussehen, denn der Wein zeigt Wirkung, er versucht, Haltung zu bewahren.

Das Klingeln der Türglocke unterbricht seine Frage: Sarina verlässt die Küche. Mathe konzentriert sich auf seinen Körper: Warum vertrage ich keinen Wein? Seitdem ich dieses Haus betreten habe, fühle ich mich genauso wechselhaft wie das Wetter da draußen. Er spitzt die Ohren, denn eine Männerstimme im Flur klingt feindselig. Nach einem Wortgefecht knallt die Tür ins Schloss. Polternd kommt Sarina zurück. Mathe reißt die Augen auf, sie reißt an der Schublade der Anrichte. Aufgeregt wühlt sie darin, zieht eine Dose heraus, riecht daran, verlässt wieder den Raum. Er steht auf, tritt ans Fenster, lauscht einem harschen Italienisch, dabei fällt mehrmals der Name Zaneti. Erneut knallt die Tür. Durch die Fensterscheibe beobachtet er einen Jugendlichen, dessen Haar zu einem Zopf gebunden, aus dem Garten davoneilt. Kommentarlos kehrt Sarina an den Tisch zurück. Mathe fragt nichts, sie sagt nichts. Nach wortlosen Minuten, einem Schnüffeln an ihren Fingerkuppen, sprudelt es aus ihr heraus: „Der schuldet mir Geld, hat die Frechheit, hier herzukommen." Sie atmet mehrmals tief durch. „Man gibt diesen Zanetis einen Finger und sie packen die ganze Hand. Jetzt ist Schluss! Mathe, wo waren wir stehen geblieben?"

„Sarina ist nicht von Bedeutung."

„Deine Frage handelte von diesem Voodoo im Hotel, stimmt's?" Sie bestätigt derartige Veranstaltungen, weicht geschickt bei den Details aus. Mit einer Kühle sagt sie: „Es gibt Begebenheiten, die man am besten ruhen lässt, merk dir das!"

„Entschuldige meine Frage, Sarina, ein katholisches Land wie Italien, da passt Voodoo nicht hinein." Wieder pfeift es durch seine Zahnlücke. Mathe trinkt vom Wein und sagt: „Ist es denkbar, dass ich bei deinen Tabletten besser den Alkohol meide?"

Sie schweigt, spielt am Kerzenständer, hebt

den Kopf und sagt: „Voodoo, nein danke, ich praktiziere eine asiatische Religion, die mich in eine Welt trägt, die meiner Seele entspricht." Ihr Blick ist verklärt. „Ich bin ungewollt hineingeboren, bin aufgewachsen unter dogmatischen Fanatikern. Erst im Alter begriff ich, was bei den westlichen Glaubenslehren abgeht. Wobei gegen ihre Geschichten nichts einzuwenden ist, besitzen sie nette Darstellungen von Maria, Jesus, den Aposteln. Reine Konstrukte der Menschen, leider passen sie eher in eine Epoche vor dem TV, dem Computer. Stünde zumindest die Heilige Familie heute bettelnd mit Kind in der U-Bahn, dann verschaffe es dem Ganzen eine gewisse Realität. So ist es für mich unzeitgemäß, eher kitschig. Auf keinen Fall stehe ich zu dem Unternehmen Kirche, die Betonung lege ich auf Unternehmen. Sie predigen Enthaltsamkeit, sind aber fixiert auf das Geld der Gläubigen." Sarina verspritzt die Worte mit Aggressivität, ist feindselig, vermeidet dabei jedweden Blickkontakt.

Mathe versucht, aus dieser Geschichte herauszukommen. Er sucht Antworten auf die Vorgänge im Hotel, nicht nach ihrer Einstellung zur Kirche. Sobald er zum Reden ansetzt, wettert sie erneut los, in einer derart hohen Stimmlage, die nicht zu übertönen ist.

„Eine jede vergisst, dass Zigtausende Hexenverbrennungen, durch Anordnung der Kirche, im Mittelalter an der Tagesordnung waren. Lebte ich zu jener Zeit, die Inquisition hätte mich gejagt, gegeißelt, auf dem Scheiterhaufen verbrannt. Und das aufgrund eines Berufsstandes, der den Menschen hilft. Wusstest du, dass man die letzte ‚Hexe' Anna Göldi, in der Schweiz zum Tode verurteilt hat. Man stelle sich das vor, sie starb 1782 durch das Schwert. Genauso gibt es sie heute, diese Hexenjäger der Pfingstgemeinden in Afrika. Welche Arroganz steckt dahinter, denn erst im Jahre 2000 kam aus Rom das ‚Mea Culpa' für all die Fehlurteile? Leider fehlten Worte der ehrlichen Reue."

„Sarina entschuldige, wenn ich bei dir einen wunden Punkt erwischt habe. Ha wa, der Abend ist friedvoll, da wäre ..." Mathe scheitert an einem weiteren Versuch, sie von ihren Anklagen abzubringen.

Mit einem Messer schabt sie das Wachs vom Tisch, vom Kerzenständer, dann formen ihre Finger Kugeln, an denen sie mehrmals riecht. Warum schnüffelt sie ständig an allem? Er beobachtet sie, hört ihr nicht zu. Wie es scheint, hat Sarina das bemerkt, umso eindrucksvoller redet sie weiter:

„Was ist mit dem Missbrauch von Kindern, von Schutzbefohlenen? Kurz pflügte die Presse durch die Verfehlungen der kirchlichen Neuzeit, prompt verstummen die Artikelschreiber. Bloß keine abgrundtiefen Furchen ziehen, denn das wühlt den letzten frömmelnden Leser auf. Drohworte der Kleriker funktionieren heute wie in den vergangenen Jahrhunderten. Die Gläubigen kuschen, begehren sie alle am Ende ihres Lebens ein Plätzchen im ach so gepriesenen Himmel."

Mathe beschäftigt dieses Thema eher oberflächlich, versucht, zu erklären: „Weißt du, Sarina, ich fühle mich wie ein Wanderer durch die Glaubenslehren, jede Lehre auf ihre Art besitzt im Kern Brauchbares." Er relativiert seine Einstellung: „Ich picke mir heraus, was zu meiner Lebensphilosophie passt und für das vollendete Gemeinsame braucht es Geduld." Mathe versucht, vom Thema abzukommen, rutscht aber weiter hinein: „Wir leben in einer Zeit der Vertreibung, der Religionskriege und bis heute sterben Unschuldige, darunter fatalerweise Kinder." Er schüttelt seinen Kopf. „Die Politiker nutzen die Einflussnahme der Kleriker, die Kleriker nutzen die Waffen der Politiker, was dabei auf der Strecke bleibt, ist die Vernunft. Diese Symbiose verhalf leider in den zweitausend

Jahren jenen Strippenziehern zu enormer Macht, zu Reichtum. Geradeso versucht man heute, diese Methode beizubehalten. Man schreibt sich das ‚christlich-soziale' auf die politische Fahne."

Sarina schabt in einer Intensität an der Tischplatte, obwohl kein Wachs mehr vorhanden ist, dann sprudelt es aus ihr heraus: Sie erzählt vom Krieg, von Menschen, die sie niemals vorher gesehen hatte, die sie töten musste, bevor die sie getötet hätten! In den Zeiten ihrer Kampfausbildung fragte sie, wo der Sinn in einem Krieg stecke. Das Resümee: Sinnvoll ist Töten auf keinen Fall, Gründe gibt es, aber die hätte man bei einem Bier gelöst bekommen. Das Komische daran sagt sie, sobald die Ausbildung zur Tötungsmaschine beendet war, segnete uns ein Priester. Hatte der in diesem Moment seine Zehn Gebote vergessen?

Bei ihrem ersten Einsatz, so erzählt sie weiter, fiel ihr das Töten schwer, aber dann krümmte sie, ohne mit der Wimper zu zucken, den Zeigefinger. Traf das Geschoss, war der Akt für sie erledigt. Durch das Zielrohr sah sie, wie das Projektil in den Körper einschlug, wie dabei Fetzen durch die Luft flogen. Jedes Mal war der Ablauf wie ein Koitus, der mit dem Tod des anderen endete. Mit der Zeit fand sie Gefallen daran. Genoss ihre Macht über

Leben und Tod. Sie erzählt, starrt dabei ihre Hände an und sagt: „Der Geruch des Todes steckt weiterhin in den Fingerkuppen wie die Schmauchspuren, tief in deren Hornschicht und sobald ich daran rieche, steigt das Verlangen in mir zu töten."

„Ha wa, bist du im Anschluss nie von einem Psychotherapeuten betreut worden?", fragt Mathe.

Sie lacht lautlos hämisch: „Oh ja, der wäre am Ende bald selbst krepiert, nicht durch mich, sondern aus Verzweiflung, weil sein Geschwätz keinen Erfolg brachte."

Sie versucht mir klarzumachen, wenn sich Emotionen einbrennen, bekommt man sie nicht mehr los, ist therapieresistent. Jetzt, nach dem Ende der militärischen Auseinandersetzungen, ist das Töten leider mit einer Menge Aufwand verbunden. Ein Krieg erleichtert einem das Töten. Du lässt den Leichnam liegen, bringst dich in Sicherheit, was mit ihm passiert, ist dir egal. Damals gab es kein Vertuschen, kein Verstecken, im Gegenteil. Für jeden Getöteten gab es einen positiven Eintrag, am Ende einen Orden. Weil es zu allen Zeiten so abgelaufen ist, besteht bis heute kein Grund, dies infrage zu stellen. Der Krieg heiligt die Mittel, wenn Religion dabei eine Rolle spielt. Kommst du mit Verweigerung, droht man dir mit der Hölle, dem Ausschluss aus dem Himmelreich. Du wirst zum Deserteur, wanderst ins Gefängnis, wirst schlimmstenfalls an die Wand gestellt.

Nachdem sie mir das alles erzählt hat, frage ich: „Ha wa, wieso Serbin?", ich war erstaunt. „Sarina, ich war mir sicher, du wärst Deutsche?"

„Meine Eltern wanderten nach Deutschland aus, wo ich auf die Welt kam, aber davon erzähle ich dir ein andermal."

Mathe kommt ins Grübeln und sagt: „Vor Jahren in einer Zeitschrift las ich von einem Carl Sandburg, der 1936 einen Satz schrieb, der mich bis heute beeindruckt: Einmal werden sie einen Krieg anfangen, aber keiner wird kommen, wird kämpfen." Er räuspert sich und sagt weiter. „Sarina, warum Religionskriege? Es gibt einen Gott, zu dem wir aufblicken, zugegeben jeder von einem anderen Punkt aus, mit unterschiedlichen Formen der Lobpreisung." Er bemerkt ihr Schnauben, ihr beschleunigtes Atmen.

„Wenn ich deine Worte höre, Mathe. Genau wie diese Weltverbesserer mit ihrem salbungsvollen Geschwätz, nur Diskutieren hilft da nicht. Sie kommen, sie töten dich, bevor du den Mund aufmachst. Ich habe in einem Krieg, im Namen Gottes, zwischen Katholiken, Orthodoxen, Muslimen töten gelernt. Ich war zum Glück einen Tick flinker am Abzug, da mein Leben auf dem Spiel stand. Wir sind alle miteinander Marionetten, egal welche Religion oder Politik, am Schnürchen zieht."

„Ha wa Sarina. Wir leben in einem aufgeklärten Zeitalter – Auge um Auge, Zahn um Zahn gehört längst der Vergangenheit an. Oder nicht?"

Ihre Augen stechen auf ihn ein, ihre Stimmung ist am Kippen. „Jetzt ist aber genug, du Träumer."

„Ha wa, du hast recht, dieses Thema ist komplex, und meine Konzentration ist am Nullpunkt. Ich fühle mich erschlagen, verschieben wir es, das Bett ruft. In ein paar Stunden wartet dein Labor auf dich."

Sarina schürzt ihre Lippen, sieht ihn an: „Entschuldige, das war ebenfalls für mich ein langer Tag." Sie steht auf, kontrolliert die Anrichte, ob alles versperrt ist: „Ich verschwinde in mein Bett, trink du in Ruhe deinen Wein aus und wenn du gehst, zieh die Haustür ins Schloss, wir sehen uns morgen wieder."

Mathe grübelt: Militärdienst, dann diese Lust am Töten?

Dienstag, den 1. April 2008

Pünktlich um sieben Uhr weckt das Radio Mathe Nussbaum: Kaperung einer französischen Luxusjacht vor der Küste Somalias bringt Unruhe in die ...

Knapp zwei Stunden bleiben für das Erscheinen an Sarinas Frühstückstisch. Zwischen dem Duschen, dem Ankleiden ein Blick in den Computer – wieder keine Antwort von Amarinta. Er versucht, das Wesen der Laborantin zu begreifen. Hat ihr Gesicht, außer Zweifel, eine Ähnlichkeit mit jener Blondine unter dem Waschbecken. Angenommen, sie ist es, hat sie am ehesten die Macht, mich vom Fluch wieder zu befreien. In jedem Fall beruhige ich zuerst ihr aufgewühltes Gemüt vom Vorabend, vermeide dadurch ein weiteres Verhexen. Ein Strauß Schnittblumen vom Laden hinter dem Zeitungsständer ist da mit Sicherheit hilfreich.

Was für eine Begrüßung schwappt ihm an der Haustür entgegen. Mathe ist geblendet durch ihre Weiblichkeit, die in einem duftigen Sommerkleid steckt. Mitgerissen von Sarinas Freude lockt der Duft frisch gemahlener Kaffeebohnen an einem reichlich gedeckten Frühstückstisch. Penibel stutzt sie am Spülbecken mit schrägen Schnitten jeden einzelnen Blumenstängel, der in eine Vase aus Muranoglas wandert.

„Mein Ehemann hatte eine Abneigung gegenüber Blumen", sie sagt es, dabei mischt sie die Blüten zu einem farbenfrohen Strauß. Auf dem Herd brodelt das Wasser in einer Bialetti-Mokkakanne. Wie bei einer Dampflok vor der Abfahrt zischt der Vorgang des Filterns. Der Zeitpunkt ist erreicht, den honigartigen Mokka in zwei putzige Porzellantassen zu füllen. Dabei sagt sie: „Zuerst plante ich unser Frühstück in der Laube, nur bei frostigem Wind macht das keinen Spaß."

„S´isch wia's isch, sonsch wärs wia´s wär!", sagt Mathe. „Mit dir, meine Liebe, den Espresso genießen ist eine Wohltat, egal ob draußen oder hier in der Küche."

„Bitte, das ist ein Mokka!", lenkt sie von seiner Schmeichelei ab. „Die Kanne samt Inhalt hat fälschlich die Bezeichnung Espresso, doch ihr Druck beträgt nur 1,5 bar. Echter Espresso benötigt einen Filterdruck von 15 bis 20 bar. Die Technik für solch eine Zubereitung verwenden spezielle Maschinen. In der Tasse, wie du siehst, fehlt die Schaumbildung. Der Geschmack ist anders, nicht übel, aber anders. Nebenbei bemerkt, deine Hautfarbe sieht heute gesünder aus. Nochmals danke für die Hilfsbereitschaft, trotz deiner Kopfschmerzen. Ohne dich stünde das Wasser heute bis zu den Knien."

„Ha wa, so extrem wäre es nicht gekommen, außer einem Wolkenbruch in der Nacht."

„Dein Werkeln dort unten erinnert an Zeiten, in denen meine Ehe funktionierte. Ich weiß nicht, warum, im Schlaf kam mir der Gedanke, wann die Probleme angefangen haben. Stell dir vor, es war der Tag, an dem dieser Puerto-Ricaner erstmals bei mir zwei Hühner kaufte. Von da an hatte meine Beziehung verloren, von da an spielte Moreno verrückt. Keine Eifersucht, wie du denkst, nein! Er hatte den ihm prophezeiten Geldsegen mithilfe eines Vogels im Kopf. Das ist bizarr, oder? Überleg, einen ausgewachsenen Geier benötigte er für seinen zukünftigen Reichtum. Dieses Hirngespinst landete am Ende in einer Suchanzeige im lokalen Tagblatt. Weißt du, was das für mich bedeutet hat? Dieser Stadtteil ist wie ein Dorf, jeder lästerte darüber, jeder lachte darüber. Beim Einkauf im Supermarkt schämte ich mich für meinen Verrückten. Eigenartigerweise reichte von da an das Geld, das er nach Hause brachte, nur fürs Nötigste. Anstatt dass es zunahm, hatten wir trotz voller Netze fast nichts in der Kasse."

Mathe erinnert sich sofort an die Werbeflyer der Rezeption. „Sarina belieferte dein Ehemann das Hotel, in dem ich wohne?"

„Ja, er lieferte dreimal im Monat den Fisch an die Küche! Warum fragst du?"

„Ha wa, wusstest Du von den dortigen Workshops für mehr Erfolg, Geld und Reichtum? Den Geier verwendet diese Sekte zur Opferung für jenen Geist, der um Wohlstand bittet."

„Woher weißt du das, Mathe?"

„Ha wa, im Hotel liegen haufenweise Prospekte aus. Vor Tagen war ich am eigenen Leib gezwungen, deren Voodoo-Rituale beizuwohnen."

„Diese Zeremonie kenne ich, hatte sofort bei meinem Ehemann die Vermutung, aber nichts deutete darauf hin und der Puerto-Ricaner verlor beim Kauf der Hühner kein Wort darüber." Sie verbirgt ihr Gesicht in ihren Händen, streift von der Stirn ihr blondes Haar zurück: „Im Geld sitzt der Teufel, mit ihm Geschäfte abzuschließen, führt direkt ins Verderben!" Sie sagt es, ihre Augenlider senken sich, steht auf, räumt den Tisch ab und wischt mit einem Geschirrtuch die Reste an Krümeln beiseite.

„Lass dir helfen, Sarina!"

Sie reagiert nicht, Mathe steht auf.

Verhalten, sagt sie: „Mannsbilder und Hausarbeit, ich bitte dich!", sie lacht abwertend.

Mathe dreht zum Fenster, beobachtet vor dem Gartentor einen dunkelhäutigen Fremden, dessen Alter um die sechzig oder siebzig ist.

„Dein Angebot für anfallende Reparaturen, Mathe ...", die Türglocke drängt sich in ihren Satz.

Er beobachtet den Alten weiter: Vom Aussehen her ähnelt jener dem Mehlzeichner aus dem Hotel. Okay, die weiße Schminke fehlt, aber die Statur passt. Sarina öffnet das Tor. Nach einer umarmenden Begrüßung verschwinden beide hinter dem Haus. Über Mathes Gesicht breitet sich ein Grinsen aus: Dies ist ein weiteres Stück in meinem Puzzle, ich befinde mich auf der richtigen Fährte.

Gefühlte zwanzig Minuten, und beide kommen an das Gartentor zurück. Zwei Hühner zappeln in der Männerhand. Er bleibt stehen, dreht sich um, schaut zum Fenster, dabei redet er ohne Pause auf Sarina ein. Sein Gesicht verliert an Freundlichkeit, richtet drohend den Finger zu Mathe, am Ende gegen sie. Was hat ihn dermaßen erbost, da er wiederholt auf Mathe zeigt? Bestens gelaunt grüßt der mit Fleiß den Alten und schickt ein breites Lachen mit Winken hinterher.

Ein Fehler, der den Fremden in Rage bringt, denn seine Gesten besitzen eine derartige Schärfe, dass die Hühner vom Herumwirbeln mit Bestimmtheit in Ohnmacht gefallen sind. Mathe zaudert, ist die Zeit gekommen einzuschreiten? Mit Zorn wirft dieser Alte das Federvieh in den Garten zurück, verlässt das Grundstück und hastet humpelnd die Straße hinunter. Sarina rennt den verstörten Tieren hinterher. Mathe setzt sich, bereut sein Verhalten. Es dauert nicht lange – ein Poltern im Flur, die Küchentüre knallt ins Schloss. Schnaubend erreicht sie das Spülbecken, wäscht ihre Hände, an denen sie riecht.

Oje, Mathe, erahnt Schreckliches.

Mit einer Schüssel Gemüse, einem Schneidebrett, zwei Tränen an der Backe kommt sie, schüttet den Inhalt auf den Küchentisch und schält eine Karotte nach der anderen. Das Messer, scharf zugespitzt, besitzt ein Muster, das er dem Damaszener Stahl zuordnet. Jeder abgeschnittenen Scheibe, die in einer Schüssel landet, schnieft sie hinterher. Vorsicht ist geboten, solange der Zorn in ihr wohnt. Mathe schweigt, da sie mit dem Schneidegerät hantiert. Ihre Hände zittern beim Ablegen des Messers. Zuerst liegt ihr Blick leer auf dem Gemüse, bis Mathe ihre Hand ergreift, in der sie krampf- haft eine Karotte festhält.

„Eine Frechheit, von diesem Houngan, wie Miguel sich seit Kurzem nennt", sprudelt es aus ihr heraus. „Was fällt ihm ein, sich aufzuregen, wenn ich einen Touristen beherberge?", sie schnaubt, „meine Hühner bekämen negative Schwingungen, ihre Reinheit sei verloren, sie seien unbrauchbare Opfertiere. Ab heute verfluche er dieses Haus, diese Tiere. Kauf doch deine Hühner woanders, Blödmann!"

„Ha wa, lass dich nicht verärgern! Zumal, was ist ein Houngan? Für mich ist er ein Betrüger!", er schüttelt abwertend den Kopf.

„Mathe, du weißt das nicht. Auf der Insel Haiti verleiht eine Gemeinde einem Hohepriester diesen Namen. Man vermutet, dass Miguel ihn sich angeeignet hat, geradeso wie den restlichen Hokuspokus mit seinen Mehlzeichen. Haiti hat der nie im Leben gesehen."

„Ha ja, dieses Zeichnen mit Mehl kenne ich von meiner Reise durch Indien. Im Bundesstaat Tamil Nadu sieht man vor den Haustüren derartige Zeichnungen auf dem Boden, Kolam genannt. Verschiedene symmetrische Symbole – eine uralte Tradition der Bewohnerinnen, für sie ein Zeichen von Anmut, Geschick und Disziplin. Was er da macht, ist nichts Neues. Hast du vergessen, ihm zu sagen, dass ich hier weggehe, zurück nach Deutschland? Für solche Drohung gäbe es keinen Grund".

Sie steht auf, holt aus dem Kühlschrank einen irdenen Krug. Zurück am Tisch, sagt sie: „Probier meinen frisch gepressten Limonensaft, die Früchte sind extrem mild, benötigen zusätzlich keinen Zucker."

Mathe kostet schluckweise, verzieht dabei sein Gesicht. „Ha wa, eine Idee, säuerlich – es schmeckt!"

„Das ist reine Natur, die Früchte sind ungespritzt, sie reiften auf Sizilien. Ein Sonderangebot vom Bio-Supermarkt." Sie holt eine Handvoll Limonen, legt sie Mathe vor die Nase: „Schneide dir davon ein paar Scheiben ins Glas, mit den Schalen intensiviert sich der Geschmack", sie schiebt ihm das Schneidebrett zu und sagt: „Ich erzählte dem Houngan, du richtest momentan dein Zimmer bei mir ein, lebst künftig hier in Marghera."

Stillschweigen herrscht hinter seinen aufgerissenen Augen, sein Löffel wirbelt aus purer Verzweiflung die Fruchtstücke umher. Er schmunzelt, stupst mit seinem Zeigefinger eine der Zitronen an, die ungehindert zu ihr hinüberrollt. „Sarina, das ist ein Witz, oder?"

Sie schüttelt deutlich verneinend den Kopf. „Lieber Mathe! Seit unserem ersten Zusammentreffen kommt mir deine Aktion im Keller in den Sinn – es wäre besser für dich, nicht mehr ohne Partnerin zu sein. Kurzum wünsche ich mir, dass du bleibst."

Mathe schluckt, damit hat er nicht gerechnet. Ist der Moment gekommen, ihr von meiner Ehefrau zu erzählen? Mit einem Schluck vom Saft verzieht er das Gesicht: „Ha wa, wir kennen uns knapp 24 Stunden, was macht dich so sicher?"

„Deine Art Mathe, mit der du einem begegnest, mir passt das. Versteh mich recht, in der Jugend verbringt man eine Menge an Zeit, um sich nahezukommen, sich einzuschätzen, sich kennenzulernen. Das Sogenannte – es prüfe, wer sich ewig bindet – dafür bin ich zu alt. Entweder wir gewöhnen uns aneinander oder ich bin für dich unerträglich. Wenn das so ist, bitte geh!"

Mathe streckt die Hände nach ihr aus, taucht ein in die Vorstellung einer Gemeinsamkeit, dabei entdeckt er in ihrem Gesicht eine Warmherzigkeit, die zu ihm sagt: „Morgen holen wir deine Sachen aus dem Hotel, einverstanden?"

Mathe antwortet nicht, er schweift ab. „Sarina, dieser Miguel, besteht die Möglichkeit, dass er eifersüchtig ist?"

Sie lacht lauthals: „Du spinnst! Dem seltsamen Patron gab ich keinen Grund für derartige Hoffnungen."

„Ha wa, eine Blondine in einer afrikanischen Religion, diese Menschen sehen in dir eine fleischgewordene Göttin."

„Mathe, Schluss damit! Erstens passierte das in Zeiten, in denen Missionare Seelenfang betrieben. Heute suchen die Afrikaner in dir die Aufenthaltsgenehmigung – zweitens kommt er aus der Karibik."

„Verhielt sich dieser Miguel genauso, in der Zeit, in der dein Ehemann bei dir war?"

„Sein Verhalten, fragst du? Eher unauffällig, zumindest für mich. Es stimmt! Die Hühner kaufte Miguel, sobald Moreno auf dem Meer die Netze ausgeworfen hatte. Er hatte gefragt, wann er zurückkommt. Fragte, ob er mir fehlt, ob ich darüber nachgedacht hätte, wenn er eines Tages bei einem Unwetter draußen auf dem Meer bliebe."

„Ha wa, Miguel hat es auf dich abgesehen, da bin ich mir sicher. Moreno war für ihn ein Fremdkörper, den er am liebsten auf den Meeresgrund geschickt hätte. Jetzt trete ich in dein Leben, kein Wunder, dass er ausrastet."

„Mathe, wenn ich es mir überlege, vor einem Monat beim Hühnerkauf, bot er mir im Hotel eine Session an. Spezielle Rituale befreien von negativen Schwingungen, so seine Behauptung. Ebenso ließe sich ein Verlust meines Ehemannes dadurch ertragen. Zuerst weigerte ich mich, dann erklärte er mir den Ablauf. Erzählte von einer Droge, die in einem Getränk, das jeder erhält, eine dienliche Wirkung bei diesen Ritualen hat. Angeblich ermögliche es den Göttern einen besseren Zugang. Aus Neugier ließ ich mich darauf ein, diese Droge interessierte mich. Logischerweise aus rein fachlicher Sicht, denn über Jahre verabreichte Substanzen zeugen von einer gewissen Verlässlichkeit und Stabilität. Monatelang forschte ich an Ähnlichem, das Halluzinationen hervorruft, ohne Schaden am Körper, wie der Seele zu verursachen.

Nebenbei gesagt, bei der Veranstaltung erwartete ich, dass dabei meine Unbeschwertheit zurückkäme. Bis heute ist es mir ein Rätsel, was dieses Ritual bezweckt hat. Vor allem, was dieser Stempel auf meinem Dekolleté bedeutet. Angeblich verschwindet er nach geraumer Zeit. Diese gefärbte Säure ätzte sich tief in die Epidermis. Mir blieben Erinnerungsfetzen von dem Ritualabend über, wie nach einem gewaltigen Rausch plus Nebenwirkungen. Wie ich zurück ins Bett kam, zeigte dieser Ablauf einen schwarzen Fleck in meinem Gedächtnis. Es schaudert mich bei einem derartigen Kontrollverlust.

Bei der Segmentation jenes Seelenöffners hoffte ich zumindest auf ausgefallene, mir unbekannte Stoffe zu stoßen. Leider fand ich neben einer psychotropen Substanz Unmengen an Unreinheiten, sinnlose Streckungsmittel. Von einer derart gefährlichen Droge warnte ich Miguel. Bot mich an, speziell für seinen Zweck, Besseres zu entwickeln. Seine Begeisterung war enorm, so köchelte ich in meinem Labor eine ..."

Mathe unterbricht mit einer Frage ihre Geschichte: „Diese Zeremonie fand vor einem Monat statt?"

„Mindestens, sogar deutlich länger."

„Warum besuchtest du vor ein paar Tagen erneut seinen Hokuspokus?"

„Das habe ich nicht! Wie kommst du darauf? Diesem Horrortrip ausgesetzt, nie wieder! Ich bin Buddhistin, halte die Meditationen in meinen vier Wänden ab. Für das Seelenheil benötige ich weder Houngan noch Drogen noch Gebetshäuser!

Ein Altar im Schlafzimmer reicht da aus!"

Mathe kommt ins Grübeln, erzählt nichts von seiner Begegnung mit jener Tänzerin. „Ha wa, am Abend nach meiner Ankunft im Hotel erlebte ich ein Schauspiel, das ins Schema dieses Miguels passt. Ich suchte nach Erklärungen. Zum Glück bot mir eine Bekannte, die ich aus dem Internet kenne, Hilfe an. Denke, sie würde genauso dir zur Seite stehen."

„Stopp! In meiner Geschichte lasse ich keine fremden Personen. Zu viele wissen von den Problemen, von Moreno. Genug davon! Keiner hat geholfen. Ich versuche mit jedem Tag, ein normales Leben zurückzugewinnen. Dir rate ich, lass die Finger von einer Fremden aus dem Internet. Du weißt nicht, wer sie ist. Sie hat nichts in unserem Alltag verloren, verstehst du!" Ihr Gesichtsausdruck ist verbissen, die Augen besitzen wieder diese Schärfe jener Nacht. Sie packt das Messer, deren Klinge im Schein der eintretenden Sonne aufblitzt.

Mathe zuckt zusammen, fixiert den drohend wirkenden Stahl. Was hat sie vor? Tränen quellen aus ihren Augen, ihr ganzer Körper vibriert, dann brüllt sie los: „Verflucht, lasst mir mein Leben, ich bin so, wie ich bin!" Mathe starrt sie an: Da ist sie wieder, diese blonde Fratze. Von Sinnen sticht sie zu. Schluchzend, kraftvoll, rammt sie mehrmals das Messer in eine der Zitronen, so lange, bis die Spitze im Holz des Tisches stecken bleibt. Dabei spritzt Zitronensaft in alle Richtungen, auf ihren Arm, ihr Dekolleté. „Lasst mich in Ruhe mit der verdammten Vergangenheit!", ihre Stimme überschlägt sich. Sie steht auf, verschwindet wie vom Teufel besessen durch die Küchentür.

Mathe glotzt das aufrecht stehende Messer an, inmitten der Saftpfütze. Wen hat sie in ihren Gedanken abgestochen? Ratlos bleibt er zurück – ist sie eifersüchtig auf Amarinta? Es gibt keinen Grund, derart auszurasten. Nach Minuten kommt sie wieder, Mathe zuckt zusammen. Sofort fällt sein Blick auf das Messer, das in der Tischplatte steckt. Flink schnappt er sich das Teil, schneidet eine Zitrusfrucht in kleinste Stücke.

An einem der Küchenstühle bleibt Sarina stehen, legt über die Stuhllehne eine Arbeitshose, ein Hemd. Ohne ihn anzusehen, sagt sie in aller Ruhe: „Hier die Hose, schneide sie dir auf Länge zu. Die Schere findest du im Werkzeugkoffer. Im ersten Stock, wo die Tür aus den Angeln fällt, steht ein Kübel mit Farbe, eine Fellwalze liegt daneben. Richte dir dort oben dein Zimmer ein, die Möbel stehen in der Kammer gegenüber. Spar dir das Übernachtungsgeld. Wenn es dein Wunsch ist, abzureisen, reise ab. Vorwürfe hörst du keine. Lass diese Fremde aus dem Spiel, verstehst du mich!"

Die Malerarbeiten lenken Mathe von den Unbilden der vergangenen Tage ab. Dabei stellt er Venedig in seinen Überlegungen weit nach hinten. Geschickt verspachtelt er die Löcher mit Gips, walzt mit der Fellrolle die Farbe auf den Putz. Zwischendurch kündigt das Knarzen der Treppe Sarina an, mit belegten Brötchen, ein andermal mit Limonensaft:

„Ich bin beeindruckt, was Spachtelmasse und Farbe alles verändert." Sie sagt es, tritt ans Fenster, bleibt wortlos stehen, spitzelt durch ein Loch der Plastikfolie zur Straße hinunter.

Mathe arbeitet weiter, lässt sie nicht aus den Augen. Versteinert steht sie vor der im Luftzug wogenden Folie mit ihrem blonden Haar. Ohne ihn anzusehen, dreht sie auf dem Absatz und verschwindet.

Spätnachmittag reißt er die Folie von Fenster, Tür, dem Stahlrohrbett. Diese alte Matratze, die vor der frischen, weißen Wand vergilbt aussieht.

Beim Draufsetzen quietschen die Stahlfedern, sein Po versinkt im darüber liegenden Schaumstoff: Wohin entführt mich das Leben am Ende meines Urlaubs? Alles Hinschmeißen wegen momentaner Sympathien? Hineinspringen in ein mir unbekanntes Land mit einer fraglichen Beziehung? In Marghera überleben, ohne Sprachkenntnisse, ohne Arbeit? Dazu die Jahre, die auf meinem Buckel lasten? Die Erwerbslosenquote ist den Medien zufolge bei 7,1 Prozent. Es ist lächerlich, darauf zu hoffen, dass dieses Viertel auf einen wie mich Ausschau hält. Auf der anderen Seite verliere ich nichts, denn in Deutschland wartet einzig die Scheidung einer vor Jahren verloren gegangenen Liebe.

Auf welcher Basis in Italien aufbauen, ohne Reichtümer? Hier im Süden schmerzen die Füße bei der Arbeit genauso wie in Stuttgart. Ehrlich, dieses Weib, weil sie optisch was hergibt, ist kein wirklicher Grund, speziell, wenn die Gefühle von Vermutungen blockiert sind. Zurück auf dem Boden der Realität spaziert er die Treppe hinunter in die Küche. Sarina steht am Herd, inmitten eines Duftes von Knoblauch über einem Berg von Spaghetti aglio e olio. Eine Schüssel puren Genusses lässt vergessen, woran er seelisch knabbert.

„Ha wa, eddz hemmers gschaffd d'Renovierung!", aufatmend lässt er sich auf den Stuhl fallen.

Vom Ächzen des Holzes aufgemerkt sagt Sarina: „Pass auf, nicht so impulsiv bei den alten Möbelstücken, denke an dein Medikament – vergessen?" Sie stellt ihm ein Glas Wasser vor die Nase, daneben legt sie eine Tablette. „Runter damit!" Bei dem Befehlston ist zu vermuten, ihre betörende Art hat weiterhin Ausgang.

„Das Medikament, mein Gott, es ist die Letzte. Wie ich mich fühle, bist du eine wahre Zauberin!", er sieht sie an, wartet vergebens auf eine Reaktion.

Ohne ihm einen Blick zu schenken, setzt sie sich an den Tisch. „Lass es dir schmecken!"

„Ebenfalls, danke! Wenn du so weiter kochst, steht auf meinem Grabstein: Seine Figur, sein Leben opferte er der Nudel!"

Nach dem Limonenmord dauerte es, bis wieder ein Lächeln auf ihren Lippen zu finden ist. „Ich sehe, was du liebst, deshalb koche ich in Zukunft leichteres." Sie schmunzelt und erzählt von gemeinsamen Zukunftsplänen. Bedenken, die Mathe einwirft, darüber lacht sie, hebt ihr Glas mit den Worten: „Ich helfe dir, keine Sorge, wir finden Lösungen, schlucke deine Zweifel runter, Wein ist dafür genügend in der Küche, wie im Keller."

Verloren in unendlichen Träumereien, leeren sie eine Flasche nach der anderen. Was zuerst Wortspiele waren, endete in körperlicher Zuneigung. Beide, ihrer Nähe bewusst, verlangt es bei ihm eine Entscheidung, nur nicht in diesen reizvollen Momenten – nichts überstürzen. Das, was er von ihr bisher mitbekommen hat, sie ist kein Mitglied dieser Sekte.

Mathe wirft einen Blick auf seine Uhr: „Ha wa, es ist spät, ich verschwinde lieber ins Hotel."

Sie steht auf, küsst ihn: „Bitte bleib sitzen, bis ich das Federvieh im Stall habe."

Mathe sieht ihr beim Verlassen der Küche nach, steht auf, schaut aus dem Fenster in die Dunkelheit, dabei entdeckt er eine männliche Gestalt. Sein Haarzopf kommt ihm bekannt vor. Eilig überquert er die Straße, stolpert, bewahrt sich mit Mühe vor einem Sturz, rennt weiter in Richtung Café. Hetzten Hunde diesen Zopf, würde man seine Eile begreifen.

Mit halb vollem Glas stellt sich Mathe vor den offenen Kamin, schlüpft hinein und setzt sich: Wie rauchig das Wärmen an einer derartigen Feuerstelle ist? Egal, dies ist die feinste Art eines Lagerfeuers. Von draußen fällt ein Schrei durch den

Kamin. Mathe vermutet, es ist wegen dieser Hühner, die sich nicht in ihrem Stall einsperren lassen.

Zurückgelehnt schweift sein Blick durch die Küche, dessen roter Terrakotta-Fliesenboden dem getünchten Raum eine optische Wärme schenkt. Der Kirschbaumtisch passt farblich zum Büfett, das links vom Fenster der Südseite steht. Auf dessen Unterschrank ist ein CD-Player und daneben der behütete Koffer mit den Messingecken. Knapp unterhalb der Zimmerdecke hängt ein betagter Fernseher. An der Ostwand steht die Kombination eines Elektro-Gas-Herdes. Die Westwand überspannt eine Steinplatte mit einem aus Marmor gehauenen Waschbecken, es ist voll mit dem Geschirr vom Abend. Daneben in der Ecke brummt ein mannshoher Kühlschrank.

Wo bleibt Sarina? Am Tisch wartet der letzte gemeinsame Schluck Wein. Mathe legt die Lippen ans Glas, da dringt ein Wehklagen nebst seinem Namen durch den Kamin. Sein Weinglas fliegt in die Asche, er rennt hinaus in den Lichtschein der Hoflampe, an dessen Ende ein Bild der Zerstörung auf ihn wartet.

Verstreut im Käfig liegen kopflose Kadaver, und um sie herum ist die Erde getränkt mit Blut, indem Hühnerfedern kleben. Mittendrin, wie angewurzelt, Sarina. In ihrer vom Blut gefärbten Hand liegt Luigi, mit der anderen wischt sie sich über die Augen. Ihr Wehklagen dringt hinaus in die Nacht: „Oh Gott, sieh nur. Mathe, was ist das für eine Schweinerei!", daraufhin legt sie das Tier sanft, als würde es leben, auf den Boden. Sofort tippt sie hektisch auf ihr Mobiltelefon ein: „Wo bleibt die Polizei? Ich habe zweimal angerufen! Dieser Dreckskerl ist abgehauen!" Unter herzerweichendem Schluchzen sagt sie: „Das büßt er mir, diese Missgeburt, dieser Hexer!", sie schnuppert an ihren Fingerkuppen derart heftig, dass man es hört. „Dir Saukerl gestalte ich ein unvergesslich, schmerzhaftes Ableben, das verspreche ich beim Tod dieser Hühner!"

Mathe steht mit Schuldgefühlen am Zaun des Käfigs. Er grübelt: Wäre ich von ihr ferngeblieben, hätte ich diesen Alten nicht aufgeheizt, dann würden weiterhin diese Tiere im Dreck scharren. Mehrmals setzt er an, um ihr zu erzählen, dass er den mit dem Zopf gesehen hat. Umsonst. Sie hört nicht zu, ist von der Hexersschuld absolut überzeugt.

Die Polizei fährt ohne Sirene mit Blaulicht vor das Haus. Gelassen steigen die Herren aus, schieben, zupfen ihre Uniform zurecht für einen stylishen Auftritt. Ein mit Dienstgradabzeichen üppig bestückter Beamte spricht Sarina an, die daraufhin erneut in Tränen ausbricht. Sein Kollege umrundet mit Akkuscheinwerfern den Käfig, stupst mit dem Zeigefinger die Kopfbedeckung nach hinten, kratzt sich dabei an der Kopfhaut: „Haben Sie eine Versicherung, denn zerfleddert, wie deren Aussehen ist, sind die Viecher für den Verzehr ungeeignet."

Sarinas Temperament bringt lautstark zum Ausdruck, wer die Schuld an dem Desaster hat. Der am Käfig stehende Beamte fotografiert, der andere notiert ihre Beschuldigungen. Ein Huhn lassen sie für das Sezieren in eine Kühlbox wandern. Nach einer Stunde verschwinden die Herren wieder vom Hof. Mit zitternder Stimme übersetzt sie die Worte des Colonnello: „Traut, der sich zu mir sagen, dass eines Tages meine Hühner im Suppentopf gelandet wären und auf dem Markt gäbe es genügend Ersatz." Mit ihrer Hand reibt sie über ihre Augen. „Der kapiert nicht, wie ich an den Tieren hänge." Unter Tränen holt Sarina Müllsäcke aus dem Stall und packt die Tierkadaver hinein.

„Ha wa, was hast du vor?", fragt Mathe.

„Die kommen in die Gefriertruhe", antwortet sie.

Mathe verzieht das Gesicht: „Warum der Aufwand, wie die im Dreck liegen, das ist unhygienisch."

„Zur Beweissicherung für die Versicherung, das hat der Colonnello mir geraten." Nachdem ein jedes Tier verstaut, vor sich hin friert, schließt sie die Türen: „Er hat recht, sind Hühner, sonst nichts, leider benötigen neu erworbene Küken Zeit bis zur Verkaufsreife, bis sie Gewinn bringen."

Er umarmt sie, drückt sie, dabei sagt sie: „Mathe, ich bin morgen in der Apotheke, hab dir den Hausschlüssel in deine Jackentasche gesteckt. Macht es dir etwas aus, wenn du heute Nacht bei mir bleibst?" Sie ergreift seine Hand, gemeinsam betreten sie das Bad, dann das Schlafzimmer. Dort, wo ein buddhistischer Schrein in der Ecke aufgebaut ist, verharrt sie, spricht Unverständliches, derweil schlüpft Mathe ins Bett. Sie legt sich neben ihn und löscht das Licht.

Ist es die pure Angst, weshalb sie sich innig an seinen Körper schmiegt, oder ist es ein Funken ehrlicher Zuneigung?

Mittwoch

Mathe Nussbaums Lebensmitte nach seinem Auszug aus dem Hotel, liegt in einem Vorort von Venedig. Mit jedem Tag wächst die Abhängigkeit von einer Italienerin, die er kaum kennt. Wie es aussieht, hegt sie den Wunsch einer festen Beziehung. Befreundet sein ja, aber auf Dauer eng verbunden? Mit jedem Kleidungsstück, welches er in den Koffer hineinstopft, steigt sein Misstrauen, gleichzeitig die Abenteuerlust, die sein Vernunfthirn blockiert. Mathe sucht das Unbekannte, dabei hätte er bald vergessen, weshalb er sich in diesem Haus einnistet.

Kurz gesetzte Schritte legen Pausen ein, auf der Suche nach einem Grund, umzukehren. War seine Entscheidung die Richtige, oder bedarf es, wie in Kindheitstagen, zuerst das Erspüren von Leid, um zu kapieren? Sein Gehirnkino zeigt in einem Zeitraffer einen Lebensabschnitt, indem Schmerzen ihn zurechtwiesen und aus seiner Naivität heraus holten. Bilder blitzen auf von einem Weiler im Schwabenland, mit seinen drei Häusern, sieben Kilometer abgelegen von der nächsten Ortschaft. Es zeigt eine Nachbarin, bei der ein Bub die Zeit verbrachte, solange die Eltern in einem internationalen Konzern arbeiteten.

Bis heute ist er dieser Ersatzmutter dankbar, denn sie schenkte ihm ein Zuhause, obendrein gesundes Essen. Ihre Tochter war, wie man es von der eigenen Schwester erwarten würde. Gemeinsame Jahre verbrachten sie im Sandkasten, auf dem Schulweg, bis zu den Spielen rund um einen benachbarten Weiher. Im Alter von dreizehn Jahren, als ihr mädchenhafter Körper sich explosionsartig entwickelte, kippte die Unbedarftheit der Kindheit. Über Jahre sprangen sie in den Sommermonaten nackt ins kühle Nass, küssten einander aus Spaß und Tollerei, ohne die zweideutigen Gedanken. Erinnerungen werden wach an die flirrende Luft über der Wiese, die erdrückende Schwüle nahe dem Wasser. Die Wolldecke, auf der das Kofferradio den Beat der Zeit durch die hohen Gräser trommelte.

Das Mädchen mit ihrem langen Haar lag da, vertieft in einem Buch, der Bub dagegen schraubte mit Eifer am Antrieb eines Modellbootes. Zum ersten Mal nach fünf Jahren Sommerfrische fiel ihm der Duft auf, der ihren zarten Körper umgab. Zum ersten Mal betrachtete er die gelockte Schwarzhaarige, zuerst aus dem Augenwinkel heraus, dann gefühlvoller. Er ließ seine Augen über ihren Rücken, ihren Po, die Beine wandern. In all den Jahren reichte sie ihm die Sonnencreme, ohne dass sie dabei ein Wort verlor. Er war seiner Aufgabe bewusst, nur an diesem Tag war alles anders. Das Eincremen, das sonst so lästig erschien, erregte in ihm Gefühle, die nicht aufhörten, bis die Hände jeden unbedeckten Fleck ihres Körpers erreicht hatten. Das sanfte Streichen über den Rücken hin zum Po, die Finger voller Erregung, er war von einem Zauber gefangen. Gehemmt küsste er ihre Schulter, da passierte es.

Aufgeschreckt drehte sie sich auf die Seite, sah ihn an, ein Schlag ins Gesicht folgte. Sie schlug derart grob, dass die Nase blutete. Niemals wurde er vorher geschlagen, doch jetzt von der einzigen Freundin, für die er sein Herz geopfert hätte. Er kapierte nicht, wie ihm geschah, was falsch war. Seine Handfläche fing das tropfende Blut der Nase auf, hoffte auf Mitleid, aber sie ignorierte ihn. Hektisch sprang sie auf, raffte ihre Sachen zusammen, brüllte los: „Spinnst Du? Bist du übergeschnappt?", sie zeigte auf seine Badehose: „Schau dich an!", fluchtartig rannte sie mit all ihren Sachen davon.

Ihr Schlag ins Gesicht vertrieb nicht nur die

Erektion eines Pubertierenden, sondern das Vertrauen in eine Freundschaft. Ihr Schlag schürte Schuldgefühle, zerstörte zugleich die Zuneigung zu allem, was Möpse besaß. Frustriert traktierte er jedes Mädchen, das ihm zu nahe kam. Auf dem Pausenhof der Schule war es eine Art Genugtuung, wenn sie kreischend davonliefen. Solange er sie an den Haaren zupfte, ihnen getrocknete, zerriebene Hagebutten in den Nacken streute, hatten sie Glück. Sein Verhalten verschlimmerte sich derart, dass die Lehrer mehrmals Muttern geraten haben, einen Psychologen aufzusuchen. Der Seelenklempner versuchte sein Bestes, behauptete, in einer Ehe, die aus unterschiedlichen Nationalitäten besteht, träte eine derartige Störung auf. Was absoluter rassistischer Blödsinn war. Der Vater, geboren in Winston Salem, North Carolina, stammte von deutschen Eltern ab. Vom Militär nach Deutschland versetzt, heiratete er eine Deutsche. Beide lebten in einem Vorort von Stuttgart, wo er am Ende des Militärdienstes eine Stelle in einem Import-, Exporthandel fand.

Bevor sie den Bub von der Schule schmissen, versetzte die Firma seinen Vater nach Puerto Rico. Er besetzte dort eine leitende Position in einem Handelskontor, und der Bub einen Platz an der deutsch-amerikanischen Schule. Später wechselte er nach Miami, ins Internat. Nach Abschluss des Studiums kehrte er zurück in seinen Geburtsort Stuttgart, traf dort die jetzige ihm angetraute Ehefrau. Beide arbeiteten in einem Bürohaus, sie im vierten, er im zweiten Obergeschoss. Zum Glück folgten Jahre, in denen das Trauma der Kindheit erloschen schien, bis ein Ehestreit Verborgenes wieder an den Tag brachte. Sofort stimmte er einer Trennung zu, die sich bis heute hinzieht.

Zurück in der Realität, mit den angedachten Träumen von Sarina fällt es mir nicht schwer, diesen Absprung zu schaffen. Das Drücken des Klingelknopfes vor ihrem Haus entfacht wahre Glücksgefühle, obwohl keiner öffnet? Auf dem Weg zur Apotheke lassen mich ihre Worte der letzten Nacht in den Jackentaschen nach dem Hausschlüssel suchen. Ich spaziere zurück. Im Hausflur angekommen, laufe ich direkt nach oben in mein von Farben frisch duftendes Zimmer.

Die Zeit ist gekommen, sich den Raum herzurichten. Aus der gegenüberliegenden Kammer mit all den verwaisten Möbeln zieht er auf einem ausgedienten Teppich einen Schrank, dann eine Kommode an den dafür vorgesehenen Platz. Der an die Wand gestellte neubarocke Tisch ist ab jetzt sein Schreibtisch, auf dem der Laptop nur noch einen Zugang ins Internet benötigt. Auf dem Flur steht ein Wäscheschrank, dort findet Mathe, was nötig ist, einschließlich einer Tagesdecke.

Langgestreckt auf dem Bett mit bunter Flickendecke liegt er mitten im italienischen Leben. Bisher sahen seine Augen Italien aus dem Blickwinkel eines Touristen, aber jetzt sah er sich am Renovieren eines fremden Hauses. Eines Tages ist damit Schluss, die Urlaubskasse aufgebraucht, da verlangt es nach Lösungen. Wieder hat er Amarinta vergessen, den primären Grund, der ihn hierher verschlagen hat.

Überspannte ich bei Sarina den Bogen im Spiel mit den Gefühlen? Akzeptiert sie mich nur, weil sie keine Wahl hat? Solange diese Unsicherheit besteht, benötige ich einen Zugang ins Internet. Verdammt, warum ruft Amarinta nicht an, wo versteckt sie sich? Meine SMS bleibt ohne Antwort, wie dieser Anrufbeantworter ohne Rückmeldung. Mir missfällt diese veraltete Technik meines Handys, das einzig zum Telefonieren taugt. Hätte ich eines jener neuartigen Dinger, wären längst Hilfeschreie in Form ausführlicher Berichte übers Internet verschickt worden.

Urplötzlich durchzieht das Haus ein heftiges

Poltern, begleitet von Klirr-Geräuschen. Lauschend schleicht er die Treppe hinunter zum Schlafzimmer. Er kontrolliert das Zimmer, dann die Tür daneben, die aber versperrt ist. In der Küche angekommen – umgekippte Stühle, das Essbesteck der Anrichte verstreut auf dem Boden, mittendrin ein zerbrochener Teller. Sofort überprüft er die beiden Eingänge wie die Fenster. Nichts steht offen. War ein Hausschlüssel im Spiel? Zurück in der Küche, auf dem leer gefegten Tisch ein Blatt Papier, fixiert mit einem Messer, dessen Botschaft sich in einer krakeligen Schreibschrift versteckt. Dummerweise verweigert das Italienisch ihm jedwede Information. Für ihn uninteressant, er lässt den Zettel in der Schublade verschwinden. Verunsichert, bemüht aufzuräumen, tritt er wiederholt ans Fenster, überprüft den Vorgarten, den Gehweg, die Straße. Dort sind Menschen, die an der Bushaltestelle warten. Wehmütig zählt er nach, wie oft seine Busfahrt in die Stadt der Gondeln gescheitert ist.

Ein Polizeiwagen stoppt direkt vor dem Gartentor. Die beiden Beamten des Vorabends kündigten ihre Anwesenheit durch die Hausglocke an. Mathe öffnet, begrüßt sie mit ausgestrecktem Arm in Richtung Apotheke. „Sarina Ganzoli Farmacia!",

trotz Wiederholung bleiben seine verbalen Bemühungen erfolglos.

Erneut sprechen die Uniformen auf ihn ein.

Mathe kapiert nichts, versucht überdeutlich,
langsam zu erklären: „Sarina Ganzoli, là – Farmacia – là!", endlich begreifen die Beamten, was
gemeint ist. Sie kehren zurück zum Auto. Mathe ist
klar – ein Leben, hier, ohne italienische Sprache,
schwierig.

Hinter sich schließt er die Haustüre, womit
wieder Frieden einkehrt. Momentan herrscht eine
Ruhe, bei der das ferne Ticken einer Uhr störend
erscheint. In keinem Zimmer, das er bisher betreten hat, gab es eine tickende Uhr. Er folgt dem
Klang, vorbei an der Küche, dem Schlafzimmer,
übrig bleibt die verschlossene Tür am Ende des
Flurs. Sein Ohr liegt am lackierten Holz. Hauchte
dieser Eindringling, aus Versehen, einer Uhr das
Leben ein? Ob es Klever ist, dort gewaltsam ein-
zudringen, da sie versperrt ist? Mit einem Besen
bewaffnet, ist er bereit, sie brutal einzutreten und
zu kämpfen. Beherzt drückt er den Türgriff, setzt
zum Stoß gegen das Türblatt an – sie springt auf,
ohne Gewalt? Ist der Einbrecher noch im Raum?

Überraschungsangriff ist die beste Waffe. Keiner ist zu sehen. Mathe tritt ein, betrachtet, was

nach einem Wohnzimmer aussieht. Weiße Laken überdecken die Sitzmöbel, die Fenster sind verdunkelt, die elektrische Deckenbeleuchtung ohne Strom. Einzig eine Pendeluhr tickt auf einer Kommode, umgeben von Bildern aus Großelternzeiten. Lichtbänder durchdringen die Schlitze der Fensterläden. Sie treffen sich auf Farbfotografien eines Mädchens und dessen Eltern. Mittendrin ein mit Gold gerahmtes Abbild einer kräftig gewachsenen Person mit schwarzem Haar. Seine muskulösen Arme strecken einen gewaltigen Fisch in die Höhe. Man sieht, wie er bemüht ist, die Schwanzflosse vom Boden fernzuhalten. Der Angler besitzt ein gegerbtes Gesicht. Mathe streicht über das Glas. Ein Kratzer, ein Farbfehler? Daneben Fotos von Mädchen, deren Aussehen einzig das Haar unterscheidet. Es ist schwarz, blond, kurz, lang. In den Gesichtszügen vermutet er Sarina, die, wie es aussieht, gerne mit Perücken spielt und Spaß am Verkleiden hat. Schmunzelnd über ihre kreative Seite, streift sein Blick durch den Raum. Gegenüber bewegt sich ein lichtdichter Vorhang. Besonnen tritt er näher. Ein Fensterflügel steht offen – Mathe schließt die Läden, das Fenster. Dort hat sich jemand Zugang verschafft und ist auch dort wieder geflüchtet? Mathe begibt sich in die Küche zur Anrichte, bei der zwei Kästen mit Mineralwasser stehen. Eine Flasche unter dem Arm kehrt er zurück in den ersten Stock.

Der Boden, die Türen sind mit Folie abgedeckt, einzig am Ende des Flurs steht ein ungeschützter Schrank. Durch Schieben, begleitet von Flüchen, verlässt der Wäscheschrank seinen Platz. Eine Zimmertür mit Farbresten kommt zum Vorschein, übersät mit Astlöchern. Im Türschloss steckt ein Schlüssel, der Türgriff fehlt. Durch die größeren Löcher betrachtet, hat es dort ein verdrecktes Kopfkissen, einen Stuhl, über dessen Lehne eine verschlissene Jacke hängt. Das Zimmer ist mit Holzbrettern verkleidet, blaugrau gestrichen, darüber kleben wahllos hingestreute Zeitungsfetzen. Wie es scheint, ein verlassener Ort.

Der Rest der Folie fliegt über den Schrank, dann rührt Mathe im Farbkübel. Langsam zieht seine Fellrolle frische Bahnen von weißer Farbe. Bei der Arbeit kommen ihm die Fotos vom Wohnzimmer mit Sarinas blumigen Bildern in den Sinn. Er erinnert sich an Stuttgart, an all die Abende, welche er den Büchern über Italien widmete. An den Wochenenden, wenn seine Ehefrau mitspielte, besuchten sie in der Nachbarschaft das italienische Restaurant. Stefanos Küche, die Spaghetti, die Pizza, die Lasagne, nebenbei all die Träume, mit den vagen Vorstellungen und jetzt – er steht inmitten des von ihm ersehnten Italiens. Beim Rollen der Farbe über den Staub einer unbekannten Vergangenheit fragt er sich, was für ein Leben einst zwischen diesen Wänden gesteckt hat.

Ein Aufprall lässt den Holzboden erzittern, gefolgt von Rumpeln. Mathe horcht auf, erinnert sich an den Eindringling in der Küche, aber es kommt von hier oben. Sofort dreht er sich zur maroden Tür hin, schleicht lauschend auf sie zu. Es raschelt, gurgelt, klingt nach einem schleimigen Husten. Erneut rumpelt es. Was passiert hinter dieser Tür? Wer lebt in einer Ruine? Der Blick durch eines der Löcher trifft auf ein Schneidebrett mit einem ellenlangen rohen Fisch, der vorher dort nicht lag. Dessen Innereien färben das Tuch blutrot. Da sind sie wieder, diese Bilder jenes Abgeschlachteten auf dem Hotelbett. Dieses Gesicht mit der Narbe taucht in ihm auf, wie ein Ungeheuer aus dem Meer. Er zuckt zusammen, lässt die Farbrolle auf den Boden fallen.

Dort unten im Wohnzimmer dieses Foto. Ohne auf die Stufen zu achten, stolpert er die Treppen hinunter, weiter zur Kommode, reißt das golden gerahmte Bild mitsamt dem Nagel von der Wand.

Aufgeregt dreht er das Foto in einem der Lichtstrahlen, studiert die Gesichtszüge. Mathe stellt sich das Blut auf der braun gebrannten Haut vor. Je länger er das Bild prüft, umso mehr verliert er seine Zweifel. Dies ist kein Entwicklungsfehler, kein Kratzer, sondern eine Narbe. Diese Augen, exakt so, klotzten sie ihn aus dem Hotelbett heraus an. Wer ist dieser Bursche? Welche Verbindung mit Sarina gibt es? Ist er ein Verwandter, ein Freund, der Bruder von Moreno, der wie er dem Angeln zugeneigt ist? Ein erneutes Rumpeln im ersten Stock. Das Bild landet auf der Kommode und Mathe, um ein Haar auf der Nase inmitten des Flurs. „Scheiß Teppich!", fluchend verfängt er sich, prescht weiter nach oben.

Darum dieser Schrank vor der Tür. Eilig zerrt er den Kasten, bis er wieder an seinem alten Platz steht. Sein Körper sinkt ermattet zu Boden. Mathes Aufgewühltheit schreit nach Amarinta. Der Fischer – ist er der Nachbar? Ist er Sarinas Ehemann? Aber nein, der liegt, wie sie behauptet, schon längere Zeit auf dem Grund des Meeres! Ein Zwillingsbruder, der ihm auf der Toilette begegnet ist? Der Nachbar stieg er durchs Fenster in die Wohnung ein? Mathe zwingt sich zur Besonnenheit. Amarinta vertraut er und ruft sofort bei ihr an, es meldet sich wieder nur der Anrufbeantworter. Aus Mathes Mund sprudeln die Worte, so lange bis ein Piepton seinen Redeschwall beendet.

Mathe atmet tief durch, steht auf, walzt mit hektischer Unruhe die letzten Quadratmeter. Aus dem Werkzeugkoffer entnimmt er eine Taschenlampe, packt die Farbkübel, von denen einer bis zur Hälfte gefüllt ist, und schleppt sie in den Keller. Am Ende des Kellerflurs, unterhalb der Metallplatte, stellt er alles ab, überlässt das Verräumen seiner Hausbesitzerin.

Im Halbdunkel, mit einer Hand an der Wand, tapst er zurück zum Aufgang. Dabei tritt er auf etwas, das ihm höllische Schmerzen bereitet. Lauthals wettert er los: „Ja, soa Glomb, soa Elends!", der Lichtstrahl fällt auf die am Boden verstreuten Ziegelbrocken: „Granadascheiß meine Bändr!" Auf einem Bein stehend, stützt er sich mit beiden Händen an der Mauer ab. Direkt vor seiner Nase strömt aus einem Mauerloch feuchtkalter Schlaf.

Seine Augen folgen dem Lichtkegel der Taschenlampe, der hinter der Wand einen blassgrauen Haufen streift. Es sieht aus, man hat hier einen Durchgang provisorisch verschlossen. Er streckt die Lampe durch die Öffnung, entdeckt zwischen dem Schutt Knochen neben Menschenschädeln?

Dann ein Huschen am Rande gefolgt von einem Kratzen und Quietschen. Aufgeschreckt zieht Mathe den Arm heraus, dabei fällt seine Taschenlampe in die Dunkelheit. Fluchend schichtet er hektisch die Steinbrocken vom Boden in die Öffnung zurück.

Auf dem Weg in Richtung Kellertreppe dreht sein Blick, ob keiner durch die Wand bricht, ihm folgt. Hinkend schleppt er sich die Stufen empor. Beim Verlassen des Kellers fällt, durch einen kräftigen Luftzug, die Türe hinter ihm zu: „Verdammt der Lederlappen!", platzt es aus ihm heraus, „Scheiß darauf, in dieses Kellerloch bringt mich ohnehin keiner mehr!" Mathe ruft erneut Amarinta vom Handy aus an: „Jetzt, wo ich dich dringend benötige, telefonierst du, leg auf, das ist ein Notfall!" Er versucht es ein zweites, ein drittes Mal, er vermisst ihre Stimme, dafür gibt es eine Nummernansage mit der Aufforderung zu sprechen. Aufgeregt, verhaspelnd, teilt er dem Automaten seinen Fund mit. Ohne es zu wissen, hatte er in seiner Nervosität einen ehemaligen Arbeitskollegen angerufen.

Woher kommen diese Skelette? Wer war dieser huschende Schatten? War es dieser Penner aus der Ruine, oder dieser Jugendliche mit Zopf, oder war es Sarina? Lagen dort die Reste der Zombies, die sie für den Priester aus dem Weg räumte. Werde ich eines Tages genauso auf diesem Haufen landen? Oder werde ich vorher verrückt mit meinen Verdächtigungen? Vermutlich sind es Relikte aus der Römerzeit und das davon Huschende ist ein Getier, das sich verlaufen hat? Mathe Nussbaum fällt es schwer, seine Fantasien im Zaum zu halten.

Für ihn bleibt die einzige Rettung das Internet. Alle Bemühungen, dem Telefonanschluss ein Signal für seinen Laptop zu entlocken, misslingen. Bei Sarina hat es kein W-LAN, sondern Festnetz, aber wo ist dafür der Router. Es reicht, er ruft erneut Amarinta über das Funktelefon an, spricht auf ihre Mailbox, schreibt eine SMS in der Hoffnung, sie erkennt die Dringlichkeit. In seiner Verzweiflung kommt ihm das Internetcafé am Marktplatz in Erinnerung. Er schaut aus dem Fenster, entdeckt ein Werbeplakat der Bushaltestelle und schreibt auf einem Papierfetzen:

Hallo Sarina! Besuche heute eine Ausstellung im Palazzo Fortuny, San Marco! Komme gegen 20 Uhr zurück! Gruß Mathe

Mitten auf dem Küchentisch lässt er das Blatt liegen und macht sich auf den Weg. Es regnet.

Gegenüber dem Park mit jener beschaulichen Parkbank offeriert ein Schild am Eingang des Verwaltungsgebäudes „Internetcafé für Seniorinnen und Senioren". Die Dame an der Pforte verweigert auf Englisch dem Touristen Mathe den Zutritt. Bei ihr braucht es, trotz eines Notfalls, die Kunst des Überredens, obwohl er nahe 50 ist. Ihre Verweigerung hört sich wie ein Kompliment an. Mathes Hartnäckigkeit, sein Versprechen, auf lärmende Ballerspiele zu verzichten – sie zeigt sich gnädig, weist ihm einen Computer zu, öffnet ihm sogar das Programm für E-Mails. Sofort tippt er das Erlebte der letzten Tage, und ohne es zuzugeben, bettelt er bei Amarinta buchstäblich um Hilfe. Mit dem Drücken des Sendebefehls entspannt sich sein Gesicht und die Dame am Einlass erhält ein Trinkgeld. Hinkend spaziert er in Richtung Sarinas Haus zurück.

Bei seiner Ankunft quasselt der Fernseher und am Tisch Sarina beim Abendbrot: „Ist deine Reise beendet?"

Er antwortet: „Ha wa, bei dem Sauwetter macht ein Spaziergang durch Venedig keinen Spaß." Ihre Fragen über die Ausstellung überhört Mathe, indem seine misslungenen Versuche einer Interneteinwahl auf Antworten drängen.

„Zuallererst, zieh deine nassen Klamotten aus und lass uns Abendessen, im Anschluss kommt dein Laptop dran." Wie sie das Essen verschlang, gab es in ihrer Arbeit keine Zeit für Pausen. Zwischen dem Kauen erzählte sie von der Telefonleitung, die dort oben im Zimmer endete und für Morenos Computer diente. Die dafür notwendige Box mit den Kabeln und dem PIN-Code vermutet sie in der Wohnzimmerkommode. Sie übertönt mit ihrer Stimme das Zerkleinern einer roten Zwiebel auf einem Holzbrett.

Mathe fragt: „Besuchte dich heute die Polizei?", dabei stopft er sich Salamischeiben in den Mund, dem ein Bissen Weißbrot folgt.

„Dein Appetit verrät mir, bei dir gab es heute nichts zu essen. Der Kühlschrank ist voll, mein Gott, nimm dir davon! Für wen denkst du, dass ich einkaufe?"

Wenn sie wüsste: „Ha wa, tagsüber hatte ich keinen Hunger, erst auf dem Nachhauseweg fing mein Magen an zu knurren. Ein Grund mehr, mich auf dich zu freuen."

„Das ist nett, Mathe, lass es dir schmecken!"

„Was war mit der Polizei, Sarina?"

„Sie teilten mir mit, die Hühner starben zuerst an Elektroschocks, dann schnitt man ihnen die

Köpfe ab. Ein Täter lässt sich schwer ermitteln, da es keinerlei Spuren gibt. Abgeschlachtete Hühner haben keine Prioritäten gegenüber getöteten Menschen. Zu viele Verbrechen warten in den Aktenschränken der Polizei auf Aufklärung. Ich solle es der Versicherung melden, um mir von dem Geld Küken zu kaufen. Meinen Verdacht lenkte ich erneut auf Miguel, aber das behandelte man mit Vorsicht, denn ohne Beweise würde der Schuss nach hinten losgehen." Tränen stehen ihr in den Augen, wegen der gehackten Zwiebel, so ihre Behauptung.

Mathe versucht es mit beruhigenden Worten: „Ha wa, ich renoviere den Stall, wenn alles fertig ist, suchen wir Ersatz."

„Eine echt klasse Idee, ich gewöhnte mich an das Federvieh, an deren Eier!", sie steht auf, wirft die Schalen der Zwiebel in den Müll. „Oje, ist dir heute ein Teller zerbrochen?"

„Nein, das war ich nicht!"

„Das macht nichts Mathe, von den Tellern habe ich genügend – war ein Sonderangebot."

Mathe greift in die Tischschublade: „Das hätte ich beinahe vergessen." Er überreicht ihr die vorgefundene Nachricht. „Heute lag das auf dem Küchentisch, inmitten eines Chaos. Entdeckt habe ich niemanden, hab den Lärm gehört, war oben am Streichen." Beim Erzählen steckt er sein Handy ans Ladekabel und legt es auf dem Fenstersims ab.

Sie liest die Nachricht, dabei verfinstert sich ihr Gesichtsausdruck. „Dieser verdammte, von Drogen kaputte Scheißkerl, er ist einer von den Zanetis, der raubt mir den letzten Nerv. Wie kommt er hier ins Haus? Hast du die Haustüre oder die Hintertüre offengelassen?"

„Nein, Sarina, ich habe sie sofort, als die Polizei weg war, wieder zugesperrt, zweimal! Das in der Küche ist vorher passiert."

Ihren Mund schürzt sie und sagt: „Wie sonst kommt der Saukerl hier herein?" Sie riecht an ihren Fingern, fährt fort: „Dem werde ich es zeigen, der lernt mich kennen! Oh Gott, das macht mir Angst, dieser Kerl in meiner Küche! Ich werde sofort die Schlösser wechseln."

„Sarina, ich kontrollierte alle Türen, alle Fenster, nur im Wohnzimmer stand eines offen."

„Mathe, das war mein Fehler, denn nach dem Lüften hatte ich vergessen, es wieder zu schließen."

„Bitte Sarina entschuldige, wenn ich ohne Erlaubnis durchs Haus gestreift bin. Nebenbei bemerkt, mir blieb ein Rest Farbe über, die Malutensilien stellte ich im Kellerflur ab, wusste nicht, wohin damit."

Sie lächelt breit: „Ich räume sie auf, kein Problem, und du hast die Erlaubnis, dich im Haus frei zu bewegen, bin dankbar für jede Reparatur", sie stöhnt. „Nach diesem Eindringling benötige ich umso mehr einen, der hier aufpasst."

„Sarina, warum ist dein Wohnzimmer eingemottet."

„Schuld daran sind der Fernseher und der offene Kamin in der Küche. Im Winter, an den verregneten Sommertagen, wird nur ein Raum beheizt, das spart Geld. Sobald ich nach Hause komme, schalte ich die Flimmerkiste an, dabei ist jedwedes Gefühl von Einsamkeit wie weggeblasen."

„Dann, Sarina habe ich da eine weitere Frage. Im Wohnzimmer über der Kommode stammen die Fotos, alle von deiner Familie?"

„Ja, Mathe. Links, auf dem Schwarz-weißen siehst du meine Großeltern, rechts die Eltern von Moreno. Es ist der mit dem Fisch. Den hatte er vorletztes Jahr draußen auf dem Meer vor der Lagune an der Angelrute. Die Fischer sagen, es handelte sich um eine verirrte Stachelmakrele. Daneben die Farbfotos, das bin ich mit meiner ..."

Mathe unterbricht sie: „Dieser Fischer auf dem Foto ist dein Ehemann, bist du dir sicher, dass er ertrunken ist?"

„Ja, mit Sicherheit, warum fragst du?"

„Hat er einen Zwillingsbruder?"

„Nein, hat er nicht!"

„Ich glaube das nicht, und dein Ehemann, bist du sicher – er ist tot?" Mathe steht auf, tritt ans Fenster.

„Was ist los mit dir? Bist so anders?"

„Ich sah deinen Ehemann und er ist nicht tot, er lebt!"

„Du irrst dich. Du kennst ihn doch nicht!"

„Ha wa, ich bilde mir nichts ein – vom Blut überströmt, lag er zwei Meter vor mir in einem Bett." Mathe schnaubt, wandert durch die Küche.

„Mein Ehemann ist tot!", brüllt sie.

Mathe bleibt erneut am Fenster stehen, schüttelt den Kopf, dann wettert er los: „Das ist purer Wahnwitz, mein Hirn, ich werde verrückt?", er packt sich am Schädel, der rot anläuft.

„Verdammt, beruhige dich – mein Ehemann ist tot!"

Mathe tobt ins Wohnzimmer, ergreift das Foto von der Kommode, entdeckt die Taschenlampe:

„Wo kommt jetzt die auf einmal her?" Zurück in der Küche knallt er das Bild auf den Tisch, dabei zerspringt das Glas. Teile landen auf der Tischplatte, dem Küchenstuhl. Mathe kippt die Splitter vom Stuhl, setzt sich. Sofort faucht er sie an: „Das ist der mit dieser markanten, mit Sicherheit nicht alltäglich vorkommenden Narbe." Mathe brüllt. „Er lebt, du weißt das! Seit meiner Ankunft in Italien ist der auf dem Foto ein Problem für mich. Ihn hab' ich gesehen! Wenn du es abstreitest, bitte, dein Problem. Die Polizei kauft es mir ab, ich habe Ihn nicht getötet! Ich lass' mich nicht von dir und deinem Houngan verhexen!"

„Wenn du das weiterhin von dir gibst, Mathe, verschwinde aus meinem Leben. Es reich!"

„Hör mir zu, Sarina, ich bin ihm Auge in Auge auf einer Toilette des Cafés Vero gegenübergestanden."

„Genug, keine Diskussionen mehr – solch eine idiotische Behauptung. Du bildest dir das ein. Suchst du einen Grund, um mich zu quälen? Bitte geh sofort!"

„Verdammt, ich traf deinen Ehemann auf der Straße."

„Nein! Der ist ertrunken, wäre er am Leben, säße er hier am Tisch! Scher dich fort!", sie bricht in Tränen aus. „Du Idiot zerstörst alles!"

„Ha wa, ich verschwinde aus diesem unglück-seligen Italien. Bei meiner Ankunft Sarina lag die-ser Fischer in einem Hotelbett, er ist nicht abgesof-fen. Keiner verbietet mir, die Wahrheit zu sagen! Ich weiß nicht, was hier gespielt wird. Ob er lebt, ob er tot ist, das ist mir scheißegal! Ich gehe zur Polizei, erzähle, was ich gesehen habe! Lass mir nicht einen Mord anhängen!"

„Nein, Mathe! Das werde ich zu verhindern wissen!" Sie riecht an ihren Fingerspitzen. Über seinen Kopf gebeugt, sagt sie flüsternd: „Okay! Bleiben wir entspannt, beruhigen wir uns! Wenn mein Ehemann lebt, was ändert das? Siehst du ihn bei mir? Wenn er mir fernbleibt, gibt es Gründe. Die Polizei benötigt Beweise. Hast du welche? Eine Fata Morgana hast du anzubieten, sonst nichts. Die lachen dich aus! Du zerstörst mit dei-nen Erscheinungen unsere Zukunft. Schlimmer ist, du verzögerst mit deinen Äußerungen die Auszah-lung der Versicherungssumme. Einen Batzen Geld, den wir zum Existieren zwingend nötig ha-ben. Womit hast du vor, hier dein Leben zu bestrei-ten? Du findest keine Arbeit!"

„Aha! Das Geld ist es, jetzt kommen wir der Sache näher. Sarina, ich bin nicht der Einzige, der ihn gesehen hat! Die Kellnerin im Café, sie scheuchte deinen Ehemann vor meinen Augen davon, sie wird es bezeugen!" In diesem Moment hätten am liebsten seine Hände ihre Gurgel gepackt. Mathe stützt die Ellenbogen auf den Tisch, vergräbt dabei sein Gesicht in den Handflächen: „Bring mich zum Schweigen, in den Keller, zu all den anderen Knochen, jetzt ist die beste Gelegenheit!", nuschelt er durch seine Finger.

Seine Worte lassen Sarina aus der Fassung geraten: „Du verdirbst unsere Zukunft, was für ein Blödmann, schaufelst dir dein eigenes Grab!"

Kurz verlässt er seine Hände, sieht, wie sie an ihren Fingern riecht, wie sich ihre Mimik verzerrt, wie sie zu einem anderen Wesen mutiert. Die Küchentüre knallt hinter ihr ins Schloss, Mathe versinkt erneut in seine Handflächen, begreift sein Scheitern.

Sie ist die Blondine mit dem Hackmesser. Ihr Ehemann lag im Hotelbett – verdammt. Sie versuchte, ihn zu töten, um an das Geld der Versicherung … die Türe springt auf, er kneift die Augen zu, beschwört, dass sie verschwindet. Beim Versuch aufzustehen trifft ein Schlag seinen Schädel, dem ein Zweiter folgt. Explosionsartig breitet sich der Schmerz aus, der eine Schwärze in seine Augen treibt. Hinter Mathes Rücken fällt dumpf ein mit Geschirrtuch umwickelter Schürhaken auf den Boden. Das Blut läuft über seine Schädeldecke, die Ellenbogen rutschen zur Seite, dabei verfehlt das Gesicht knapp den Teller. Ein Beben durchfährt seinen Körper, der daraufhin bewegungslos liegen bleibt. Reste von Glassplittern zerschneiden seine Gesichtshälfte, was er nicht mehr mitbekommt.

Es herrscht Stille, nur der Wasserhahn tropft gleichmäßig auf einen blechernen Topfdeckel. Eine Hand greift nach dem Tuch am Boden, bedeckt damit Mathes Schädel. Im Anschluss durchsuchen die Finger seine Hosentaschen, deren Inhalt auf dem Tisch landet. Einzig den Geldbeutel lassen sie verschwinden. Geschickt schieben sich die Hände von hinten unter den Achseln hindurch, legen seinen Arm quer über die Brust, halten den Unterarm fest. Kraftvoll zerren sie den regungslosen Körper vom Stuhl hinaus auf den Flur, wo er auf dem Teppich abgelegt liegen bleibt. Darin eingerollt umwickelt flink ein Knüpfwerk das Paket, das die Hände über den Steinboden schleifen.

Donnerstag, den 3. April 2008

Blitze zucken am Firmament. Getragen von geflochtenem Hanf, zwischen weit klaffenden Brettern, ein nackter Frauenkörper. Flammen züngeln am Tauwerk der Kiste entgegen, bis sie ihren Halt verliert und in einem dumpfen Aufprall in tiefer Dunkelheit endet.

Aufrecht im Bett sitzend, Schweißperlen auf der Stirn, Sarinas Herz rast nach dieser Träumerei. Mit Blick auf ihren Altar, die flackernden elektrischen Kerzen, beruhigt sie sich nur langsam, obwohl eine Frage sie beschäftigt: Was bleibt, nachdem die Dunkelheit mich gefangen hat? Wer erinnert sich an mich? Sind es die Menschen wegen meiner Heldentaten? Jubelt allein die Versicherung, da sie Geld spart, sobald ich in der Grube liege? Ein Grund mehr, Moreno weiterhin auf dem Meeresgrund zu belassen. Beim Grübeln schiebt sie die Bettdecke von sich: Lass mir von Mathe auf keinen Fall die Aussicht auf eine viertel Million vermasseln! Wenn er meint, er könne abhauen, sich mit Geschichten bei der Polizei hervortun – hat er sich getäuscht. Sein Koffer ist nicht der Erste, der aus unerklärlichen Gründen vergessen in einem Hotel verstaubt.

Sie legt sich wieder zurück, grübelt weiter über ihren Ehemann, mit all seinen Versprechungen: Beharrlichkeit war nie seine Stärke, stattdessen der ihm anhaftende Fischgestank. Zuerst hing er an der Arbeitskleidung, aber mit den Jahren, wie eine Klette an meinem Leben. Was war das für ein Leben? Eine Gefangene, jawohl eine Gefangene, war ich in einer Kaste der ewig hilfsbedürftigen Netze werfenden Petrijünger. Wer kümmerte sich um meine Wünsche, um die unerfüllten Träume von Reisen, einen Hauch von Luxus?

Genug von euch Mannsbildern! Warum quält ihr mein Hirn vor dem Aufstehen? Sarina springt aus dem Bett, in dessen Laken einzig der Duft von Mathes Rasierwasser übrig geblieben ist. Sie entfernt die Bettwäsche, stopft die Tücher in die Waschmaschine, hüpft im Anschluss unter die Dusche.

In der Küche kommt zuallererst ein feuchtes Geschirrtuch zum Einsatz, das handgroße dunkelrote verkrustete Flecken mit Glasscherben vom Tisch wischt. Von der Morgensonne erhellt, verführt das Frühstück mit gebratenem Speck, Rühreiern, mit gehacktem Schnittlauch. Nach dem letzten Bissen kehrt sie die verstreuten Glassplitter am Boden zusammen, dabei nuschelt sie vor sich hin: „Rührseligkeit ist hier fehl am Platz, so wie der Deutsche drauf war!", ein pointierter Seufzer folgt.

Es gibt Menschen, die behaupten, ich besäße einen Putzfimmel, das stimmt, denn in meinem Beruf spielt Reinlichkeit eine Rolle. Ein Labor setzt Sauberkeit voraus, benötigt Sterilität, ohne die kein Forschen, kein Medikament zustande käme. In Gedanken, frei von Hektik, schiebt sie den Kleinkram von Mathe in die Tischschublade.

Mit Schmunzeln greift sie nach einer Kurzpatrone M 43, hält die Messinghülse in die Höhe, dabei glänzt das kupferfarbene Geschoss im Sonnenlicht. Gedankenbilder blitzen auf von einem Sturmgewehr einer Zastava M70, ihrer Lebensretterin. Einem Maskottchen gleich, legt sie diese letzte Patrone eines sinnlosen Krieges behutsam zurück, schiebt die Schublade unter die Tischplatte, steht auf, verlässt die Küche.

So übertrieben, wie sie sich herausputzt, bei ihrer Morgentoilette, vermutet man einen Besuch in der Mailänder Scala. Doch ihr Weg führt nur in die Apotheke, begleitet von einer schweren Wolke Parfüm. Ihre hochhackigen Schuhe klappern dabei rhythmisch auf den Steinplatten des Gehwegs.

Pünktlich acht Uhr im Vorraum des Labors schlüpft sie in einen weißen Arbeitskittel, durchschreitet eine Glastüre, passiert einen schmalen kurzen Gang, den sie die Schleuse nennt. Am Ende steht ein Schreibpult, mit einem dicken Buch, darin die abzuarbeitenden Aufträge. Im untersten Fach wartet ein leerer blauer Plastikkorb auf die zur Abholung bereitgestellten Medikamente. Ein flüchtiges Überprüfen der Eintragungen, das Wechseln von den Stockschuhen in ausgetretene Clogs, schlurft sie durch eine Schwingtür. Ausgiebig desinfiziert sie ihre Hände unter einem Wandspender.

Es folgen Stunden der Routine: Radio an, neu eingetroffene Labormäuse füttern, Blumenkästen mit den darin sprießenden Pilzen feucht halten, Abarbeiten aktueller Aufträge. Kommt bei den Rezepten nichts dazwischen, sind am Nachmittag Experimente angesagt.

Alle bisher von ihr entwickelten Produkte sind wahre Verkaufsschlager. Ein Grund für die Chefin, ihr das Labor vorbehaltlos zur Verfügung zu stellen. Kunden sind vorwiegend Landwirte, wie Hausfrauen des gesamten Veneto. Sie nutzen ihre Bio-Tinkturen zur Bekämpfung von Flecken, Schimmel und allerlei Ungeziefer. Nur geringe Mengen ihrer Produkte wandern über die Ladentheke, der

Hauptanteil holt den Versandhandel einer ortsansässigen Firma Zaneti ab.

Mittelalterliche Rezepte einschlägiger Antiquariate dienen zur Vorlage heilender Elixiere, Pillen, diversen Salben. Interessanterweise zeigte sich bei ihrer Recherche in den Bibliotheken Venedigs die nebelhafte Seite der damaligen Gesellschaft. Giftmischer stellten den gehobenen Kreisen Kostenvoranschläge aus, die zur Beseitigung von Kontrahenten, wie Ehepartnern und Partnerinnen, dienten.

An industriellen Giften hat Sarina kein Interesse, denn über deren Erwerb ist ein Buch zu führen. Fehlt die kleinste Menge, wäre das der Guardia di Finanza verdächtig, da sie prüft, wie viele Produkte im Verkauf landen. Hauptsächlich sucht Sarina nach Giften, die aus der Natur gewonnen sind, die dem Menschen injiziert werden, die in kürzester Zeit der forensischen Toxikologie verborgen bleiben.

Mittig in einem Labor von dreißig Quadratmetern dominieren auf einem Tisch geschwungene Glasgefäße, rote Gummischläuche, Röhrchen, bauchige Flaschen, dazwischen ein bläulich flackernder Bunsenbrenner. Im Labor extrahiert Sarina toxische Stoffe aus Pflanzen, tierischem wie menschlichem Gewebe. Ihre Mixturen, abgefüllt in mundgeblasene Glasviolen, lagern dann in einer Kirschholzkiste, etwas größer als ein Kosmetikkoffer. Anhand von farbigen Aufklebern ist die Stärke der Wirkung des Inhalts zu erkennen. Nicht alle Gifte dienen zum Töten, es gibt toxische Ingredienzen, die einem leidenden Körper helfen, vorausgesetzt man verabreicht sie maßvoll. Paracelsus sagte im 16. Jahrhundert ... und die Dosis macht, dass eine Substanz kein Gift ist.

Sarina setzt sich in einen abgewetzten braunen Ledersessel, den sie benutzt, sobald eine kreative Denkpause angesagt ist. Links von ihr auf einem weißen Blechtisch, ein Laptop, daneben ein Spektrometer. Jenes Gerät ist ein technisches Hilfsmittel, um in den Fleisch- oder Knochenteilen nach gewissen Stoffen zu suchen. Missgünstig schaut sie auf die Labore der Pharmaindustrie, denen Versuchspersonen im Bedarfsfall zur Verfügung stehen. Zum Glück fand sie einen billigeren, unauffälligeren Weg. Die Gäste, die in ihrem Haus überlebten, verhielten sich hinterher gestärkt, geradewegs wie neu geboren.

Sie öffnet ihr Notizbuch, überfliegt die Aufzeichnungen, entdeckt dabei manchen Fehler. Kritisch fragt sie sich, ob es ihre Schuld war, bei den

Dahingeschiedenen? Zumindest bei dem letzten Probanden vor einem halben Jahr lag es definitiv an seinem Hinterhofflimmern, ein Herzfehler, den er ihr verschwiegen hat. Was für ein Glücksfall, dieser Mathe Nussbaum, er ist ein idealer Proband: kräftige Statur, intakter Körper, frei von Nikotin und keine Langzeittherapien. Bei den kleinsten Dosierungen zeigte er unverfälschte Resultate.

Sarina gebar sich wie eine Künstlerin. Durch ihr kreatives Mischen entstehen entweder gewaltige Traumzustände oder ein schmerzfreier, blitzschneller Tod. Bei ihrer humanitären Sterbehilfe ist es vorrangig, dass keinerlei Spuren in den Gewebeproben der Toten zurückbleiben. Leider, trotz zeitraubender Versuche, zerstört ihr Spektrometer wiederholt das hochgesteckte Ziel. Tiefschläge gehören zur Forschung, sich entmutigen lassen kommt bei ihr nicht infrage.

Am liebsten experimentiert sie mit der Muskatnuss, Petersilie, dem Dillkraut usw., da sie in jeder normal sortierten Küche vorkommen. An ihnen hängen keine Zettel, die eine Unterschrift verlangen. Ihr Gift Myristicin ist tödlich, zumindest bei Kindern, trifft man das richtige Maß der Dosierung, ruft es bei erwachsenen Halluzinationen hervor. Ihre Mäuse starben in den Versuchsphasen im Minutentakt. Bei der Tollkirsche bleibt sie skeptisch, da bei einigen ihrer Untermieter vermehrt unkontrollierte Tobsuchtsanfälle auftraten. Speziell bei den Ritualen der Voodooszene wäre das eher ungünstig, denn es brächte nicht nur die Zeremonie zum Scheitern, sondern zerstört den „Ruf" des Priesters.

Sarina schlägt das Notizbuch zu, widmet sich wieder ihrer Arbeit. Inmitten der Dosierung eines Produktes klingelt es in der Tasche ihres Arbeitskittels. Kurz meldet sie sich mit einem „Pronto!" Zuerst hört sie zu und brüllt dann los: „Du gibst das so locker von dir?", sie schmeißt vor Wut ihren Kugelschreiber auf den Boden. „Was fällt dir ein, meine Hühner abzuschlachten? Du glaubst doch nicht, dass ich mich von dir, erbärmlichem Fixer, bedrohen lasse! Eher krepierst du, und zwar langsam – ich warne dich, dieses Handwerk verstehe ich! Seit Monaten warte ich auf mein Geld! Sag mir nicht, du hättest keines. Du gehörst zur Familie Zaneti, die haben genug davon. Wenn du nicht bis morgen mit dem gesamten Betrag herüberkommst, bist du fällig, das schwöre ich dir!", kurz lässt sie den Anrufer zu Wort kommen, unterbricht ihn mit gemäßigter Stimme: „Soso – er ist am Boden zerstört? Na, das ist bestens! Im Nu bekomme ich mein

Geld, und du deine Drogen-Briefchen. Fürs Warten trotz deiner ständigen Versprechen erwarte ich Scheinchen, ansonsten reiße ich dir genauso, wie du meinem Federvieh, den Kopf ab. Ohne Betäubung versteht sich! Bring das Geld und alles ist Vergessen – hast du kapiert? – Okay! Dann bis morgen." Sie klappt das Telefon zu, steckt es wieder in die Tasche: „Wegen solch eines Idioten bekomme ich Migräne."

Punkt elf Uhr steht Signora Farmacista in der Schleuse, um die fertigen Aufträge zu sich in den Laden zu holen. Doch da sind offene Posten. Sie kontrolliert ihre Armbanduhr – die Zeit drängt:

„Tag Sarina!"

„Hallo Chefin, Sie haben sich heute verspätet."

„Hab mich mit Signora Zaneti verplaudert. Wie viele der Bestellungen sind fertig?" Signora Farmacista sortiert die Papiertüten, vergleicht im Auftragsbuch. „Die letzten drei Aufträge – in einer Stunde ist das machbar?"

Sarina nickt deutlich.

„Außerdem Sarina wäre da eine spezielle Sache." Die Chefin pausiert, schiebt ihre Lesebrille auf die Stirn: „Die Signora Zaneti, die Schwangere zwei Häuser nebenan, du erinnerst dich an ihren Bruder?"

„Oh ja, den kenne ich. Der nervt. Neulich fragte er nach Drogen, bedrohte mich. Um ihn abzuwimmeln, gab ich ihm den Rest eines Beruhigungsmittels. Der bemerkt nicht mehr, was er schluckt. Jagte diesen Idioten zum Teufel."

„Ich warf ihn genauso aus meinem Laden. Wäre Herr Zaneti nicht unser Vertriebspartner, hätte ich die Polizei gerufen. Pass auf, solche Versager bringen dich in gewaltige Schwierigkeiten. Wenn die Beamten anfangen, zu suchen?", sie rollt mit ihren Augen. „Jetzt zu Signora Zaneti, sie fragte, ob wir ein Naturprodukt führen, für das vorzeitige Einleiten von Wehen. Ihr Kind sei überfällig und wünscht sich, dass es vorbei ist. Sie sprach mehrmals das Problem bei der Hebamme an, die ihren Wunsch ignorierte. Für ein industrielles Präparat benötigt sie ein Rezept, das der Arzt ihr verweigert. In unserem Lagerbestand hätten wir ohnehin nichts Derartiges vorrätig."

„Signora Farmacista der Doc wird für seine Entscheidung Gründe haben. Wie gefährlich das ist, wissen Sie! Wenn es schiefläuft, sind wir dran."

„Okay! Sie ist eine alte Bekannte, ihr Gatte — wir sind von ihm abhängig. Es wäre unklug, diesen Wunsch abzulehnen. Es braucht keinen kraftvollen Wirkstoff, bei den meisten Menschen hilft ein Placebo. Verstehst du, was ich meine? In der Anfangszeit experimentiertest du an solch einem Mittel. Deine Präparate verursachten bisher nie Probleme."

„Signora, es ist ein unausgereiftes Produkt. Auch wenn es rein pflanzlich ist, bleibt es gefährlich."

„Ich weiß, Sarina, versuche es. Finde eine Lösung. Bitte."

„Chefin, ich überprüfe, ob alle Zutaten vorhanden sind."

„Sarina, danke für dein Verständnis und schau nicht so besorgt, es passiert nichts."

„Das ist nicht der Grund."

„Was ist?"

„Hatte gestern Scherereien mit meinem Untermieter. Ob er die Miete bezahlt, ist nicht sicher, ansonsten fliegt er raus. Ich bin fit, keine Sorge, Signora." Sarina gebraucht diese Notlüge der Nachbarn wegen. Solange der Ehemann für verschollen galt, ist es ein Urlauber, dem sie ein Zimmer vermietet. Obendrein, wenn bei diesen Probanden Missgeschicke passieren … hat er gestohlen, Geldschulden und ist ohne Angabe von Gründen abgereist. Keiner stochert herum, stellt Vermutungen an.

Sarina beeilt sich, da die Zeit knapp wird. Dieser letzte Auftrag macht ihr Sorge – nicht die Mutter, sondern das Kind ist in Gefahr. Eine Mischung aus Zimt, Rizinus, eine Wurzel Ingwer, Nelken, Verbentee, Himbeerblätter, Eisenkraut, das alles legt sie sich zurecht. Im Verlauf der Verarbeitung liegt ein kräftiger Duft über dem Tisch. Seit den ersten Tests ist eine Menge Zeit vergangen. Kombinationen, welche den Tod von trächtigen Mäusen verursacht haben, sind vergessen. Leider bleibt die Suche nach den Aufzeichnungen ohne Erfolg.

Von jedem eine winzige Dosis, vom Giftschrank minimal, das Ganze verdünnt, dann ab in die Glasviole. Den Beipackzettel beschriften, damit die Viole umwickeln, fixieren, fertig. Bei der Einnahme nach Vorschrift tritt innerhalb von zwei Tagen die Wirkung ein. Sarina hofft, der Glaube hilft der Patientin. Zusätzlich verabreicht sie trächtigen Mäusen die Tropfen. Liegen Sie am nächsten Tag tot im Käfig, heißt es Koffer packen. Nachdem die Liste abgearbeitet ist, räumt sie auf. Jetzt bleibt genügend Zeit, um sich den privaten Projekten zu widmen.

Selbstversuch

Ein anonym gehaltener Artikel im Internet über die verbotene aktive Sterbehilfe entfachte unter der Ärzteschaft zwiespältige Diskussionen. Vor allem hätten die darin aufgeführten illegalen Adressen rechtliche Konsequenzen nach sich gezogen. Um jene anonymen Urheber und Urheberinnen zu schützen, löschte man den Eintrag vom Portal. Geblieben ist die Ungewissheit, ob nicht doch im unendlichen Netz ein Hinweis, eine Adresse sich eingenistet hat. Sarina sucht nach ihren Spuren, dabei trifft sie auf eine Seite der Drogenhilfe, über einen Albert Hoffmann, der Entdecker des LSD aus dem Jahre 1957. Ihm gelang es, das Psilocybin, welches in manchen Pilzarten vorkommt, zu isolieren. Im Körper wird es zu Psilocin, was zu einer halluzinogenen Wirkung führt. In ihrer Ausbildung hatte sie davon gehört, aber wieder vergessen. Dieser psychoaktive Pilz – der spitzkegelige Kahlkopf – sprießt seit je her im Labor vor ihrer Nase. Getrocknet, pulverisiert, mischte sie geringe Mengen als krampflösend den Apotheken eigenen Schmerzmitteln bei. Ihre weitere Recherche zeigt Überlieferungen aus dem mexikanischen Oaxaca, bei denen die Pilze in religiösen Zeremonien Anwendung finden.

Von einer Minute auf die andere schwebt sie in Euphorie. Je mehr sie darüber liest, umso klarer wird der Vorteil, der in dem Kahlkopf steckt. Halluzinationen bei geöffneter Tür heißt: Eine Einflussnahme auf das Medium ist jederzeit möglich. Ohne zu zögern, ist sie bereit für einen Selbstversuch. Sie schüttet aus dem Glas mit den getrockneten Pilzen Gramm für Gramm in einen Steinmörser. Zerrieben schmeckt es bitter, unattraktiv. Daher sucht sie im Kühlschrank des Labors nach Resten ihrer Brotzeit. Daraus entsteht eine Mischung, die sie dokumentiert, um jederzeit Änderungen vorzunehmen.

In ihrem Sessel, in einer entkrampften Haltung, mit positiven Gedanken, ruhen ihre Hände auf den ledernen, wulstigen Armlehnen. Vor ihr auf dem runden Beistelltisch steht die Schale mit der Pilzmischung, daneben eine Uhr. Das Mikrofon des Laptops speichert ihre Kommentare, die Kamera ihr Verhalten.

Sie schließt die Augen, sanfte klassische Musik aus dem Radio unterstützt eine ausgeglichene Atmung. Langsam löffelt sie die angerichtete Speise, bis auf den letzten Krümel. Es schmeckt, trotz Honigbrot, etwas bitter. Entspanntes Warten, nach 30 Minuten speichert der Laptop ihre ersten Kommentare: „Wärme breitet sich aus, mein Körper versinkt, Mäuse – grün, weiter hinten rot."

Sarina versucht aufzustehen, um die Tiere einzufangen, denn überall sind diese tanzenden Nager, deren Größe beachtlich erscheint. Sie tanzt mit einem schwebenden Gefühl, lacht übertrieben. Dies ist ein eigenartiger Wachzustand, jeder Atemzug taucht in ein Meer von Düften ein, begleitet von Vogelgezwitscher. Eine rote Maus kugelt über den Rand des Laufrades, darüber fällt Sarina in einen Lachanfall, der kein Ende findet. Ohne ein Gefühl von Zeit verstummt sie, plumpst zurück in ihren Sessel.

Gegen Abend klopft die Apothekerin ans Schreibpult. „Sarina, alles in Ordnung bei dir?", sie heftet die Rezepte für den nächsten Tag an die Einträge im Buch, dann ruft sie erneut: „Hallo Sarina!" Zaghaftes Klopfen, sie stößt die Schwingtüre auf. Aus hygienischen Gründen ist es ihr verboten, einzutreten. „Ich gehe nach Hause. Giftmischerin, ist etwas passiert?", sie trommelt an die Tür, „lass das, keinen Unfug, bitte!"

Aus dem Sessel heraus schreckt Sarina auf. „Hallo Signora! Einen Moment!" Sie schaut zur

Uhr, sagt stotternd: „Entschuldigung Signora – ich bin eingeschlafen – keine Sorge – alles bestens!"

„Okay! Mach nicht mehr so lange, tschau, Sarina."

Sie verabschiedet sich von der Signora, dann kontrolliert sie sofort in einem Schnelldurchlauf die Aufzeichnungen des Computers, sucht nach abnormalen Auffälligkeiten, einem gefährlichen Verhalten. „Miguel, du wirst die Pilze lieben", sagt sie zufrieden. „Das ist der Zustand, den du dir bei deinen Teilnehmern wünschst." Obwohl beim Aufstehen die Knie zittern, steckt in ihr Lebensfreude, mit der sie routiniert das Labor in Ordnung bringt. Für den heimischen Notfall packt sie in eine Tüte ein Gurkenglas, gefüllt mit dem gesamten Vorrat. Die Geräte sind abgeschaltet, das UV-Licht ist angeschaltet, Feierabend.

In der Umkleide freut sich Sarina wegen des gelungenen Selbstversuches, fantasiert über den damit erhofften Geldregen. Warum nur fristen diese Magic Mushrooms, gegenüber den gängigen Drogen, ein derartiges Nischendasein. Beim Loslassen von ihrer Träumerei wäre sie fast vom Stuhl gekippt. Zufrieden tapst sie zum Hinterausgang, verlässt die Apotheke.

Donnerstag auf Freitag

Nach den Ermittlungen spätabends, den Befragungen, Verhören rund um den Gardasee, Amarinta ist ausgelaugt. Zurück im Auto grübelt sie, ob eine weitere Nacht im Hotel angebracht wäre. Sie quält ein ungutes Gewissen, denn vergessen lag ihr privates Smartphone im Handschuhfach. Nach dem Einschalten sind Mathes SMS umso beunruhigender, dazu sein überstürzter Auszug aus dem Hotel. Ihrer Meinung nach war das eine Aktion, die bei allein Reisenden eher auf hormongesteuerte Entscheidungen schließen lässt. Es sei denn, er ist auf eine heiße Spur gestoßen, aber für solche Aktionen ist Mathe nicht der Richtige. Erstens fehlt ihm das Hintergrundwissen, zweitens die nötige Vorsicht. Mit seiner Spontanität setzt er sich enormen Gefahren aus. Amarinta fordert mit ihrer SMS einen sofortigen Rückruf! Nach zehn Minuten kaute sie auf ihrer Backe, denn vor Tagen folgte prompt eine Antwort. Zumindest überschüttete er den Handyspeicher mit Smileys. Unverzeihlich meine Nachlässigkeit gegenüber dem Deutschen bei diesen kriminellen Elementen. Wer um Himmelswillen ist diese Frauensperson, die ohne Vorankündigung aus dem Nichts bei ihm auftaucht? Ist es möglich, dass meine Sorgen überflüssig sind und Mathe in einer Bar hockt, bei bester Laune vor einem Gläschen Wein?

Zu Hause öffnet sie die E-Mails, studiert sein umfangreiches Schreiben, das ihr erst recht keine Ruhe finden lässt. Dummerweise hat er vergessen, die neue Adresse mitzuteilen, dafür erwähnt er in jedem Satz den Namen Sarina, schreibt von der Apotheke am Brunnen. Sie ruft dort an, niemand meldet sich. Es ist unwahrscheinlich, in der Nacht dem Urlauber zufällig über den Weg zu laufen. Die Lagune von Venedig besitzt viele Inseln und noch mehr Gassen. Trotzdem ist es ihr mulmig beim nur da sitzen und abwarten. Wieder versucht sie den Kontakt über das Handy, die Community, die E-Mails. Kurz vor dem Schlafengehen – das Rufzeichen ist deutlich zu hören, dann Stille, sie meldet sich, ein Klicken, ein Rauschen, das war es. Eigenartiges Verhalten.

Am darauffolgenden Freitagmorgen in Marghera besucht sie zuallererst das Café Vero. Die Asiatin steht ihr gerne mit Auskunft zur Verfügung. Beim Servieren des Tomatensaftes kommt das zurückgelassene Buch von Nussbaum mit auf den Tisch. Die Kellnerin erzählt von dem Deutschmann, der hier vor dem Lokal mit Lesen, dem Beobachten der anderen Straßenseite einen ganzen Vormittag verbracht hatte. Der unvermittelt aufsprang, ein volles Glas zurückließ, um einer Angestellten der Apotheke zu folgen.

Amarinta hat genügend gehört, sie bezahlt, hofft von der Apothekerin, auf die neue Adresse von Mathe. Leider erhält sie dort auf ihre Fragen ein Achselzucken, denn die Laborantin hat heute ihren freien Tag. Mit einer Hartnäckigkeit gelingt es Amarinta, die Signora zu überzeugen. Auf dem Gehweg zeigt die Apothekerin, wohin der Weg führt.

Unverzüglich spaziert sie zu dem Anwesen. Ihr Blick streift am Haus vorbei zum Stall, dem tierlosen Gehege, klingelt – aber keiner öffnet. Ihre Fingerspitze stupst erneut den Knopf, bricht aber die Aktion ab. Am Zaun entlang auf Höhe des Nachbargrundstückes springt die Haustüre auf, jemand ruft ihr nach: „Benötigen Sie Hilfe, Signora?"

Amarinta kehrt um: „Entschuldigung, dass ich Sie störe, ein Freund, Signore Nussbaum, wohnt seit ein paar Tagen bei Ihnen. Ich bin aufgrund einer persönlichen Angelegenheit hier! Sie sind Signora Ganzoli?"

Wegen der Nachbarn-Neugierde kommt Signora über die Wiese des Vorgartens an den Zaun, dann antwortet sie mit einem seichten Lachen: „Von Freunden in Marghera hat er mir kein Wort erzählt. Der Deutsche versucht Geld von der Bank abzuheben, die Miete wissen Sie. Er ist bis jetzt nicht zurückgekehrt. Sein gesamtes Gepäck plus Laptop hat er auf dem Zimmer zurückgelassen. Wertlose Sachen, wissen Sie, die reichen nicht als Entschädigung. Seit gestern warte ich mit Ungeduld, keine Ahnung, ob er aufkreuzt."

„Sagen Sie ihm, Signora Ganzoli, es sei dringend."

Die Blondine nickt.

Amarinta hält es für eigenartig, verschweigt ihre Bedenken, denn in Mathes E-Mail war von Miete keine Rede. Im Gegenteil schrieb er vom Geldsparen, sobald er das Hotel verlässt, von Reparaturen, die er zum Ausgleich für seine Unterkunft erbringt. Egal, was geschehen ist, sie ist unglaubwürdig. Amarinta durchwühlt ihr Gehirn – die Ganzoli kommt mir bekannt vor, tippe auf eine vergangene Gerichtsverhandlung. Sie fährt fort mit den Worten: „Ich komme übermorgen wieder, womöglich ist Signore Nussbaum zurück."

Signora Ganzoli plappert auf ihrem Weg zur Haustüre vor sich hin: „Unzuverlässig ist dieser

Kerl, ich verspreche nichts!", ohne Verabschiedung fällt die Türe ins Schloss. Zurück in der Küche tritt sie ans Fenster, beobachtet die Fremde: Verdammt, ich hatte ihm verboten, seinen Bekannten von uns zu erzählen. Sie sieht Mathes Mobiltelefon, das auf dem Fensterbrett liegt. Ihr Zeigefinger tippt wahllos – schmunzelt über die veraltete Technik: „Dein voller Akku frisst meinen teuren Strom!" Sagt es, zieht das Kabel aus der Steckdose, öffnet die Tischschublade, wirft das Teil neben ihren Reisepass, als wäre es eine Schachtel Zigaretten. Sarinas innere Stimme sagt: Ich würde keine fünf Minuten ohne mein Handy überleben, Mathe benötigt wohl keines mehr. Sie lächelt hämisch.

Sarina tritt an den Kamin, entfernt ein Weinglas aus der Asche, entzündet das aufgeschichtete Scheitholz. Funken fliegen bei jedem Knistern, ein Zeichen, dass das Wetter wechselt. Am Küchentisch zerteilt sie einen Apfel, sieht zum TV, wo ihre geliebte Serie zu sehen ist.

Sie erinnert sich, wie umgänglich, wie manipulierbar Mathe war. Wie hat man sich an ihn gewöhnt, hatte ich mit ihm manches Experiment geplant? Warum steigerte er sich in die Geschichte meines Ehemannes derart übertrieben hinein? Wir profitieren beide davon: Ich gebe ihm zu essen, er gibt mir seinen Körper. Sie schmunzelt – mit Glück hätte er es überlebt.

Auftretende Kopfschmerzen, die unbefriedigende Lage verändern Sarinas Stimmung. Sofort kommen ihr die wohltuenden Gefühle vom Vortag in den Sinn. Wie befreiend war die Wirkung der Pilzkappen, wie problemlos holten sie das Positive aus meinem Innersten. Nachwirkungen gab es keine, was spricht dagegen, einen zweiten Trip zu wagen? Sie steht auf, entnimmt der Tüte das Marmeladenglas und dem Kühlschrank eine Packung Eier. Die Pilze landen im Mörser, unterdessen heizt die Gasflamme die Pfanne auf. Drei aufgeschlagene Eier, dann Petersilie mit einer Messerspitze Salz untergerührt. Sarina freut sich auf das Pfannengericht, mit seinem köstlich gelben Aussehen, mit appetitlicher Duftnote. Ihre Überlegung gilt der Hitze – zu viel davon und die Pilze verlieren an Wirkung. Dampfend landet der Inhalt der Stahlpfanne auf einem Teller. Nachdem die Eier abgekühlt sind, schüttet sie die Pilzkrümel darüber. Ihrer Recherche nach ist die verzehrbare Menge bis zu 10 Kilo ungefährlich.

Die Uhr tickt, es dauert wie beim ersten Versuch circa 30 Minuten. Zu Beginn sind ihr die Anzeichen bekannt, aber dann folgen heftigste Halluzinationen. Ihre Orientierung ist gestört, verschwunden, die Realität des Raumes. Farben sprühen im Hirn durcheinander, das Zeitgefühl ist verloren. Ihre Handballen drücken auf die Augen, in der Hoffnung, dass die Augäpfel in den Höhlen bleiben. Sie reißt ihre Augenlider auf, denn die Farbblitze auf ihrer Netzhaut sind kaum auszuhalten. Sie fixiert den Bildschirm, auf dem ein Chaos herrscht, dazu dröhnt das Reden der Menschen in ihren Ohren. Jeder Gegenstand verflüssigt sich, bis er ihrem Blick entschwindet.

Die Sorge über das Ausbleiben des erwarteten Glücksgefühls wechselt in nackte Angst. Die Dosierung war eindeutig übertrieben. Aufgewühlt sitzt sie da, ihre Beine wippen auf den Zehen. Wenn die Augenlider zuklappen, blitzen fremdartige Bilder von einem Menschen auf, der den Bildschirm verlässt, der zu ihr spricht. Er lacht sie aus, schlägt sie ins Gesicht, dreht sie im Kreis. Ihre Finger suchen Halt an seinem Gewand, den sie wieder verlieren. Die Steinplatten des Fußbodens verändern sich zu einer klebrigen Substanz, die den Schuhen das Leder von ihren Füßen zieht.

Der Versuch, aufzustehen, scheitert, die fremden Hände greifen nach ihr aus einem wabernden Schatten heraus. Sie stoßen vorwärts, agieren rücksichtslos. Vor ihr liegen Stufen, die nie enden, die hinunterführen in ein schwarzes Loch. Ohne geringsten Widerstand stolpern ihre nackten Füße in eine Dunkelheit, in der die Kälte unter ihrer Haut kriecht. Stühle, wie Sessel, fehlen, auf denen man Ruhe findet. Ein gewaltiger Stoß, und ihr Rücken prallt gegen eine raue Wand. Die nackten Füße schmerzen, dabei drückt auf ihren Schultern eine fremde Last. Kraftlos sinkt langsam ihr Körper zu Boden.

In der Zwischenzeit spaziert Amarinta zum Hotel. Sie fragt sich, wieso er seinen geliebten Laptop zurücklässt? Sein Handy ist in fremder Hand. Ein erneuter Versuch, er antwortet nicht. Eine echte Herausforderung, Mathe unter Tausenden Touristen zu suchen. Sein Hotel, so ihre Überlegung, die einzige Chance für Hinweise. Leider bestätigt der Rezeptionist nur den vorzeitigen Auszug des Herrn Nussbaums, ansonsten hat er keine Information. Amarinta begibt sich an die Bar, blättert in der Tageszeitung, die am Tresen ausliegt, bestellt einen Espresso. Ihre einzige Hoffnung ist, auf den späten Abend zu warten, wie sie weiß, zelebrierte Mathe im Café seinen Schlaftrunk.

Anreisende Koffer mit ihren Rollen verursachen auf dem Marmorboden einen Höllenlärm in einem bislang menschenleeren Foyer. Amarinta verfolgt das Treiben, ihre Miene erstarrt; könnten sich ihre Augen derart täuschen? Durch die Reisegruppe drängt eine Dame nach vorn. Amarinta streckt ihren Hals, rückt ihre Brille zurecht: Ist dort diese Laborantin? Vor einer Stunde am Gartentor lagen ihre blonden Haarlocken auf den Schultern, jetzt – kurz geschnitten – brünett. So flott färbt kein Friseur, warum dieses Spiel mit Perücke? Aufmerksam beobachtet Amarinta, wie sie zielstrebig die Treppe hinauf eilt.

Erneut bestellt sie einen Espresso, starrt an den Menschen vorbei, um die Rückkehr der Laborantin auf keinen Fall zu verpassen. Ihr Kopf reckt sich mehrmals, wie der eines Flamingos. Auf ihrer Armbanduhr waren zwanzig Minuten vergangen – was ist, wenn sie auf die Idee kommt, bei ihrem Gastgeber zu übernachten? Mit erhobener Hand signalisiert sie dem Kellner, sie wolle bezahlen. Der nickt nur, ist aber beschäftigt mit dieser Reisegruppe.

In diesem Augenblick schreitet die Laborantin, in Begleitung eines Herren, die Treppe hinunter. Amarinta kennt ihn wie ihre eigene Handtasche. Sie sucht hinter den Blättern der Tageszeitung Deckung: Vom ersten Arbeitstag in der Sonderkommission laufen gegen diesen Miguel Fuentes Untersuchungen. Fast hatte sie den Staatsanwalt so weit, aber die verdammten Anwälte der Verteidigung erstrebten eine Revision des Verfahrens. Mit einem lächerlichen Bußgeld ließen sie diesen Verbrecher wieder frei. Mein Hass klebt an dir, du Dreckskerl, werde nicht locker lassen, bis du hinter Gittern sitzt. Sie steckt ihre rechte Hand in die Umhängetasche, die am liebsten den Revolver hervorholen würde, um ihm eine Kugel direkt in seinen Bauch zu treiben. Wenn dieser Mistkerl langsam stirbt, bleibt genügend Zeit, ihm die Geschichte von meiner Mutter zu erzählen. Ein erneuter Versuch beim Kellner scheitert, Amarinta beobachtet weiter, wie diese Ganzoli gemeinsam mit Fuentes außerhalb des Gebäudes am Fenster vorbeispaziert. Amarinta atmet voller Wut in kurzen Zügen. Diese Ganzoli, bei all den Schattengeschäften, steckt mit ihm unter einer Decke? Vom ersten Moment an wirkte sie auf mich unsympathisch. „Verdammt, wo bleibt der Kellner!" Nach einer halben Stunde hat sie eine Idee und murmelt vor sich hin. „Ihr entkommt mir nicht und Mathe, wo versteckst du dich?" Sie provoziert, mit einer neutralen Kurzmitteilung: Ruf an! Schmuck abholen! Rechnung liegt bei! Vermisse dich, A.

Die Zeit ist gekommen, der Polizeistation einen Besuch abzustatten. Ein Geldschein wandert unter ihre Tasse, sie verlässt das Hotel. Auf dem Weg piepst das Mobiltelefon – siehe da, es ist eine SMS von Mathe. Erleichtert über dessen Lebenszeichen liest sie – liest ein zweites Mal:

Meine Freundin! Deponiere Schmuck im Hotel! Ich überweise das Geld! Kuss.

Jawohl! Hereingefallen! Zum Ersten gibt es keinen Schmuck, zum Zweiten wohin überweisen und einen Kuss zum Abschied? Soweit ich mich erinnere, von derartigen Vertraulichkeiten sind wir weit entfernt, selbst in unseren schriftlichen, wie persönlichen Plaudereien war von einem Kuss nie die Rede. Sie schmunzelt über ihre bewährte Schwindelei, die leider zeigt, dass Mathes Telefon fremde Hände benutzen. Hoffentlich teilt der Diensthabende auf dem zuständigen Revier meine Meinung und ist bereit, schnellstens das Wohnhaus der Ganzoli zu überprüfen. Aber wie trete ich dort auf, ohne mein verdecktes Arbeiten zu gefährden? Das Problem ist, meine Kollegen in Padova vermuten, in jenem Revier einen Bestechlichen, einen Maulwurf. Demzufolge blieb das Hotel, trotz wiederholter Anzeigen, verschont.

Die Polizia di Stato – Commissariato di Marghera liegt in der via Enrico Consenz 11, zu Fuß dreißig Minuten vom Hotel entfernt. Im ersten Moment sieht es nach einem Wohngebäude aus, blütenweiß getüncht, mit Dachterrasse über einem Vorbau. Drei Fahnen wehen im Wind, darunter signalisiert eine weiß-blaue Schrift, Polizia. Nach der Anmeldung über eine Sprechanlage heißt es, zuallererst abwarten, bis der zuständige Beamte Zeit für ihre Geschichte findet. Sie ist aufgewühlt, denn sobald Mystik in Verbindung mit Religion eine Rolle spielt, rennen die nach Beweise hungernden Beamten davon.

Sie sortiert ihre Geschichte im Kopf, da kommt ein Beamter auf sie zu, der sie auffordert, mitzukommen. Commissario Capo Rosa steht auf dem Namensschild neben dem Eingang eines beengten Büros, mit Schreibtisch, davor zwei Stühle. Einen davon schiebt er zu ihr: „Bitte Signora" und verschwindet. Sie setzt sich vor den Schreibtisch, auf dem ein Berg von Akten ruht, hinter dem der Kopf des Capo Rosa zu sehen ist. Er sagt: „Guten Tag! Wie Sie feststellen, Signora, überhäuft mich die Arbeit, bitte fassen Sie sich kurz."

Amarintas sachliche, ohne Denkpause spru-
delnde Geschichte entlockt ihrem Gegenüber keinerlei Regung. Nach ihren letzten Worten hat ihn,
wie es scheint, der Schlaf übermannt. Übertrieben
hustet Amarinta.

Nahe am Verhalten eines Hochwürden bei der
Beichte folgt das Anheben des Kopfes, wie des
Zeigefingers. Seine zarte salbungsvolle Stimme
sagt: „Oh mein Gott, was für eine Geschichte und
die, in unserem Revier."

Sie grübelt: Nimmt der mich nicht ernst? Oder
ist das ein typisches Verhalten für einen knöcheri-
gen Greis?

„Signora wir verfolgen ihr Anliegen, da bei dieser Ganzoli manches in die verkehrte Richtung
läuft. Aber liegt es nicht nahe, da ist persönliche
Eifersucht mit im Spiel? Dieser Nussbaum ist vor
euch beiden abgehauen. Das passiert und eines
Tages taucht der Vermisste munter wieder auf!"

„Nein, Commissario, das ist falsch! Ich habe
mit ihm kein Verhältnis, wir kennen uns nur flüchtig."

„Besitzen Sie von Signore Mathe Nussbaum
ein Foto?"

„Sobald ich zu Hause in Padova ankomme,
sende ich Ihnen per E-Mail ein aktuelles Bild.

Obendrein ist der Laptop von Signore Nussbaum aufgrund der Äußerung von Signora Ganzoli bei ihr im Haus. Wenn sie nicht alles gelöscht hat, lesen Sie unseren Schriftverkehr, dort sind mit Sicherheit die Bilder abgespeichert."

„In Ordnung, wir kümmern uns. Meine Meinung, dieser Urlauber ist unterwegs, hat sein Handy vergessen, da bin ich mir sicher."

„Aber seine SMS, das passt nicht!"

„Verehrteste, der fremde Finder des Handys foppte sie mit seiner blöden Antwort. Nichts Neues, das haben wir öfter! Signora Sander, bitte entschuldigen Sie meine Termine, die Zeit drängt. Danke für Ihre Hinweise. Nicht vergessen, ohne das Foto ist ein Suchen zwecklos!"

Amarinta verlässt das Commissariato, sie ist ernüchtert von der müden Einsatzbereitschaft jenes Staatsdieners. Ein einziger Blick in den Computer hätte ihm gezeigt, dass gegen diesen Fuentes Anzeigen aus dem In- und Ausland vorliegen. Touristen, die nach Venedig reisten, um sich heilen zu lassen, kehrten nie in ihre Heimat zurück. Ist dieser Commissario Rosa jene undichte Stelle, vor der man mich gewarnt hat? Auf der anderen Seite wäre es peinlich, da leitet man eine Personensuche ein und findet ihn unter einem Sonnenschirm wieder.

Zur eigenen Beruhigung telefoniert sie auf dem Weg zum Auto mit ihrer Dienststelle in Padova. Sie erklärt einem Kollegen den Sachverhalt und bittet um eine dringliche Hausdurchsuchung aufgrund von Ritualdrogen in Zusammenhang mit diesem Fuentes. Außerdem besteht der Verdacht auf Verschleppung von Kursteilnehmern. Zusätzlich fordert sie Aktenmaterial an, über diese Laborantin Signora Ganzoli.

Freitag Nacht

Durch die Straßen von Marghera kurvt ein Fiat Seicento, Baujahr 1997, in Richtung Padova. Das Radio berichtet von zwei Arbeitern, die in einem Kühlwaggon bei plus fünf Grad den Tod durch Erfrieren fanden. Unmöglich, sagt sich Amarinta, der Gedanke ist erschreckend. Wenn ihr Motor den Geist aufgäbe, bei diesen kühlen Nächten? Sie lauscht dem fleißig surrenden Gebläse, das den Innenraum ihres Wagens mit einer wohligen Wärme versorgt. Die anwachsende Trägheit des Berufsverkehrs stört ihre Eile, führt zu einem Monolog mit dem Tacho, der sich in Richtung null bewegt: „Zum Glück bin ich weder geschwächt noch ist mein Herz angeschlagen", der vorausfahrende Wagen zwingt ihr ein Warten auf. „Alkohol im Blut, momentan Fehlanzeige, kein Wärmeverlust." Amarinta schmunzelt über ihre gleichmäßig verteilten Fettpölsterchen, einen Mantel, den ihr die Natur auf den Leib geschneidert hat. Leider zerstört der Moderator ihre positiven Gedankenspiele:

„Blutgefäße verengen, behindern den Durchfluss zugunsten der inneren Organe. Körperstellen, auf denen Fettschichten liegen, erkalten zuallererst und ..."

Genug der Horrorgeschichten, Amarinta wechselt das Programm. Ihre Jugendjahre in gemäßigten Zonen, in einem Land ohne Schnee, Nussbaums Traum von einem Leben im Süden ist nachvollziehbar. Beim Verlassen des Stadtviertels umspielte sanft die Wärme ihre Beine. Sie sinnt über das ockerfarbene Haus nach, über Mathes unüberlegtes Handeln. Die Scheinwerfer der Autos rauben ihr die Sicht. Konzentriert auf den Verkehr lenkt sie ein vorbeifahrendes Blaulicht ab, sofort schießt ihr das Haus der Ganzoli ins Hirn. Weiterhin folgt sie der Landstraße, es kommen Zweifel auf wegen Commissario Rosa, der dem Tatbestand keiner sonderlichen Dringlichkeit zugeordnet hat. Ihr Auftreten ist schuld, sie schlägt mit der Hand aufs Lenkrad, brüllt lauthals gegen die Frontscheibe: „Dieser Beamtensack unternimmt mit Sicherheit nichts. Verdammt, warum habe ich ihm nicht meinen Dienstausweis gezeigt – die Zeit drängt!" Sie erinnert sich an ihre bisherigen Ermittlungen und über die Gefolterten: Zuerst der Durst, dann die Drogen – das zermürbt, schwächt jedweden Widerstand und öffnet den Zugang zu ihren Konten. Ihr Wagen schert von der Kolonne aus, steuert eine Einbuchtung des Straßenrandes an –

der Rückwärtsgang kratzt im Getriebe, der Blick zum Rücksitz folgt. Die Wolldecke, bisher unbeachtet, ist heute lebenswichtig.

Amarinta gibt Gas, fährt wieder zurück, geradewegs hinein ins Zentrum. Vor ihr das Café, der Brunnen, der Kreisel, den sie an der vierten Abzweigung verlässt. Zügig fährt sie am Hotel vorbei, wird langsamer, auf den letzten Metern die Straße hinauf. Probleme beim Suchen – die Parkplätze sind rar. Besonders, wenn sie Laternen meidet, wie die unmittelbare Nähe zum observierenden Objekt. Ihr Auto wendet auf die gegenüberliegende Straßenseite.

Zurückgestoßen, nach vorn korrigiert, der Antrieb klingt gequält, Amarinta benötigt Zeit, bis die Lücke zum Auto passt. Die Hinterräder stehen im Grünstreifen, die vorderen in einer Parkbucht knapp hinter einem Mercedes. Der Motor bleibt an, schaufelt unentwegt Wärme in den Innenraum. Mit Verrenkungen schafft sie es, die Decke über die Sitzlehne zu ziehen, um sich darin einzuwickeln.

Eingepackt hinter dem Lenkrad, schaltet sie zaudernd den Motor ab und kippt die Rückenlehne in eine Ruheposition. Von außen ist einzig ihr Haar zu sehen, zwischendurch spitzeln ihre Augen gebannt auf das Haus. Verschlafen erscheint das ockerfarbene Gebäude unter den Straßenlaternen, bedrängt von der angelehnten Ruine, deren Fenster an tiefschwarze Augenhöhlen erinnern. Bäume, die das Grundstück eingrenzen, werfen gespenstische Schatten. Wuchernder Efeu umschlingt mit seinen Blättern wie ein Netz das Bauwerk. Der aufkommende Wind rüttelt an den Fensterläden, rauscht durch die dicht gewachsenen Büsche. Zeitungsseiten tanzen über die Straße. Jenes Viertel vermittelt in der Dunkelheit ein Gefühl von fehlendem Mut, einen Fuß vor die Tür zu setzen.

Was um alles in der Welt hat Mathe dazu gebracht, hier zu wohnen, war es der Duft von Weiblichkeit, der sein Hirn vernebelte? Mit Sicherheit erkannte diese Italienerin seine wahren Träume und ermutigte zu einem Leben in Italien. Gleich in der ersten Nacht, nach Mathes Ankunft, sprudelte aus seinen Mails die Leidenschaft, Venedig zu entdecken. Seine Schwärmereien von der Spätrenaissance, von der Malerei, mit all ihren gebotenen Facetten lässt ihn süchtig erscheinen. Mehrmals täglich trafen E-Mails ein und jetzt, kein Lebenszeichen, keine Andeutung auf eine vorzeitige Rückkehr nach Deutschland.

Abstraktes Verhalten, unterschiedlichste Charaktere kreuzten ihre bisherige berufliche Laufbahn, Mathe Nussbaum unter jenen einzuordnen, fällt schwer. Dieser Deutsche ist keiner, der sich auf eine Sekte einlässt, davon ist sie überzeugt. Amarinta erinnert sich an Mädchen, die unbewusst auf die kriminelle Seite des Voodoos rutschten und sich dadurch zugrunde richteten. Sie erinnert sich an das Umfeld des Puertoricaners, bei dem am Ende die Justiz eine Dirne aus seinen Klauen riss. Wiederholt setzte er sie unter Drogen, um auf dem Straßenstrich die Freier in seine Rituale zu locken. Dort wurde durch sogenannte Voodoo-Zauberei eine ewige Liebe in Aussicht gestellt. Peinlichst berührt erwachten die Opfer aus ihrem Gefühlsrausch, vertuschten der Welt ihren Fehltritt, um jedwedes Aufsehen zu vermeiden: Verloren das Geld, verschwunden die ersehnte Partnerin, die weiterhin an der nächsten Ecke auf einen Leichtgläubigen wartete.

Diese Abhängige zerbrach und endete in einem Suizidversuch. Bis heute ist sie in einer Therapie gefangen, mit fraglichem Ausgang. Empörend, denn es fehlten handfeste Beweise gegen diesen Fuentes. Unbehelligt führt er seine Geschäfte fort, unter dem Mantel seines zweifelhaften Religionskonstruktes.

Amarinta rutscht in eine aufrechte Position,

diese Blondine, die brünette Perücke, ihr Gesicht? Sie war sich nicht sicher. Ein Fenster neben der Eingangstür leuchtet auf. Von Gardinen verdeckt, zeigt es ein Spiel zweier Personen, die sich umarmen. Daraufhin setzt sich der eine, die andere verschwindet. Im ersten Stock das Licht, wo eine Brünette geschäftig umherläuft. Dummerweise versperrt in diesem Moment ein Linienbus die Sicht zum Haus. Mit einem Zischen spuckt die mittlere Schiebetür zwei Fahrgäste in die Nacht. Hundert Meter lang plaudern die beiden, bis sie in ihren Häusern verschwinden. Der Bus fährt los, die Öde kehrt zurück, in einem von Urlaubern vernachlässigten Viertel.

Amarintas Konzentration auf die Fenster schwindet. Stattdessen beobachtet sie ein Rudel Hunde, die in der Ferne spielen, sich jagen, dabei hallt ihr Bellen zwischen den Häusern wider. Im Schein der Straßenlaternen sitzt eine Katze auf dem Bürgersteig und spielt mit einer tanzenden Papiertüte. Die wärmende Wolldecke, der anstrengende Tag, Amarinta verliert sich in einem weiten Land der Träume.

Schlummernd verpasst sie das Öffnen der Eingangstüre, entgeht ihr jener Gast, den die Brünette freundschaftlich verabschiedet. Ein letztes Mal dreht er sich zu ihr, winkt und schließt die Gartentür. Hinkend bewegt er sich in Richtung Hotel. Die Person hinter dem Fenster knipst den Fernseher an, setzt sich an den Tisch.

Schleichend rollen Polizeiwagen die Straße herauf. Zwei Wagen stoppen direkt vor dem ockergelben Haus, ein Dritter parkt abseits. Nachdem die Beamten ihre strategische Aufstellung eingenommen haben, stehen zwei zivil Gekleidete neben einem Uniformierten an der Eingangstür. Das lang anhaltende Läuten reißt die Brünette aus der Fernsehsendung. Sie öffnet. Einer der Zivilen hält den Durchsuchungsbeschluss eines Richters aus Padova unter ihrer Nase. „Guten Abend, mein Name ist Commissario Rosa! Sie sind Sarina Ganzoli?"

„Ja, was wünschen Sie?"

„Es ist Ihnen, Sarina Ganzoli erlaubt zu widersprechen, einen Anwalt einzuschalten, es würde aber nur das Prozedere verzögern. Sehen wir keinen Handlungsbedarf, haben Sie von uns Ihre Ruhe. Hier ist ein Herr neben mir, ein Bürger, ein neutraler Zeuge unserer Durchsuchung. Ihnen wird vorgeworfen, gegen das Betäubungsmittelgesetz zu verstoßen."

„Entschuldigen Sie, aber ich arbeite in einer

Apotheke. Zwangsläufig komme ich mit den unterschiedlichsten Drogen in Kontakt!"

„Sofern wir welche finden, die nicht für den Eigenbedarf verschrieben sind, haben die nichts in Ihren Privaträumen verloren! Sie sind eine angestellte Laborantin, keine Apothekerin. Bitte, erschweren Sie uns nicht die Arbeit, unterstützen Sie uns!"

Sie zögert und bittet die Herren herein.

Die drei folgen ihr in die Küche, vier weitere aus dem Hinterhalt verteilen sich im Haus. Commissario erste Aufforderung: „Ich bitte Sie um Ihren Ausweis!"

Die Brünette tritt an den Tisch, öffnet die Schublade, übergibt ihm den Pass.

„Einen Moment bitte!" Rosa drängt sie zur Seite. „Was ist das?", er greift in das Schubfach, schiebt die Schreibstifte an den Rand, entnimmt eine Gewehrpatrone. „Zeigen Sie mir die Waffe zu dieser Munition!"

„Ich besitze keine, hab die Patrone gefunden, seitdem liegt sie im Schubfach."

„Okay, finden wir eine passende Waffe, dann haben Sie ein gewaltiges Problem!", er widmet sich dem Pass: „Auf diesem Foto das blonde Haar, jetzt brünett, es steht Ihnen blendend.", er legt das

Dokument auf den Tisch. Aus der Jackentasche zieht er ein Plastiktütchen, welches aufgrund seiner Handschuhe umständlich zu öffnen ist, dann steckt er die Munition hinein. Nachdem das Tütchen in seiner Jacke verstaut ist, sagt Commissario zum neben stehenden Zeugen: „Bitte protokollieren Sie die Mitnahme!", ernsthaft sieht er der Brünetten in die Augen und fragt: „Bei Ihnen wohnt seit Kurzem ein deutscher Tourist, wo hält sich dieser Signore Mathe Nussbaum auf?"

„Ein Urlauber genießt in diesem Moment seinen Abend an einem Platz da draußen. Entschuldigen Sie, wo genau, das entzieht sich meiner Kenntnis. Die Stadt Venedig bietet eine Menge Amüsement."

„Aha, ich habe momentan keine Fragen mehr." Er dreht zum Zeugen hin, der fleißig notiert: „Begeben Sie sich jetzt bitte zur restlichen Truppe. Teilen Sie Ihnen mit, dass wir zusätzlich nach einem Gewehr suchen. Wenn ihr dort oben fertig seid, kommen Sie zu mir zurück."

Die Beamten durchsuchen zuerst den oberen Stock. Beim Betreten des Zimmers, in dem Nussbaum wohnt, finden sie ein frisch überzogenes Bett vor, einen Kleiderschrank, einen Laptop auf einem Tisch, der überhäuft mit gebrauchter Bettwäsche ist. Ansonsten unbewohnte Räume mit Gerümpel. Den Schrank im Flur, mit den Stapeln an Bettbezügen, entleeren sie auf den Boden. Trotz peinlicher Genauigkeit, keine Hinweise auf Drogen. Im Anschluss des Erdgeschosses erfordert es von den Beamten mehr Arbeitseinsatz: Die Kommode im Wohnzimmer verliert ihre Schubladen, die Sessel gekippt, sie verlieren jeweils ihre Unterbespannung, der Schrank seinen gesamten Inhalt. Beharrlich reißen die Herren dieses Zimmer aus seinem staubigen Schlaf.

Der Zeuge kommt mit dem Schreibblock zurück in die Küche, erst jetzt durchsucht ein Uniformierter das Buffet. Der Commissario fragt nach dem Inhalt der Box mit den Messingecken und fordert die Herausgabe des Schlüssels.

„Leider, Commissario, der liegt in der Apotheke! Es ist nichts Wichtiges darin aufbewahrt – Kleinkram, Erinnerungen.“

„Wir konfiszieren das Kästchen, bitte bringen Sie uns den Schlüssel auf die Dienststelle. Wir weisen Sie darauf hin, Signora Sarina Ganzoli, bleiben Sie bis auf Weiteres für uns verfügbar.“

Nach über einer Stunde endet der nächtliche Spuk, sie kehren zur Wache zurück. Übertrieben inszenierten sie die Durchsuchung, in der Hoffnung, die Dame so einzuschüchtern, dass sie ihre Geheimnisse auspackt. Gebracht hat es eine Gewehrpatrone, einen Laptop, eine Holzbox, aber keinen deutschen Urlauber. Seine Kleidung im Schrank unauffällig. Zumindest besteht die Chance auf Informationen, die im Datenspeicher des Rechners stecken.

Der Wind spielt weiterhin zwischen den Häusern, dabei schläft die Dunkelheit über den Dächern, wie der Tau auf dem Lack der Autos. Die Nacht ist nahezu vorbei, als es urplötzlich auf der Motorhaube rummst. Es hört sich an, wie beim Ausleeren eines Kartoffelsacks. Vor Schreck aus ihrem Tiefschlaf gerissen, sucht Amarinta nach Orientierung. Ihre Hand befreit die beschlagene Frontscheibe – fauchend, mit gekrümmtem Rücken, aufgestellten Haaren, steht eine Katze direkt vor ihr. Eine Rotte von bellenden Straßenhunden umkreist das Fahrzeug. Amarinta fehlt die Idee, wie, bei solch einem Lärm, die Aufmerksamkeit der Nachbarn sich verhindern lässt. Der Schlaf hängt in ihren Augen, die Finger wischen am trüben Seitenfenster. Sie kaut auf ihren Backen, verzieht zuerst die linke, dann die rechte Gesichtshälfte. Beim Spähen brüllt sie: „Verdammte Köter, haut ab!"

Ein Schlag donnert aufs Dach, ein Zweiter

folgt. Davon aufgeschreckt jagt die Katze von der Motorhaube, mit einem Satz über den Gartenzaun, den Baum hinauf. Amarinta beißt sich vor Schreck, schmeckt das Blut. Totenstille, kein Bellen, sie schaut durch die Frontscheibe, die Straße ist Hunde leer. Ihre Hand wischt erneut an der Seitenscheibe. Sie setzt ihre Brille auf, sieht, wie der Regen auf den Asphalt fällt. Aus heiterem Himmel verdeckte eine fremde Jacke am Seitenfenster ihre Sicht. Schlagartig weicht, mit einem Aufschrei, ihr Kopf zurück. Amarinta aufrecht, steif, starrt sie auf Unerklärliches. Ihre Hand schlägt auf die Zentralverriegelung, ein-, zweimal, immer wieder haut sie auf den Knopf ein, der die Türen längst verriegelt hat. Sie beißt die Zähne zusammen.

Durch das Seitenfenster starrt ein unheimliches Wesen mit stechenden Augen. Aus seinem geöffneten Mund schauen gelbliche Zähne, dabei leckt die Zunge an der Seitenscheibe. Brüllend wie ein wildgewordener Bär schlägt die Kreatur auf ihr Auto ein. Die Karosserie wankt zuerst mäßig, dann knarzen die Stoßdämpfer, lose Utensilien kugeln im Inneren umher. Amarinta zwingt sich, ihre Professionalität zurückzugewinnen. Mit der rechten Hand am Beifahrersitz versucht sie, ihre Beretta aus der Umhängetasche zu ziehen. Durch die extreme Schaukelei rutscht ihr die Pistole zwischen die Sitze. Ihr Atmen stockt, da ist es wieder, dieses Grunzen. Gebeutelt vom schwankenden Fahrzeug, schlägt ihr Schädel an das Seitenfenster, dabei zerbricht ihre Brille.

Nach Sekunden der Starre streckt sie ihre Hände zum Lenkrad. Dem Arm fehlen ein paar Zentimeter bis zum Zündschlüssel. Dieses Hämmern mit den Fäusten auf das Blech eskaliert, dadurch dröhnt es im Inneren, wie in einem Pauken-Kessel. Eine Narbe, die vom Zähnefletschen ablenkt, brennt sich durch die Scheibe in ihren Augen, bis in ihr Hirn. Dabei lässt der Himmel sein gesammeltes Wasser mit lautstarken Geprassel niederfallen.

Mit all ihren Kräften packt sie das Lenkrad, stemmt die Füße gegen das Bodenblech, zieht ihren Körper aufrecht, dreht den Zündschlüssel. Der Motor heult auf, der Wagen springt nach vorn, gleich einem aufgescheuchten Steinbock direkt hinein in das Heck des vor ihm parkenden Mercedes. Glas splittert, blecherner Lärm, das Lenkrad bremst ihr Antlitz, die Alarmanlage des Attackierten bringt die Nachbarhäuser zum Erleuchten. Der Motor stirbt ab. In ihrer Panik rutschte der Fuß von der Kupplung, dabei stemmten sich beide Füße gegen das Bodenblech – leider lag beim rechten Fuß das Gaspedal darunter. Durch den heftigen Aufprall blutet ihre Nase, ihr Oberkörper fällt auf den Sitz zurück, bleibt liegen.

Für eine Weile kehrt Ruhe ein, bis blaues Blinken durch ihre Wimpern dringt.

„Hallo, hören Sie mich? Signora! Öffnen Sie! Bitte geben Sie uns ein Zeichen, wir helfen Ihnen!"

Eine Schockstarre verhindert das Sprechen.

Erneut ruft einer: „Erkenne keine Reaktion! Brecht, die Fahrertüre auf! Beeilt euch!"

Ihre Pupillen wandern links, rechts, fremde Gesichter hängen an den Scheiben. Mit einem Knacken springt die Seitentür auf, man zerrt an der Kleidung, erneut verliert sie das Bewusstsein.

Gurte umklammern ihre Beine, den Bauch. Ein Beutel mit Schlauch baumelt an einer Stange, über sie hinweg ziehen grell leuchtende Lampen. In einem Dämmerzustand durchläuft sie die Routineuntersuchung der Ärzte. Nach dem Verabreichen eines Beruhigungsmittels bringt man die schlafende Patientin aufs Zimmer.

Stunden vergehen, sie wacht auf, es riecht nach Krankenhaus. Das Licht der Neonröhre über ihrem Kopf reicht bis zu den Knien im abgedunkelten Raum. Je mehr ihr Kreislauf sich stabilisiert, umso verstärkter kommen die Erinnerungen zurück. Zuerst dieses Weibsbild, dieser Fuentes, das Narbengesicht – in ihrem Kopf wirbelt es. Sie dreht sich zur Seite, schläft erneut ein.

Samstag, den 5. April 2008

Signore Commissario betritt am Vormittag Amarinta Sanders Krankenzimmer, zieht einen Stuhl an ihre Seite, setzt sich. Sie wacht auf, schaut den Commissario an:

„Was haben Sie in meinem Schlafzimmer verloren?"

„Warum diese Eigenmächtigkeit, Signora Sander? Observationen sind Aufgabe der Polizei! Ich versicherte Ihnen, wir kümmern uns. Die Verkehrspolizei hat vermutet, Sie seien betrunken, aber Nachbarn erzählten von den Attacken des Landstreichers. Ihre Aktion war umsonst, denn längst führten wir eine Hausdurchsuchung bei Signora Ganzoli durch. Den Laptop stellten wir sicher, nur den Deutschen nicht. Es gibt keine Hinweise auf eine Straftat, wir durchsuchten das Haus vom Erdgeschoss bis hinauf zum Dach. Der Schriftverkehr zwischen euch beiden, die Behauptung über das Auftauchen des Ehemanns Ganzoli ist verwirrend. Zu Ihnen, Signora Sander, da habe ich eine ernste Frage. Wie kommen Sie zu einer Dienstwaffe der italienischen Polizei? Ihnen gehört doch die Beretta 92S, oder nicht?"

„Signore Commissario bitte entschuldigen Sie. Die vergangene Nacht war zu anstrengend für mich."

Er schmunzelt: „Sie klingen witzig mit ihrer geschwollenen, von Tampons verstopften Nase."

„Commissario eines versichere ich ihnen, das verursachte kein Landstreicher, sondern dieses Narbengesicht, der Ehemann der Laborantin. Nussbaum hatte recht, der Totgeglaubte lebt. Außerdem dieser Puerto Ricaner, Zuhälter, Priester, was immer er ist – gegen ihn gab es vor Jahren ein Verfahren. Die Blondine, ihr Gesicht, kenne ich. Vermute … nein, zuerst fahre ich nach Hause. Commissario, ich benötige dringend die Unterlagen vom damaligen Prozess. Wissen Sie, die Zeit drängt, denn Nussbaum ist in Schwierigkeiten."

„Welche Unterlagen, was für ein gerichtliches Verfahren, wovon sprechen Sie, Signora? Zuerst bitte, wo kommt diese Waffe in Ihrem Auto her? Im Übrigen ist die Blonde jetzt brünett."

„Entschuldigen Sie, Commissario, ich habe Ihnen etwas verschwiegen", nach einer kurzen Pause redet sie weiter: „Ich arbeite für die Polizia di Stato in Padova. Man verbot mir, darüber zu sprechen, ich bitte Sie, dass meine Worte unter uns bleiben. Es wird vermutet, dass einer Ihrer Beamten die Anzeigen geschädigter Personen unterschlägt. Dadurch werden die Verdächtigen der Voodooszene in Marghera wie die des Gardasees geschützt. Am besten, Sie behandeln mich wie eine Fremde."

Er lacht: „Kollegin, keiner erfährt etwas, welchen Dienstgrad haben Sie?"

„Ispettore Capo! Mein Ausweis steckt in der Umhängetasche, vermute, sie hängt hier im Raum."

„Polizeihauptmeister soso", er lächelt. „Ihr Fiat Seicento ist bei uns sichergestellt. Vermute, es ist ein Dienstfahrzeug der Polizia Stato."

„Oh ja, da erwartet mein Chef einen umfangreichen Unfallbericht."

„Ihr Seicento hat Jahre auf dem Buckel, Sie erhalten mit Sicherheit einen neuen."

„Eine Standpauke erhalte ich von meinem Chef, aber keinen neuen Wagen."

„Wo wir dabei sind, Ispettore Capo Sander, Ihre Dienstwaffe liegt in meinem Safe, sobald die Ärzte einer Entlassung zustimmen, fahre ich Sie persönlich nach Padova, dort packen Sie Ihre Unterlagen, dann ab in mein Büro."

„Dass Sie mich bringen, finde ich nett! Danke! Bitte, Commissario, reden Sie mit dem Arzt, wir verlieren Zeit! Es ist die Nase, ansonsten ist alles in Ordnung."

Am späten Nachmittag holt Commissario seine Kollegin Ispettore Sander vom Krankenhaus ab. Er löst sein Versprechen ein und sie sitzen bis weit nach Dienstschluss über den Akten in Rosas Büro.

„Commissario, die Prozessunterlagen, mein Gespür, ich hatte recht. Überprüfen Sie das Fotomaterial. Diese Frau neben dem Puertoricaner. Fällt Ihnen etwas auf?"

„Ja, sie war damals schon brünett", sagt er wissend.

„Sie heißt S. Milic. Das Komische an der Sache ist, diese Person ist aufgrund eines Urteils eingesperrt. Früher hat Milic für diesen sogenannten Houngan Miguel Fuentes angeschafft. Er ist der Kopf einer Sekte, ist seit Jahren in Italien aktiv. Bitte lesen Sie selbst", empfiehlt ihm seine Kollegin.

Samstagabend

Der auffrischende Wind rüttelt in den Bäumen. Es regnet. Mit hochgeschlagenen Mantelkragen steht Miguel vor der Haustüre von Signora Ganzoli. Er tritt zur Seite in ein Blumenbeet, klopft an die Scheibe des Küchenfensters, fuchtelt mit der Hand: „Hallo Sara, mein Goldstück, lass mich rein, ich werde hier tropfnass!"

Mit tippendem Finger an der Stirn folgt aus dem Inneren eine krächzende Stimme: „Scheiße, spinnst du, Alter? Zum wiederholten Male, mein Name da draußen ist tabu!" Sie kommt zur Tür: „Verflucht! Du zerstörst alles, wegen deiner Gedankenlosigkeit! Komm ins Haus, Alter, bevor einer die Dummheit mitbekommt. Stopp! Stehen bleiben!" Sie zeigt auf seine Schuhe, keift erneut los: „Zieh deine Treter aus, versaust mir den ganzen Fußboden, denn auf keinen Fall fange ich hier zu Putzen an!" Sie dreht sich um, sagt milder: „Alter, einen Mokka gefällig, komm in die Küche."

„Entschuldige meine Liebe, wer bitte hört mich da draußen bei dem Sauwetter, keiner – es ist die Macht der Gewohnheit. Hoffe, das Versteckspiel hat bald ein Ende." Er reibt sich die Hände: „Heißes für den Magen, eine lobenswerte Idee", er hängt den Mantel über den Stuhl. „Wie fühlst du dich, Sara? Erholt siehst du nicht aus, dein Missgeschick der letzten Woche traf uns alle."

„Alter, ich habe in dieser Pension am Gardasee ständig geschlafen, geblieben ist die Erinnerung und die ist erdrückend. Ich werde langsam verrückt in diesen Träumen. Dieser verflixte Abend war das ein Durcheinander. Mich wundert, dass die Polizei nichts davon mitbekommen hat."

„Keine Sorge, wir haben einen zuverlässigen Spitzel auf dem Commissariato, sobald dort eine Anzeige eintrudelt, die uns betrifft, verschwindet sie im Aktenvernichter. Eines ist sicher, dein abgeschlachtetes Opfer kommt definitiv mit keiner Anzeige daher! Der hat keinerlei Schimmer, wer er ist, geschweige denn, was im Hotel in jener Nacht geschehen ist."

„Dein Arzt, Alter, wo ist er, die beschissenen Schnittwunden, die Nähte sind entzündet. Dazu ist mein Selbstbewusstsein komplett am Arsch, fühle mich elend, ausgelaugt, am liebsten würde ich diesem Leben ein Ende setzen."

„Sara, es sind die fehlenden Medikamente, der Entzug, unter dem du leidest."

„Alter, seit meiner Flucht aus der Anstalt wird

es immer schwieriger. Deine beschissene Droge vor einer Woche hat nicht nur die Zeremonie, sondern vor allem mich zerstört?"

„Keine Ahnung, Sara, was schuld war, eines ist sicher, du stehst unter Schock. Hier sind Tabletten, unser Arzt hat dir welche verschrieben, die vertreiben deine depressiven Gedanken. Es war ein Fehler, das Ritual ohne einen Tripsiter durchzuführen. Tausendmal appellierte ich an euch, sobald jemand in Trance fällt, hat eine neutrale Person anwesend zu sein. Das Überwachen des Ablaufs, wenn nötig einzugreifen, ist dessen Aufgabe. Am Gardasee passierte deiner Kollegin genau so ein Malheur. Keiner hört auf mich! Egal, wer zum Adepten der Geister wird, er oder sie benötigt einen Tripsiter. Ein jeder spricht unterschiedlich auf die Drogen an. Übertreiben Sie es mit ihrer Wildheit, reißt man das Medium unverzüglich aus seinem Zustand. Adepten, die in der Trance stecken geblieben sind, um die sich keiner gekümmert hat, trugen Schäden am Leib wie der Seele davon. Du benötigst Zeit, um deine einstige Routine als Priesterin wiederzuerlangen. Manches ist nach dem Aufenthalt in der Klinik bei dir in Vergessenheit geraten. Kein Wunder, auf Dauer, mit diesen Psychopharmaka, sie zerstörten den Rest an Fähigkeiten."

„Bla, bla, bla, ich habe es kapiert, Alter!", sagt sie abwertend. „Jeden einzelnen Schritt der mir bekannten Regeln des Rituals befolgte ich aufs Genaueste. Ich erlebte viele Male mit dir zusammen die Abläufe, das prägt sich ein, das vergisst man in Tausenden Jahren nicht. Vorbildlich habe ich dieses Medium gereinigt, hab keinen Körperteil ausgelassen, ich schwöre!", sie lacht aus voller Kehle. „Ich räucherte ihn ein, begoss den Körper mit Milch, bestäubte ihn mit Puder. Zwischen den Waschungen, den einführenden Handlungen verabreichten wir uns dein verflixtes Mittelchen. Alter, von da an rauschten wir bergab. Mit dieser Wirkung hatte ich nicht gerechnet. He Alter, uns hat es in einen Zustand gebeamt, zwei Liter Wodka verwirren nicht annähernd so, wie dieser Hard Stuff. An das meiste erinnere ich mich nicht mehr, einzig an den Versuch, diesem Huhn den Kopf abzuhacken. Dabei habe ich, wie es aussieht, zuerst Moreno getroffen. Hackte wie besessen drauflos, habe das Vieh verfehlt, hatte keine Peilung mehr, wie es mit seinen Flügeln schlug. Zuletzt habe ich mich dabei verletzt."

„Sara, es war mein Fehler, das sehe ich ein, hatte Restbestände mit abgelaufenem Datum", er legt seine Hand an sein Herz, „nahm an, die Wirkung hat nachgelassen, erhöhte die Dosis und das war falsch. Kein Teilnehmer reagierte vormals derart negativ." Er trinkt die Tasse leer. „Inzwischen arbeitet deine Schwester an einem besseren Stoff. Sie versprach eine gezieltere, exakte Dosierung, vor allem ohne jedwede Nebenwirkung", sein unschuldiger Blick fällt auf die Kanne.

Sara füllt erneut den Mokka in die Tassen: „Was ich meiner Schwester angetan habe, dafür habe ich jetzt die gerechte Strafe erhalten."

„Du übertreibst, mein Engel!"

„Nein, im Gegenteil! Du kennst ja nicht den Grund. Bei ihrer Hochzeitsfeier aufzukreuzen, war ein Fehler. Immer wieder zeigt mein Hirn diesen Tag. Am Büfett traf ich das erste Mal auf Moreno. Seine Augen, seine Größe, dann kamen wir uns zu nahe, ich schwamm in einem Meer aus Gefühlen. Im Keller zwischen den Weinkisten wurde mir bewusst, wie ich meine Schwester an ihrem schönsten Tag hintergangen habe. Hoffentlich hat sie es nie erfahren. Am darauffolgenden Morgen flüchtete ich.

Nachdem ich aus der Anstalt abgehauen bin, hast du mich ins Hotel gebracht, dort teilte mir die Rezeption meine erste Buchung zu. Beim Betreten des Hotelzimmers, solch einen Kerl vergesse ich nie. Moreno dagegen überspielte am Anfang die Tatsache. Nur kurz …"

„Sara, mit ihm eine Sitzung abzuhalten, war der erste Fehler. Menschen, die einem nahestehen, verhindern ein tadelloses Arbeiten, da die Seele befangen ist."

„Ich hatte vorher keine Ahnung, wer mich gebucht hat, die Namen, du weißt, sind tabu. Miguel, ich benötige das Geld, denn alles ist in der Anstalt zurückgeblieben. Morenos Wiedersehen war, als wäre es gestern passiert, es gab für uns kein Zurück. Ich hoffte, der Zauber bringt unsere beiden Seelen näher."

„Sara, das war ein weiterer Fehler! Benötigst du Geld, sag es. Merk dir ein für alle Mal: Finger weg von Verwandten, Bekannten, von Freunden. Spielen persönliche Gefühle eine Rolle, verfälschen sie den Prozess! Eines frage ich mich: Wo sind die Trommelspieler abgeblieben? Sie sind bei jeder Buchung automatisch dabei. Zumindest einer von denen wäre sofort eingeschritten. Sie sind die wichtigsten Werkzeuge, nur damit entsteht eine Hyperventilation beim Adepten. Die Rhythmen peitschen auf, sie versetzen jeden in eine tiefe Trance. Drogen helfen nur zum leichteren Einstieg, wenn dazu gezielt die Trommeln stimulieren, gewinnen wir uneingeschränkten Einfluss."

„Meine Rhythmen kamen von der CD!"

„Nein, nein, und noch mal nein, wie oft ich dieses Wort wiederhole, vertraut mir! Mit realen Trommlern passt sich der Rhythmus exakt einem Adepten an. Unterschiedliche Verhaltensweisen – keine CD der Welt vermag diese manuelle Flexibilität von allegro zu lento, von fortissimo zu pianissimo."

„An der Zimmertüre schickte ich die Trommler fort, wünschte, mit Moreno allein zu sein. Alter, bei uns rauschte die Post ab, wir tanzten, liebten uns. Der Fehler lag an deiner Droge! Sie beeinflusste den gesamten Ablauf, dabei ist unsere Motorik komplett abgekackt. Alter, ich hatte Mühe, das Mehlzeichen des ‚Petro Vodún' auf den Boden zu zeichnen. Es sah scheiße aus, Teile fehlten, meine Konzentration war verschwunden. Trotz der Lautstärke der CD hörte ich das Schlagen, wie vom Wind verweht. Moreno saß auf der Bettkante, starrte mit leer gefegten Augen, wippte mit dem Oberkörper entgegen dem Rhythmus. Hatte Angst, der kippt mir von der Matratze."

„Das Schlimmste, Sara, dich mit dem Adepten einzulassen. Den Geistern fehlte in dem Moment die Distanz, der Respekt, deshalb bestraften sie euch. Mit sexuellen Handlungen verbunden sein heißt, ihr seid eins, so legte sich sein Leid über deines, dann deines über seines."

„Scheiße, Alter, bist du eifersüchtig? Dem Gott ist das scheißegal!"

„Sprich nicht so!"

„Miguel, stell dir vor, unser Verlangen nach all den Jahren. Es war genauso wie bei der Hochzeit. Ich respektiere die Ehe meiner Schwester, doch er war sich mit der Trennung sicher, wünschte, dass es vorbei ist. Aufwendig täuschte er einen Unfalltod vor, tauchte mit seinem gesparten Geld in Kroatien unter. Zurück in Marghera hoffte er an diesem Abend, gemeinsam mit mir, der Kraft des Voodoos, das Eheweib aus seinem Leben zu verbannen."

„Sara, das mit der Verschleierung ist nichts Neues, er erzählte mir von seinen Planungen!"

„Du wusstest Bescheid?"

„Sara, wie lange kennen wir uns, haben wir nicht genügend Zeit mit Ritualen verbracht? Eigennützigkeit ist eine gefährliche Sache. Ich bin in Schadenszauberei ausgebildet, du nicht! Vor Tagen traf ich mich mit deiner Schwester Sarina, um Hühner zu kaufen, es kam zum Streit wegen eines

Deutschen, der sich bei ihr eingenistet hat. Sein negativer Einfluss hat Auswirkungen auf die Tiere, für meine Opfer sind sie untauglich. Wo ist sie abgeblieben?"

„Keine Ahnung, hab sie nicht angetroffen!"

„Wie bist du ins Haus gekommen?"

„Der Zweitschlüssel lag, wie vor Jahren, neben dem Hintereingang. Vor ihrer Ehe fischte Moreno auf dem Meer, sie hatte sich mehrmals ausgesperrt. Auf der Hochzeitsfeier erzählte sie, mein Vorschlag war dieses Versteck unter dem Sandstein. Sie liebt keinerlei Veränderung, wie du siehst, ist das bis heute so geblieben."

„Warum, Sara, bist du hier hergegangen. Was ist, wenn sie Fragen stellt, wieso du nicht in der Anstalt bist?"

„Hast du mich bei ihr nicht verpfiffen, weiß sie nicht, dass ich eingesperrt war, dass ich dich kenne. Sie ist meine Schwester, oh Gott, wenn ich in Marghera bin, was ist falsch, sie zu überraschen, mich mit ihr auszusprechen. Dieses Haus traf ich leider ohne sie an. Ich spazierte ins Hotel zurück, direkt zu dir. Der Rest, mein Alter, ist dir bekannt. Eines beunruhigt mich: Am Donnerstagabend sind wir hierher, du erinnerst dich an das Klingeln in der Tischschublade. Wie säuerlich du warst, weil ich mir einen Spaß mit der SMS erlaubt habe."

„Ja, am besten, wir vergessen das, Sara! Wo ist das Handy?"

„Glaube im Bad – im Mülleimer. Ist mir auf den Boden gefallen und zerbrochen. Es war ein altes Teil, der Akku war leer", sie atmet erleichtert auf. „Nachdem du mich wieder verlassen hast, besuchte mich die Polizei. Zum Glück gab es dieses Handy mit dem Anruf, dadurch entdeckte ich den Reisepass meiner Schwester. Ohne die Papiere wäre ich aufgeflogen. Die Beamten hätten mich sofort mitgenommen."

„Dass sie dir die Geschichte mit dem Ausweis abgenommen haben, wundert mich."

„Alter, bei eineiigen Zwillingen funktioniert die Täuschung problemlos, mich wundert nur, was meine ach so korrekte Zwillingsschwester ausgefressen hat, dass bei ihr ein Commissario auftaucht?", sie nimmt ihren Ausweis. „Obendrein suchten sie nach einem Nussbaum, es ist unklug auf meine Schwester zu warten, mich hinter ihrem Namen zu verstecken." Sara schlägt die Seite mit dem Foto auf, „Sarina trägt nach wie vor ihr blond gefärbtes Haar."

„Verdammt, ich befürchte, trotz unseres Freundes bei der Polizei, wir leben hier gefährlich. Bei deiner letzten Zeremonie im Hotel, die Perücke, warum trägst du sie jetzt nicht? Das blond steht dir."

„Mit der wäre ich aufgefallen. Der Beamte riet mir zu einem neuen Foto, in ein paar Monaten ist der Pass sowieso abgelaufen."

„Bitte gieß mir eine Tasse Mokka ein! Zurück zu dem Chaos mit Ganzoli. Was um Himmelswillen hat euch zu einem derartigen Blutbad veranlasst? Die enorme Schnittwunde, meine Güte, was war das für eine Sauerei, es hätte ihm um ein Haar das Leben gekostet. Zum Glück war unser Arzt vor Ort, um die Routineuntersuchung bei den Mädels durchzuführen. Dank des funktionierenden Reinigungssystems neutralisierten wir die beiden Räume im Schnellverfahren. Im Normalfall hätte euch kein Mensch bemerkt, denn der zweite, wie der dritte Stock ist einzig für unsere Veranstaltungen reserviert."

„Warum hat uns dann dieser Tourist entdeckt?"

„Nussbaum war ein Belegungsfehler der Rezeption, sie gaben ihm, aus Versehen, ein Zimmer dort oben. Er hatte reserviert, das hat der Rezeptionist vergeigt. Dank der Neugierde des Deutschen fanden wir euch rechtzeitig. Im Anschluss versuchten wir ihm diese Unsitte abzugewöhnen.

Zuerst legten wir das Hackmesser in sein Bett, damit die Spur zu ihm führte, aber das brachte nichts. Ein inszenierter Unfall mit dem Auto – umsonst. Zuletzt stahl ich ihm aus dem Koffer eine Bürste mit seinen Haaren. Beste Voraussetzungen für ein Ritual, um Macht über seinen Geist zu erlangen. Aber das schlug fehl. Leider mischt er sich weiterhin ein, stellt ständig Fragen. Wo steckt dieser Kerl, er ist genauso von der Bildfläche verschwunden wie deine Schwester?"

„War das dieser Lädierte, den ihr herbeigeschleppt habt, der bei dem Ritual auf meine Titten starrte? Bei dem, die Hühner das Futter fraßen, bei mir nicht?"

„Genau der!"

„Was ist, wenn die Polizei weiterhin über meine Schwester Nachforschungen anstellt, dann kommen sie automatisch auf uns. Die wissen mit Sicherheit, dass ich abgehauen bin. Mir sagt mein Bauch, lass uns verschwinden, Alter. Nach unserem Desaster, wo habt ihr Moreno versteckt? Gefragt habe ich im Hotel, keiner vom Personal hat seine Klappe aufgemacht."

„Wir schleppten euch in die Kammern der Dienstboten unter dem Dach. Dort behandelte unser Arzt eure Wunden. Bei dir gab es kaum Probleme, deshalb transportierte mein Personal dich sofort an den Gardasee. Moreno, versuchte man das fast abgetrennte Glied wieder anzunähen, zwecklos. Zu massiv war der Blutverlust, keine Blutkonserven, kein zusätzlicher Sauerstoff. Er schrie unter seinen Schmerzen, bis eine Spritze ihn in einen Tiefschlaf versetzte. Erst nach der Aufwachphase bemerkten wir das Ausmaß seiner zerstörten Gehirnfunktionen. Es fehlte dem Hirn eine ausreichende Versorgung mit Blut, dazu der extrem geringe Anteil an Sauerstoff. Die Einschätzung des Arztes: irreparabel. Wir berieten uns zu diesem Zeitpunkt, ob es besser wäre, seinen Körper auf den Meeresgrund zu schicken. Ohnehin vermuten ihn die Behörden dort unten.

Nach Stunden, in denen er auf dem Zimmer ohnmächtig dalag, ist er uns entwischt. Wie er das geschafft hat, keine Ahnung. Vollgepumpt mit Schmerzmitteln waren wir uns sicher, weit kommt er nicht. Die Suche blieb ohne Erfolg. Beim Nachlassen der Betäubung trieben die höllischen Schmerzen ihn mit Sicherheit in den Wahnsinn. Der Arzt vermutete, er ist da draußen in einem Loch krepiert."

Sara starrt mit aufgerissenen Augen, denn mit einer solchen Nachricht hat sie nicht gerechnet.

Tränenflüsse benetzten den Tisch, sie flüstert: „Scheiße, daran bin ich schuld."

Miguel lenkt ab: „Sara, du hast recht, wir wechseln sofort den Ort, betreiben unsere Geschäfte weiter im Süden", er steht auf. „Ein geeignetes Objekt auf Sizilien habe ich vor einem Monat gekauft. Dieser Landstrich ist bei den Esoterikern ein beliebtes Ziel, da gibt es genügend Touristen. Du pflückst dort aus dem Vollen, das verspreche ich dir." Er lacht, strahlt Zufriedenheit aus. „Dazu sparen wir uns die enormen Kosten des Hotels mit all den Mitwissern. Hast du die CD mit den Trommeln bei dir?"

„Dort in meiner Reisetasche."

Er steckt die Scheibe in den CD-Player auf der Anrichte.

„Miguel, warum das jetzt?", sie vermischt ihre Tränen mit der Schminke.

Ohrenbetäubend ertönen die Schlaginstrumente.

„Mit der hast du gearbeitet?"

„Ja, hört sich geil an! Meinst du nicht?"

„Morgen verschwinden wir nach Syrakus, dort erwartet uns eine bessere, eine reichere Zukunft."

Sie tanzt durch die Küche: „Ich liebe deine Überraschungen, raus aus dem Marghera, lass uns die Vergangenheit vergessen, Alter. Lass uns neu anfangen!"

„In Zukunft keine Trommeln von der CD, es ist seelenloser Lärm", unter Kopfschütteln schaltet er den Player wieder ab. „Ihr ignoriert meine Worte – handgemachte Rhythmen heben dich aus der Realität hinein in das wahre Voodoo!"

Sie sieht ihn an, sagt nur: „Okay!"

Miguel packt ihre Reisetasche: „Lass uns verschwinden, bevor die Polizei erneut aufkreuzt!"

Sara lacht: „Was passiert dir, nichts, nur mich sperren sie wieder in diese Anstalt."

„Kein Risiko, es ist …"

Sie legt ihren Zeigefinger auf seinen Mund. „Sei still! Hörst du das Klopfen in den Heizkörpern?"

„Hier im Haus ist kein Heizkessel, deiner Schwester fehlte das Geld. Es kommt mit Sicherheit aus dem Nebengebäude – Penner, Jugendliche."

„Einen Moment!"

„Was?"

„Ich schreibe meiner Schwester eine kurze Nachricht."

„Lass das, Sara! Du warst niemals in diesem Haus. Die Polizei durchsucht erneut das Anwesen, findet das Geschriebene, sofort stellt sie Vermutungen an. Sie hängen sich an unsere Fersen, passiert das, vergiss Sizilien, vergiss Italien."

„Du hast recht! Komm, wir hauen ab!"

Nachdem der Schlüssel wieder unter dem Sandstein neben der Treppe liegt, spaziert das Paar die Straße hinunter zum Hotel, um dort Miguels Koffer zu packen.

„Diese Gerichtsunterlagen der Dirne S. Milic, dazu belastendes Material über Miguel Fuentes – eine Menge Papier!", sagt Commissario Rosa zu Amarinta. „Ich werde für heute meine Arbeit beenden und was Sie nicht schaffen – morgen ist ein neuer Tag!" Er verabschiedet sich, verlässt sein Büro – da stoppt ihn ein Gefreiter. Hier, Commissario, ein Fax, eine richterliche Anordnung aus Padova! Rosa verzieht sein Gesicht, sieht den Namen Miguel Fuentes. „Oje, das riecht nach Arbeit", sagt es, liest weiter. Anführer einer kriminellen Vereinigung ist unverzüglich dem Haftrichter vorzuführen! Verdacht auf: Verdunklungsgefahr, Betrug, Mord, Handel mit Drogen. Vorsicht Schusswaffe!

In dieser Nacht zum Samstag formieren sich die Ritter der Neuzeit, mit Helmen, schusssicheren Westen, in ihren blau-weißen Kleinbussen. Blinkend, mit tönenden Sirenen, rasen die Autos in Richtung Hotel. Der Wagen des Commissario folgt mit Abstand.

Commissario Rosa entnimmt aus den Berichten der Sonderkommission Hinweise, mit welcher Brutalität dieser Fuentes in der Vergangenheit vorgegangen ist. Signora Ispettore Capo Sander vermutet: Fuentes pflegt seit Jahrzehnten eine enge Verbindung mit der Laborantin aus der Apotheke. Rosa hält das für reine Spekulation. Denn etwas macht ihn bei dieser Ganzoli stutzig und das ist nicht ihr Haar, sondern das, was in den Angaben zur Person aus Padova geschrieben steht. Sofort ordnete er an: „Zuerst schnappt euch diesen Fuentes, dann schauen wir uns die Ganzoli näher an!"

Indes bleibt auf der Polizeistation, der als Maulwurf verdächtige Brigadiere gemeinsam mit Amarinta zurück. Jener sitzt an seinem Schreibtisch, sie beobachtet ihn von der Besucherbank aus. Nach Einschätzung Rosas ist er der Maulwurf, wegen seiner sogenannten Vergesslichkeit bei der Bearbeitung von Strafanzeigen.

Rund ums Hotel sichern Einsatzkräfte die beiden Ausgänge, weitere Polizisten stürmen in die Eingangshalle. Der Commissario vom Rücksitz seines Einsatzwagens aus beobachtet den Haupteingang. In jugendlichen Jahren mischte er gerne mit an der Front des Geschehens, heute hat er für solche Vorhaben ausgebildete Spezialisten. Geblieben ist da seine Neugierde, denn nicht alle Tage findet ein derart spezieller Einsatz in seinem Revier statt. In den umfangreichen Unterlagen fand er Berichte über die unbedarften Mädchen, die Fuentes zur Prostitution zwang. Wenn Sarina Ganzoli ein Teil der Organisation ist, dann fällt der Verdacht genauso auf ihre Chefin. Denn wo sonst mixt die Ganzoli all ihre Ritualdrogen. Der Puertoricaner mit seinen Anwälten hat keine Chance, bei dem Bündel an Beweisen, darüber ist sich Commissario sicher.

Auf der Polizeistation stöbert der Brigadiere in den Aktenschränken. Am Schreibtisch spitzelt er hinüber zur Besucherbank. Verstohlen hebt er den Telefonhörer ab, wählt, grübelt, legt auf. Dann kommt sein Handy zum Einsatz, sieht sich von Amarinta beobachtet, steckt es sofort wieder ein. Da eine Zivilistin anwesend ist, tritt die Vorschrift zur Sicherung der Amtsstube in Kraft, diese nicht zu verlassen. Mit einem Auge liest sie in Mathes Buch, mit dem anderen ist sie jederzeit bereit einzuschreiten. Würde sie nicht dasitzen, hätte er das Hotel längst gewarnt.

Amarinta blättert im Buch, entdeckt eine Wochenkarte für den Bus nach Venedig. Sie erinnert sich an Mathe, an die Stunden mit ihm, an seine jetzige Lage, in der er gefesselt, mit Drogen vollgepumpt, dahin dämmert. Genau wie all die anderen Opfer, denen eine Überdosis das Hirn aufweichte. Übrig blieben lebende, willenlose, entrückte Wesen. Keiner war für eine Zeugenaussage brauchbar. Ihre Hand wischt über die feuchten Augen, sieht ihre Mitschuld an Mathes verkorksten Urlaub.

Die Glastüren des Hoteleingangs schwenken auf, eine Traube von Polizisten drängt ins Freie. Mittendrin erhobenen Hauptes dieser Miguel Fuentes neben seiner brünetten Partnerin. Commissario Rosa sucht nach Nussbaum, überprüft die Fotos in den Akten. Keiner der Personen sieht ihm ähnlich. Sofort steigt er aus und erkundigt sich beim Einsatzleiter.

„Leider, Commissario Rosa, keiner von beiden hat die geringste Ahnung über den Verbleib des deutschen Urlaubers. Die Durchsuchungen der Hotelräume, die Befragungen des Personals, es gibt keinerlei Auffälligkeiten, die auf diese Person passen. Wir versiegelten die Veranstaltungsräume, den Dachboden. Für eine ausgiebige Überprüfung bleiben drei unserer Beamten plus Spurensicherung zurück. Meine Hoffnung liegt in den anschließenden Vernehmungen."

Der Commissario betritt, mit einem „Hallo!", die Inspektion und verschwindet sofort im Büro. Gefolgt von Beamten bringen sie die Verdächtigen in getrennte Vernehmungszimmer. Amarinta schwankt zwischen der Fahrt nach Hause und dem Beharren auf das, was hinter den Türen an Wahrheiten herauskommt. Sie kennt das Warten aus den Tagen auf Puerto Rico, vor allem wenn es sich um reinen Bürokratismus handelte. Ihr Priestervater beruhigte sie mit den Worten: Trainiere dich in Geduld, denn dadurch öffnen sich ungeahnte Perspektiven. Jedenfalls wühlt in ihrem Innersten ein ungezügelter Drang nach Resultaten.

In solchen Momenten erinnert sie sich an das Leben auf der Insel, an Abenden, wenn die Mutter Reste ihrer Kochkunst mit nach Hause brachte. Sie schmunzelt über den zahnlosen Priester, der die weichen Teile der Hähnchen herausfischte, dabei seine winzigen Augen Freudentränen ausstießen. Die Nachbarin schickte regelmäßig E-Mails mit Neuigkeiten aus San Juan. Leider ruht seit Monaten der Kontakt. Den wahren Grund erahnt sie mit Sorge.

Commissario kommt aus seinem Büro, fordert Signora Amarinta Sander auf, einzutreten. „Wir haben eine Überraschung! Am besten, Sie setzen sich. Beim Auswerten der Fingerabdrücke unserer Verdächtigen bestätigt sich meine Vermutung. Damals nach dem Verschwinden von Signore Ganzoli sicherten wir routinemäßig die Abdrücke seiner Ehefrau Sarina. Stellen Sie sich vor, sie stimmen nicht mit der brünetten Signora aus dem Haus Ganzoli überein. Ein erneuter Datenabgleich mit Padova hat uns bestätigt, dass es sich um Sara, ihre Zwillingsschwester, handelt."

„Oh, verdammt, der Name Sara ist mir entfallen."

In den Gerichtsunterlagen steht der Vorname, in den Berichten der Kollegin war er abgekürzt mit S. Außerdem hatte der Maulwurf das Fax von der Anstalt, mit der Suche nach ihr vernichtet. Die von der Anstaltsleitung erneut zugesandten Faxe inklusive Fotos schließen jeden Zweifel aus.

Commissario bemerkt. „Uns fehlt außer Mathe Nussbaum auch diese Signora Sarina Ganzoli. Angenommen, die beiden sind verreist, dann konzentrieren wir uns lieber auf Wichtigeres."

„Commissario, das war mein Fehler. Aber die Suche nach Nussbaum aufgeben, nur wegen einer

Vermutung? Signore Commissario, mir ist aufgefallen, bei der Durchsuchung im Haus der Ganzoli erzählten sie vom ersten Stock, vom Erdgeschoss, von einem Keller, erwähnten Sie nichts."

„Korrekt, es gab keinen Keller."

„Falsch, Commissario. In der letzten E-Mail von Nussbaum wurden bitte folgende Zeilen geschrieben: Er reparierte im Keller eine Wasserleitung. Bitte überprüfen Sie es – ich meine, der Hinweis stand auf der Seite mit …"

Mitten in ihrem Satz springt der Alte auf, greift zum Telefon und gibt lautstark die Anweisung für einen erneuten Einsatz. Entschuldigend über seine Nachlässigkeit bat er um Geduld: „Signora, finden Sie ein Hotel, leider ist bei uns nur eine Zelle frei", dabei lächelte er dümmlich, zwinkert mit dem Auge: „Es würde auffallen, wenn ich eine Fremde ohne Verdacht auf ein Verbrechen bei uns in der Zelle einquartiere."

„Kein Problem! Ich buche mir ein Zimmer im Voodoo Hotel. Morgen besuche ich Sie wieder, Commissario, mit der Hoffnung auf positive Ergebnisse."

„Signora Sander, gefährlich, eine Nacht in dieser Absteige, wir haben hier bessere Hotels!"

„Ich komme zurecht, Sie haben die Bösewichte festgesetzt."

„Ja, Signora, die erhalten nie wieder ihre Freiheit."

„Commissario, mit Glück erfahre ich, nebenbei vom Personal, Details, die sie unseren Beamten verschwiegen haben und für den Fall, dass ich beim Frühstück fehle, wissen Sie ja, wo man mich zu suchen hat."

Das Kellerloch

Sarina Ganzoli erinnert sich an ihren Traum, in dem die Dunkelheit sie verschlungen hat. Jetzt aber, so wie es sich anfühlt, hat dieser Zustand inmitten modriger Vergessenheit in der Realität angeklopft. Schweigend vor Angst pocht in ihrem Hals das Herz. Ihr Atmen stoppt, ihre Ohren lauschen, denn Befremdliches lebt hier im Geheimen. Instinktiv ziehen sich ihre Beine dicht an den Körper, ihre Augen suchen krampfhaft in der absoluten Dunkelheit. Behutsam beugt sich ihr Oberkörper zur Seite, konzentriert auf das, was die Ohren vermuten zu hören. Sind es diese Pilze, die weiterhin den Geist manipulieren? Lauert an einer Stelle ein Getier auf einen günstigen Augenblick, um anzugreifen? Sarinas Blut pulsiert, das fremdartige Atmen, begleitet von leisem Glucksen, wird deutlicher. Ein Schwächeanfall drückt ihren Körper zurück auf den Boden.

Wie lange die Ohnmacht angehalten hat, ist schwer einzuschätzen in einer Dunkelheit, die einer Blindheit gleicht. In unmittelbarer Nähe ein leises Zischen, ein Rascheln, dann wieder dieses Atmen. Ihre Hand wandert umher. Mit Vorsicht streifen die Fingerkuppen hinter ihrem Kopf über schroffen Stein, stoßen dabei an Rundes, Metallenes, das sich bewegt. Sie streicht mit flacher Hand neben ihrem Po, es fühlt sich an, als wäre es ein Teppich. Was hat dieses Atmen zu bedeuten? Wer ist da?

Eine kurze Berührung folgt, die Hand zuckt zurück – ist das ein Tier? Ihm fehlt das Fell. Erneut erfühlen die Finger – es erinnert an Stoff, wie das eines Hemdes, dahinter ein seichtes Zittern. Tiere tragen keine Hemden. Jetzt röchelt deutlich das Unbekannte. Der Frage auf Italienisch folgt ein knapper Husten.

Das Klappern ihrer Zähne, die Taubheit in den Beinen, der stechende Schmerz in ihrem Leib – Sarina fällt es schwer, sich zu bewegen. Sie brütet darüber, wie lange jenes Wesen in dieser Dunkelheit lebt? Ein Schicksal, das ihr zukünftig zuteilwird? Ist es der Teufel, der dort wartet, um meinen Leib in Stücke zu reißen, wie einst die Hunde es mit meinen Probanden anstellten?

Die törichten Gedanken verschwinden langsam. Neugier befühlt, was den Rest des Lebens neben ihr umhüllt. Strukturen, die faltig, an Stellen derb gewoben von trocken bis nass wechseln. Dieses Antlitz, eine glatte Oberfläche, mit einer enormen Kruste. Es fehlt das Haar, die meisten Menschen besitzen es genau dort. Hatte man ihn skalpiert? Bei jenem haarlosen Schädel kommt ihr sofort Mathe Nussbaum in den Sinn, aber bei der lang gezogenen Kruste erinnert es an die Narbe ihres Ehemannes. Verdammt werde ich hier bestraft?

Mutig berühren ihre Finger seinen Hals, durch dessen Ader Leben fließt. Bei genauerem Hinhören wieder dieses eigenartige Atmen. Sie versucht es auf Englisch: „Please say something, tell me who you are?", ihre Nase kommt dichter an ihn heran – riecht einen Hauch von Rasierwasser, das vor Nächten im Bett neben ihr lag. Fingerkuppen ertasten ausgetrocknete schuppige Lippen, doch ihnen fehlt die Zartheit jener Begegnung. Sarina fragt auf Deutsch: „Bist du Mathe?" Ihre Finger liegen auf seinen locker geöffneten Lippen, denen ein sanfter Laut entweicht, aber ihre Frage unbeantwortet lässt. Zaghaft sinkt sie neben dem Fremden auf dem Teppich nieder.

Penetrant wiederkehrendes Toktok, Toktok, Toktok bohrt sich mitten in ihr Hirn. Sie fragt sich: Was ist das, woher kommt das? Je länger sie zuhört, umso mehr entwickelt sich dieses Geräusch zur Folter, das im Schädel arbeitet, dem Wahnsinn die Tür öffnet. Wer ist dieses Wesen neben mir? Zögernd legt sie ihr Ohr über seine Nase und sagt: „Hörst du mich? Den Duft deiner Haut kenne ich, bist du Mathe?"

Ein gurgelnder Husten – kaum hörbar: „Ha, No!" Ein Toktok drängt sich dazwischen, dann folgt „I be …", mehr kommt nicht heraus.

„Oh mein Gott, welcher Idiot hat uns hier eingesperrt?", sagt sie, ergreift seine Hand, die sich feuchtkalt anfühlt.

Zuerst ein Husten, dann ein Hauch von Flehen: „Wa …, Wa …". Sie umarmt seinen fröstelnden Körper, dabei wiederholt er immer wieder „Waa, Wasse". Das entfernte Toktok, Toktok wechselt in ein seichtes Plätschern: „Da, da!"

Sie legt seinen Körper nieder, folgt auf allen vieren dem Geräusch, bis sie in eine Mulde mit Wasser tappt. Entgegen dem Rinnsal stoßen ihre Hände an ein Rohr. Sofort benetzt sie ihre Finger, schnuppert daran, leckt mit der Zunge, prüft nach Fremdartigem. Es schmeckt erdig, dabei suggeriert die Kühle ein frisches Getränk. Schluckweise in hohler Hand bringt sie das Nass zu Mathes Mund. Dürstend saugt er, hustet, verlangt nach mehr. Zwischen der glucksenden Quelle, dem Geschwächten, krabbelt Sarina, bis er genug getrunken hat. Nachdem auch ihr Magen gefüllt ist, folgt ihre Hand dem Fließen, dann sagt sie: „Unter der Mauer verschwindet das Wasser."

„Wo?", fragt er mit dünn zitternder Stimme.

„Keine Ahnung, wo wir gelandet sind, wer uns derart quält, aber das Wasser ist unsere Rettung", sie macht Mut, „hoffe, dass der Magen mitspielt. Zum Glück sehen wir nicht, was wir trinken." Sie legt ihren Körper dicht neben ihn, streichelt seinen murmelnden Bauch: „Wenn hinter der Mauer ein Abfluss ist, der wie in meinem Keller zur Verstopfung neigt, liegen wir bald in einer Pfütze." Sarina erinnert sich: „Mathe, in meinem Leben gab es viele Schattenseiten, aber dieses Loch hier übertrifft alles. Schwesterherz und ich verbrachten die Kindheit auf einem Bauernhof mitten in der Natur. Das gemeinsame tägliche Spiel hinter der Scheune führte uns zu geheimen Erdhöhlen. Ein Unterschlupf für Füchse. Wir krochen in die Höhlen, weil wir uns einbildeten, sie schützen vor all den erdachten Bösewichten, vor Räubern, vor unseren Eltern. Dort roch es nach Erde, Wurzelholz, dazu die Gruselgeschichten, sie versetzten uns in Angst und Panik. Wer am lautesten schrie, verlor. Ein jeder von uns versuchte, die beste Erzählerin zu sein. An einem trockenen Sommertag scharrten wir in unserer Höhle an den Wänden, benötigten Platz für die Puppen. Minuten vergingen, bis Vater uns wieder freigeschaufelt hatte. Abschrecken von einem solchen Einsturz, nein, wir liebten diese Löcher, denn in einer Welt der Erwachsenen kamen wir uns vor wie Störenfriede.

Meine Eltern hatten es schwer, da die Schichtarbeit ihren Alltag diktierte, ein Leben, das sie sich bitter erkämpften. Damals wanderten sie aus, voller Träume von Jugoslawien nach Deutschland. Ihren angeblichen Erfolg, durch Kredite finanziert, stellten sie bei den Besuchen in ihrer Heimat zur Schau. Lügen, immer nur Lügen, ein Grund für die permanenten Streitereien. Das Positive daran war, mit jedem zänkischen Abend rückten wir Schwestern enger zusammen."

Mathe hustet, auf seinen Lippen erfühlt sie erneut Trockenheit, die sie mit dem Herbeiholen von Wasser zu lindern versucht. Das Plätschern hat abgenommen.

Mathe bewegt die Beine, die Arme, zögernd, lebhafter. Seine Hand liegt auf ihrem Körper, seine Stimme flüstert: „Sari …!", es folgt eine lange Pause „Dank!"

„Wofür denn, ist schon in Ordnung?", antwortet sie. „Meine Signora Farmacista, wird mich vermissen, sie sucht nach mir, dann kommen wir beide hier raus."

Das Wasser zeigt Wirkung, denn in Mathe erwacht ein Funken seiner Vitalität: „Ha no, S Sprudel, Schädelbrom … Zeit?"

Sarina ertastet ihre Armbanduhr, das Glas ist verschwunden, mitsamt den Zeigern. „Vergiss die Zeit, sonst wirst du verrückt! Ob Minuten, Stunden, Tage, solange wir leben, ist das egal, zum Glück bist du da", sie setzt sich in den Schneidersitz. „Allein in diesem Loch, ich versichere dir, der Tod hockt sofort in deinen Kopf. Nur das Miteinander, das Reden hilft, lenkt ab vom Trübsinn. Einsamkeit ist für mich bis heute ein Problem. Es gab Zeiten, da verbrachte ich keine Sekunde ohne meine Schwester. Wir lagen gemeinsam im Bauch der Mutter, schrien gemeinsam nach ihrer Brust, gemeinsam waren wir unverwundbar. Ich erinnere mich an jenen Winterabend, an den Vorfall, der diese Gemeinsamkeit zerschnitten hat. Wir hockten im Kinderzimmer vor einem Schachbrett, schoben kämpferisch die Steine des Damespiels umher. Unser Plattenspieler übertönte das Streiten der Eltern im Wohnzimmer. Im Spiel galt meine Gegnerin für unschlagbar. Fast jeden Abend vor dem Schlafen versuchte ich, sie zu schlagen. Bei der letzten gemeinsamen Partie platzte unsere Mutter ins Zimmer, schrie meine Schwester an, sie sollte ihre Sachen packen. Weshalb ich zurückblieb, ist mir bis heute unerklärlich. Schwesterchen nahm es mit Fassung, klagte ständig über die fehlende Abwechslung. Jetzt hatte sie einen Grund gefunden, dem Gymnasium fernzubleiben. An diesem Tag verschwand sie mit meiner Mutter aus meinem Leben", jetzt streckt sie ihre Beine aus.

„Für mich standen schwere Zeiten bevor", sie holt tief Luft. „Haushalt, nebenbei die Schule, Mutters Nachfolgerin, Vaters Alkoholsucht. Zum Glück gab es die Uni. Im Anschluss fand ich einen Arbeitsplatz in einem Labor, weit ab von Deutschland. Jahre verbrachte ich in einer Firma in Sarajevo, dem Geburtsland meiner Eltern. Bei den Sonderschichten führte ich unerlaubte Experimente mit einer medizinischen Tinktur durch. Sie war ursprünglich bitter, braun von Farbe, ich modifizierte sie kurzerhand in eine farblose, geschmacklose Flüssigkeit, die wie Wasser aussah.

Das Ergebnis meiner eigenen Forschung goss ich in die Kaffeetasse des Kollegen, während ich nach einem passenden Fläschchen suchte. Dieser Tölpel kam von der Mittagspause und trank die Tasse leer. Wäre er daran gestorben, hätten die

Ermittler es auf sein Missgeschick geschoben. Er erkrankte, verriet meine Tüfteleien und das kostete mich die Anstellung wegen gefährlicher Körperverletzung", Sarina wechselt in die Hockstellung.

„Freunde gab es in meinem Leben sporadisch und von kurzer Dauer, ohne Bedeutung. Zwischen 1993 und 1995 schloss ich mich einer multinationalen Fraueninfanterie an. Ich war damals 25 Jahre alt. Eine Freiwillige, die man zu einer eiskalten Tötungsmaschine ausbildete. Wer beim Kriegseinsatz Gefühle besaß, reservierte am besten sofort einen Leichensack. Wir kämpften nicht sonderlich, dafür äußerst mutig im nationalen Befreiungskampf. Den ersten Menschen, den ich tötete – seine Augen durchkreuzen noch heute die schweißtreibenden Träume. Flehend starrten sie mich in dieser schrecklichen Lage an.

Mein Erfolg im Töten wurde begleitet von den Jubelrufen aller Mitstreiterinnen. ‚Jeder Schuss ein Treffer‘, das war unser Slogan, wegen der rationierten Munition. Wir Kämpferinnen lebten in einem Rausch der Vernichtung. Mit dem Erfolg nahm die Härte zu, ebenso mein Stellenwert in der Gruppe. In jenen Jahren existierte in den Hirnen das Eine – Töten. Ich weiß nicht, wie zahlreich die Abgeschlachteten waren, in jedem Fall genug, um mich als Heldin zu feiern.

Der Krieg war vorbei, wir gaben unsere Waffen ab, aber das Töten ließen sie in unseren Köpfen zurück. Die Therapeuten scheiterten, diese Droge aus meinem Hirn heraus zu waschen. Die Bilder der verzerrten Gesichter, der gekrümmten Körper, der spritzende Lebenssaft, gingen einher mit den Lobpreisungen, die wie Balsam auf meinem Ego lagen. Dieses Kopfkino – eine Manie, eine Sucht, die bei mir noch heute Glückshormone produziert."

Sarina holt sich einen Schluck Wasser. „Die Flucht nach Venedig, hinein in eine Ehe, brachte kurzzeitig Besserung. Aus heiterem Himmel tauchte das Zwillingsschwesterchen bei meiner Hochzeit auf, sie blieb ganze zwei Tage. Sie verschwand spurlos, ohne Verabschiedung. In den ersten Jahren kam ich mit der Ehe zurecht. Kinder blieben aus, für eine Massenmörderin, wie ich es bin, das Beste. Mit der Zeit verloren sich die gemeinsamen Interessen, er fischte, ich tauchte in meine Fachbücher ein. Mit jedem Versuch, eine perfekte Droge zu entwerfen, erhoffte ich, dem Geldsegen näherzukommen", Sarina redet ohne Unterbrechung, ob Mathe zuhört, ist ihr egal, Hauptsache, die Zeit vergeht.

Mathe versucht, seinen Oberkörper in eine aufrechte Position zu bringen, um den Schleim besser abzuhusten. Zum ersten Mal riecht er den Gestank von Urin. Unter Stöhnen hebt er die Arme, drückt die Handflächen auf die Schädeldecke.

„Mathe hab Geduld, sie holen uns hier raus!", sagt sie.

„Ha wa", antwortet er.

Sarina steht auf, ertastet mit ihren Fingerspitzen die Wände, Zentimeter um Zentimeter. Von dem schroffen Stein ausgehend streift sie über blankes Metall, an dem zwei längliche Eisenstangen befestigt sind. Sie erinnert sich an die Eisentüre in ihrem Keller. Mit Gewalt hantiert sie daran, dabei bleibt eine von den beiden Stangen in ihren Händen, daraufhin sagt sie: „Zu Hause passierte das oft, denn seit Langem fehlt an der Verschraubung die Mutter, trotzdem Mathe, ich bin mir nicht sicher, aber …?" Ihre Arme strecken sich in die Höhe, sodass die Stange an der Decke entlang streift. Mit einem harten, metallenen Ton trifft sie auf Widerstand. Wiederholt es ein-, zweimal und sagt: „Mathe, wir sind in meinem Haus, diese Rohre dort oben planten wir für die Zentralheizung, das ist mein Keller.", sie freut sich. „Wir kommen hier raus, wenn der Lärm sich verbreitet, sind wir frei."

Mathes Schwerfälligkeit steckt in seinen Worten: „Ha no – Keller?", ein Hustenanfall folgt und sagt weiter: „Mörder – kein Ton!"

„Mathe, ich bitte dich, deine Einstellung hilft uns nicht weiter!", sie versucht ihn zu überreden. „Hör hin, dort oben sind Trommeln." Sie steht unter den Rohrstutzen, lauscht. „Das Schlagen, der Rhythmus, wie bei den Seminaren im Hotel. Über uns ist die Küche. Jemand ist dort oben. Wenn ich gegen die Rohre hämmere, bemerken sie uns." Sie nimmt die Eisenstange, schlägt zu.

„Stop! Stop!", krächzt er, dabei überkommt ihn erneut eine Hustenattacke, versucht, in Wortfetzen zu erklären, warum.

„Du hast recht!", sagt sie. „Wenn sie uns eingesperrt haben, ohne Nahrung, dann warten sie darauf, dass wir krepieren."

„Ha wa", ist seine Antwort.

Sie tapst zurück, setzt sich zu ihm: „Mathe, im Kampf zu sterben ist ehrenhaft, hier im eigenen Keller zu verrecken dagegen demütigend. Die Aussicht auf Ehre macht unempfindlich, macht blind, zum Glück blieb mir im Krieg eine Gefangenschaft erspart. Solange wir kämpften, behielten wir eine Patrone über. Bis heute liegt sie in der Schublade des Küchentisches. Aber hier gefangen in einem Szenario, in dem es keinen plausiblen

Grund gibt, in dem ein sich Wehren zwecklos ist, das ist für mich reine Folter."

„Ha no, beruhig dich", flüstert er.

„Mathe, ich befürchte, das Rinnsal aus dem Rohr lässt nach, lass uns trinken!" Sie sagt es und versorgt ihn mit Wasser, füllt erneut ihren eigenen Magen, legt sich wieder zu Mathe: „Mir ist kühl, Schlaf, das hilft."

Mathe liegt auf der Seite, mit angezogenen Beinen und jammert: „Ha wa, mein Bauch brennt."

Sarina drückt sich an ihn: „Die Kälte, das Wasser, kurzes Darmsausen, bald ist es vorbei", beruhigt sie, „bald ist alles vorbei, daran glaube ich. Die finden uns!"

„Ha wa, Drobbfa, hörsch s'nedd?", er hat sein Schwäbisch wiedergefunden.

Wieder hört man nur dieses monotone Tocktock, Tocktock, Tocktock.

Samstag auf Sonntag

Erneut rücken die Beamten aus, verschaffen sich Zutritt zum Anwesen Ganzoli. Gemeinsam suchen sie jene Tür, die zum Keller führt. Zwei Beamte klopfen an einer weißen Bretterwand unterhalb der Treppe, die in den ersten Stock führt. Sie fahnden nach einem Spalt, der sich aufhebeln lässt. Der Vice Commissario treibt die Kollegen an. Inzwischen parkt der angeforderte Krankenwagen vor der Einfahrt. Inmitten des stoischen Klopfens schiebt einer mehrmals seine Nase an die Bretterfugen und ruft: „Vice Commissario, hier ein modriger Geruch, ein Lufthauch, kommen Sie, prüfen Sie!" Dessen Feuerzeug, dicht vor dem Spalt – die Flamme flackert ihm schubweise entgegen. Der Dritte setzt sein Brecheisen an, hebelt mit Körpereinsatz – doch mit einer Leichtigkeit springt die Türe auf, die dem Vice Commissario voll auf die Nase schlägt. Ein jeder verkneift sich sein Lachen. Der Weg ist frei, die steile Steintreppe liegt vor ihnen, hinab in den Keller. Sofort werden die drei im Außenbereich Agierenden hinzugerufen.

Ein feuchtkalter Luftzug schlägt den Einsatzkräften entgegen. Irgendwo hat der Keller eine
zweite Öffnung.

„Knips das Licht an!", ruft der Vorderste, mit
vorgehaltener Pistole, über, der eine Taschenlampe in Schussrichtung zeigt. Der tanzende Lichtkegel erhellt den lang gestreckten Gang, wo am
Ende ein Loch in der Wand klafft. Daneben lehnt
eine Eisenplatte, davor ein umgekippter Farbkübel,
dessen Inhalt sich weiträumig über den Boden verteilt hat. Aus der getrockneten Pfütze heraus führen weiße Spuren eines Schuhwerks. Neben den
Abdrücken sind die Pfoten eines Tieres zu erkennen.

Mit Vorsicht tasten die sechs sich nacheinander der Wand entlang, lautlos, nur das Klappern
einer Werkzeugkiste ist zu hören. „Passt auf, hier,
dieser Teil der Mauer ist verdammt brüchig!", sagt
ein Polizist.

„Bitte um Ruhe!", fordert der vorderste, mit
schussbereiter Pistole. Hinter der Öffnung am
Ende des Gangs gibt es ein Rascheln, ein He-
cheln. Dann, im Lichtkegel, blitzen aus dem Nichts
kommend zwei Augen auf, dazu gewaltige Eck-
zähne, von denen ein unüberhörbares furchterre-
gendes Knurren ausgeht. Ohne Vorwarnung

schießt ein Körper aus der Öffnung. Zweimal knallt der Feuerstrahl dem Zähnefletschen entgegen, dann schlägt ein haariges Winseln dicht vor dem Schützen auf den Boden. Bis zum letzten Uniformierten gefrieren deren Schritte ein, dabei starren sie auf einen bewegungslos daliegenden Hund.

Der Vice Commissario befiehlt: „Alberto und Friedrich, sofort nachsehen, ob es hinter der Öffnung Räume hat! Aufpassen, es ist nicht auszuschließen, dass es weitere Bestien gibt! Carlo inspiziert den Vorratsraum neben der Treppe! Tomaso dort, den Verschlag zur Linken! Überprüfe, ob es hinter dem Gerümpel eine Tür hat! Schlosser Philippe, die Stahltüre gehört dir!"

Keine drei Minuten, dann kommen die beiden Polizisten durch die Maueröffnung wieder zurück. Sie berichten: „Vice Commissario, der Weg durch das Nebengebäude führt ins Freie, dort ist eine Menge Bauschutt, keine weiteren Hunde!"

Auf halber Strecke im Kellerflur, genau da, wo die Wand brüchig ist, kippt durch eine Rempelei ein Carabiniere durch das Mauerwerk. Lose Brocken poltern zu Boden. Sein Blick – seine Meldung, sie lautet: „Vice Commissario sehe Reste von Tierleichen!", er leuchtet mit der Taschenlampe. „Mamma Mia – Vice Commissario, dort liegen

Knochen, neben einer Badewanne!", weitere Ziegel fallen zu Boden, bis das Loch eine Größe besitzt, um hindurch zu schlüpfen.

„Gruselig. Was ist das für ein Anblick!", sagt der Polizeimeister.

„Hier zerfleischten sich die Hunde gegenseitig im Kampf. Aber nein, das sind Schädel von Menschen. Durchsucht die Katakomben!", lautet der Befehl des Vice Commissario.

In den verzweigten Gängen, die abrupt enden, existiert nichts, nur eine verschlossene verrostete Blechtüre lässt einen Durchgang vermuten. Erneuter Einsatz des Brecheisens. Nach einem Quietschen ist der Weg frei zu einer Treppe, die ebenfalls hinaus in den Garten des Nachbars führt.

Dieses Mal befahl der Vice Commissario, dass es zwischen den Wänden hallt: „Schließt die Türe und ruft die Spezialisten der Spurensicherung, hier wartet eine Menge Arbeit!" Er winkt mit dem Arm. „Alles zurück! Um diesen Gebäudeteil kümmern wir uns später, die Skelette rennen nicht davon! Los, lasst uns die Stahltüre im Kellerflur knacken!"

Unter dem Schein eines batteriegespeisten Scheinwerfers hantiert der Schlosser an den Hebeln der Tür. Dann, mithilfe von Spezialwerkzeugen, bringt er den Riegel der Verschlussvorrichtung in Bewegung. Mit gestreckter Schusswaffe steht der Vice Commissario bereit, um sich vor einem Angreifer zu wehren. Stattdessen trifft sein Lichtkegel auf zwei am Boden zusammengekauerte Gestalten, deren Hände die Augen verdecken, aufgerissen ihre Münder, bereit, um loszubrüllen.

„Polizei! Bitte Ruhe bewahren! Wir sind die Polizei, wir sind gekommen, um euch zu helfen", die Haltung des Vice Commissario entspannt sich, brüllt nach hinten: „Ruft sofort die Sanitäter."

In der mit Urin getränkten Luft legt einer der Beamten seine Uniformjacke über die Schultern der Frau, dabei sagt er zu ihr: „Nicht mehr lang, dann habt ihr es geschafft." Der Scheinwerfer, den sie in den Raum schieben, zeigt das Ausmaß des Dramas: verdreckte Körper, verkrustetes Blut, Spinnweben.

Die Sanitäter drängen die herum Stehenden beiseite, dabei brüllen sie: „Macht das grelle Licht aus – ihre Augen." Sie hieven die schlaffen Körper auf die Tragen, festgeschnallt schaffen sie beide ins Freie.

Systematisch durchsucht jetzt die Polizei den Keller. Die herbeigerufene Feuerwehr versperrt mit Bauzäunen die Eingänge der Ruine. Das Mauerloch zum Nebengebäude wird verschlossen. Die eintreffende Spurensicherung nimmt sofort ihre Arbeit auf. Wie es aussieht, werden sie dort Tage beschäftigt sein. Aber für die Truppe der Polizeistation ist jetzt der Einsatz beendet. Der Vice Commissario mit seinen Mitarbeitern kehrt zurück auf die Dienststelle.

In der Zwischenzeit sitzt Amarinta am Tresen der Hotelbar. Sie beobachtet die Hotelgäste, die auf Ledersofas am Rande der Lobby vertieft in Gesprächen oder mit ihren Laptops beschäftigt sind. Es ist ein entspannter Abend, der nichts von einer vorausgegangenen Razzia erahnen lässt. Der Barmann starrt in den Fernseher, der Rezeptionist blättert in einem Journal. Unkontrolliert schwirrt eine Putze mit Mopp durch die Lobby. Gäste kommen aus dem Speisesaal, gehen die Treppe zu ihren Zimmern empor. Dann verlässt Amarinta das Hotel auf eine Zigarettenlänge, sieht in der Ferne das blaue Blinken der Einsatzfahrzeuge. Genüsslich inhaliert sie den Tabakrauch, im eisigen Wind, der von den Dolomiten herunter schwappt und sich in Richtung Meer über das Veneto ausbreitet. Amarinta kehrt an den Tresen der Bar zu ihrem Glas zurück. Fröstelnd bestellt sie einen Grappa. Mit einer Serviette putzt sie ihre provisorisch geklebte Brille, dann greift sie zum Funktelefon, hofft auf eine positive Mitteilung.

„Warum so betrübt?", fragt der Barmann, der seit Minuten an einem Whiskyglas poliert. „Sind Sie traurig, weil Ihr Urlaub zu Ende ist?"

Amarinta sieht die weißen Augäpfel, die braunen Pupillen des Inders, dessen achtzehn Jahre eher den Gesprächsstoff der Jugend kennen. Was gäbe sie in diesen schwierigen Tagen für einen Rat ihres Priestervaters mit seiner reichhaltigen Weisheit? Sie schürzt ihre Lippen: „Betrübt ist milde ausgedrückt, aber ich arbeite daran, dass es besser wird, und ein Gläschen Grappa hilft der Fröhlichkeit auf die Sprünge.", sie schiebt ihm ihr Glas entgegen.

„Gerne, Signora. Wenn Sie es wünschen, helfe ich Ihnen aus Ihrer unerfreulichen Lage. Dafür müssten Sie eine Nacht opfern."

„Verehrter Herr, wie verwegen, Sie schüren in mir die Neugier", sagt sie und trinkt.

„Wissen Sie, Signora, es grenzt an ein Wunder, was den Gästen hier im Hotel widerfährt", der Barkeeper flüstert. „Viele kommen von weit her, buchen eine Woche, einzig wegen der Heilung ihrer vom Stress verursachten Probleme. Verzweifelte, Suchende, saßen über die Jahre bei mir am

Tresen – er heilte sie alle."

„Wer ist er?", fragt sie.

„Ein Priester aus der Karibik, der die Seelen der Menschen reinigt", er füllt ihr Glas erneut und flüster weiter. „Ich staune immer wieder, mit welcher Gelöstheit jeder, nach einer Sitzung, unser Haus verlässt. Ich versuche für Sie, einen Termin zu reservieren. Es sind zu viele, die warten. Bitte Signora, ein, zwei Tage Geduld."

Sie schmunzelt und antwortet: „Später, vorher eine Frage: Auf welche Art bewirkt er seine Heilung?"

„Dieser Heiler bittet, mithilfe der Geister, um Gnade bei Gott für all das Negative im Körper des Gestressten", erzählt der Keeper.

Sie lässt nicht locker: „Was kostet diese Sitzung?"

„Feilschen Sie, es kommt auf das Persönliche an", seine Antwort lässt den Preis offen.

Ihr Grübeln zaubert eine Falte auf die Stirn: Auf solch eine Gelegenheit habe ich immer gehofft, leider würde man mich hier sofort aus dem Weg räumen. Zu oft stocherte ich in dieser illegalen Szene, zu oft brachte ich die Unbelehrbaren hinter Gitter. Unbedeutende Akteure. Bedauerlicherweise biss ich mir an den Häuptlingen, wie diesen Fuentes, die Zähne aus. Es scheint, man fand Ersatz für das Melken der Touristen. Welch unbedarfter Glaube steckt in diesem Inder. Wie trainiert er ist, auf das Erhaschen verletzlicher Seelen. Es sieht aus, der Junge hat seinen Nachtdienst angetreten, ohne zu wissen, was vorher geschehen war.

Amarinta verabschiedet sich: „Jetzt ist es nach Mitternacht, es wird Zeit für mich. Das Bett ruft, Ihr Angebot behalte ich im Kopf. Schreiben Sie die Getränke auf meine Zimmernummer 101. Gute Nacht." Sie steigt die Treppe empor, sieht auf das Funktelefon – keine Nachricht. Beim Betreten des Zimmers entdeckt sie den defekten Rollladen – schmunzelt – ist es das Bett, in dem Mathe lag? Übernachtete er im ersten Stock? Mit Sicherheit nicht, denn bei mir gibt es ein Bad. Bei ihren Recherchen vermied sie, das Hotel zu betreten, dafür hatte sie Kollegen, die abwechselnd verdeckt Informationen sammelten.

Sie sperrt das Schloss ihrer Zimmertüre, lässt den Schlüssel stecken, fixiert ihn mit einem gezwirbelten Stofftaschentuch am Schaft des Griffes. Zur Beruhigung klemmt sie die Lehne eines Stuhls unter den Türgriff. Im Bett dringen Töne durch die Wände eines Fernsehers mit vertrauten Salsarhythmen. Auf dem Hof diskutieren Stimmen über die Arbeit. Getrampel auf dem Flur, Gelächter, Albernheiten und wieder diese Musik. Erinnerungen an die Tanzabende mit ihrer ersten Liebe, an das Schmieden einer gemeinsamen Zukunft. Eine Menge Herzblut steckte damals in den Träumen ihres Studenten Methew, der versprach: Keiner wird uns jemals trennen.

Leider erfuhr Amarinta zum ersten Mal, was es heißt, in einer nicht weißen Haut zu stecken und das auf Puerto Rico. Es gab dort eine Menge Amerika, vorwiegend Mathews Familie. Mathew – Mathe, welche Ähnlichkeit? Ein Zufall? Dem deutschen fehlt die blasse, hagere Gestalt, das wellig blonde Haar. Waren es Amerikaner oder Deutsche? Nussbaum nannten sie sich auf keinen Fall. Sofern ich mich erinnere, hießen sie Ferrer.

Todmüde taucht sie ein in einen flachen Schlaf. Einer Ertrinkenden gleich schnappt sie nach Erinnerungen aus einer Zeit im blauen Haus. Menschen tanzten dort mit Leidenschaft, lebten mit Hingabe an ihre Religion. Sie benötigten keine Drogen, um in Trance zu fallen. Meist reichten die Trommeln, deren Rhythmen sie anheizten, bis sie bereit waren, von Gott bestiegen zu werden. Ihnen lag die Religion im Blut, akzeptierten kritiklos, mit

Ehrfurcht die Rituale, gleich den Generationen davor.

Sie erinnert sich an den Priestervater, wie er ihre fehlerhaft gezeichneten Symbole maßregelte. Damals war ich eine frisch gekürte Priesterin, unerfahren, aufgeregt. Ich glaube, meine krummen Striche hätten den Geistern nichts ausgemacht.

Amarinta steht auf, doch ihre Beine schwächeln. Sie sinkt auf die Knie, stützt sich mit den Ellenbogen auf der Bettmatratze ab. Im einfallenden Mondlicht berührt der Türgriff zweimal die Stuhllehne. Normalerweise verkrafte ich locker vier von den Grappa-Gläsern und jetzt? Dann dieses Kratzen am Türschloss, sie krabbelt zurück aufs Bett. Mit dem Funktelefon in der einen Hand, in der anderen die Dienstwaffe, beschließt sie: Sobald einer die Türe einrammt, schieße ich ihm die Beine kaputt.

Sonntagmorgen

Das Spiel des Marimbaphons kündigt den Empfang einer SMS an. Amarinta erwacht aus ihrer merkwürdigen Lage zwischen Kopfkissen und Bettdecke. Sofort fällt ihr Blick auf die Zimmertür – erleichtert stellt sie fest, dass der Stuhl noch immer unter der Türklinke eingeklemmt ist. Sie sucht ihre Brille, ihr Handy – beides liegt hinter dem zweiten Kopfkissen neben ihrer Dienstwaffe. Die SMS von Commissario lautet: Nussbaum, plus Sarina Ganzoli im Krankenhaus! Sie gähnt, streckt die Arme von sich: Was ist das, die Ganzoli mit Nussbaum? Steckt sie mit Fuentes unter einer Decke und warum Nussbaum? Hatte ich mich in ihm derart getäuscht?

Erneut eine SMS: 10:30 Uhr in meinem Büro! Bitte pünktlich! Gruß, Commissario.

Sie meckert: „Der alte Stresskopf, und das am Sonntag?" Sie steht auf, begibt sich ins Bad, ans Waschbecken, sieht ihr Spiegelbild und sagt: „Es wird Zeit, dass die Geschichte ein Ende hat, Madame, du siehst scheiße aus."

An der Rezeption holt sie sich einen Frühstücksbon, dann betritt sie den Speisesaal. Auffällig ist die nüchterne Ausstattung, die lieblose Anordnung der Tische mit weißen Tüchern. Die Selbstbedienung am Kaffeeautomaten, dem Saftspender mit Orangen- und Apfelsaft. Einen Schritt weiter ist das Buffet aus übersichtlich angeordneten Snacks in Verpackungen. Dazwischen gähnen die Brötchen blass aus einem Korb heraus – dieses Frühstück übertrifft die Vorstellung an Einfachheit. Einziger Lichtblick, der Kellner stellt Rühreier in Aussicht, dabei legt er flüchtig einen Prospekt neben ihre Tasse, auf dem da steht:

Wie finde ich zu meiner inneren Mitte?
Wie verändere ich mein Leben?
Besuchen Sie unsere Seminare!
♣
Termine an der Hotel-Rezeption.

Sie schmunzelt über diese Art der Werbung. Immer mehr Hotelgäste treffen sich am Kaffeeautomaten. Mit Zischen füllt er in einem fort die Tassen, aber dann – Rebellion.

Der Kellner eilt herbei, öffnet das Gehäuse, versucht, die Elektronik des Automaten wiederzubeleben. Sein hektisches Herumschrauben bringt kein Resultat, dafür eine Menge Unmut unter den

Gästen. Amarinta wird klar, ich vergesse die zweite Tasse, vergesse die versprochenen Rühreier. Besser so, denn die Zeit ist knapp.

Im Büro angekommen sagt sie nach einer kurzen Begrüßung: „Für einen Sonntagmorgen, Commissario Rosa, ist auf Ihrer Dienststelle eine Menge Trubel."

Er lacht beim Antworten: „Es sind die Fahrzeuge der Urlauber, Signora. Unbewacht abgestellt, das über Tage, eine Aufforderung für jeden Ganoven. Kommen die Ausflügler aus Venedig zurück, wundern sie sich, wenn ihnen nicht nur die Habseligkeiten, sondern die Räder ihres Vehikels fehlen. Plakate in der Stadt, die davor warnen, bleiben leider erfolglos, denn unerlaubt geparkt wird nach wie vor den Gebühren unserer Parkhäuser wegen."

„Commissario ich bin gespannt über die Resultate der letzten Nacht."

„Signora, Ihre Unterlagen, für wahr eine Fundgrube. Ich verstehe nicht, warum dieser Houngan so lange ungeschoren davonkam."

„Commissario es ist schwer, Zeugen zu finden. Verstreut in allen Himmelsrichtungen, dazu die Scham dieser Herren, einer Prostituierten auf den Leim gegangen zu sein. Des Weiteren sitzt den

Dirnen die Angst, wegen ihres Zuhälters, im Nacken."

„Kollegin, wir liefern genügend Beweise. Nur dauert die Überprüfung sämtlicher Anzeigen gegen diesen Seminarleiter länger. Da der Maulwurf sie für bearbeitet deklariert hat, schlummert das Material im Archiv der obersten Behörde. Keine Sorge, Fuentes erwartet eine Verurteilung!"

„Hat der Maulwurf all die Anzeigen unterschlagen?"

„Nein, nicht alle Signora! Bei denen, die auf unserem Schreibtisch landeten, überprüften wir sofort das Hotel, fanden aber in den Räumen nichts Auffälliges. Keiner der Befragten hatte eine Ahnung und Fuentes kam uns mit salbungsvollen Sprüchen."

Amarinta schürzt ihre Lippen. „Eines ist mir schleierhaft, warum Ganzoli gemeinsam mit Nussbaum im Keller steckte?"

Commissario Rosa legt seinen Bericht zurecht. „Zuerst danke für Ihren Hinweis, Kollegin. In ein paar Wochen, Monaten wären wir auf ihre Leichen gestoßen. Nun lese ich Ihnen vor, damit ich nichts vergesse." Die Aussage von Signora Ganzoli nach lag dieser Nussbaum vor ihr im Keller. Sie vermutet, es geschah letzten Donnerstag spät Abend, in der Zeit, in der sie im Bett lag. Der Nussbaum blieb am Küchentisch zurück, trank den Rest vom Wein. Sie bekam davon nichts mit, da sie beim Schlafen Ohrenstöpsel trägt. Am darauffolgenden Morgen entdeckte sie sein Handy auf der Fensterbank und wunderte sich, wo er abgeblieben war. Diesem Fuentes geben die Gäste des Hotels für den besagten Zeitraum ein Alibi. Offen gesagt, wir tappen im Dunkeln.

„Wie sieht es im Labor aus?", fragt Vice Commissario Sander.

„Unsere Spurensicherung ist im Labor der Apotheke noch am Arbeiten. Äußerst aufschlussreich ist dieses Holzköfferchen aus der Küche: Amphetamine, Betäubungsmittel, darunter Giftstoffe, deren tödliche Wirkung für eine Kompanie ausgereicht hätte. Allein wegen dieses Inhaltes verlegt der Richter die Laborantin sofort nach dem Krankenhaus in die Sicherungsverwahrung. Nur Nussbaum wird weiterhin unter ärztlicher Aufsicht bleiben, man hat ihm den Bauch aufgeschnitten."

„Signora Sander, sobald ich weitere Hinweise bekomme, gebe ich Ihnen Bescheid", versichert Commissario. „Ich würde mich freuen, wenn Sie mir mehr Einblicke in Ihre zukünftigen Ermittlungen erlauben, denn eine Zusammenarbeit bringt uns ohne Umwege ans Ziel."

„Das stimmt, für mich ist das kein Problem, Commissario, mein Bauchgefühl sagt mir, im Hotel liegen Details begraben, es ist hilfreich, dort weiter zu ermitteln."

Rosa stimmt ihr zu: „Signora, unser Leck im Büro, wir warten auf das Ja des Haftrichters, dann hat Ihr Versteckspiel bei uns ein Ende."

„Recht so! Gibt es Neuigkeiten über dieses Narbenmonster?", fragt sie, da sie lange nichts gehört hat.

„Unsere Fahndung läuft und Verstärkung ist angefordert, sobald die Kollegen da sind, durchsuchen sie jeden Winkel in Marghera und dem benachbarten Mestre." Erneut nimmt Commissario seine Unterlagen zur Hand und rezitiert daraus: Die Ruine, in der dieser Penner zeitweise gelebt hat, ist versiegelt, da kommt niemand mehr rein. Demnach irrt er in den Stadtvierteln umher. So wie die Befragten ihn beschreiben, nimmt ihn keiner im Auto mit oder gewährt ihm Unterschlupf. Diejenigen, die ihn kennen, bezeichnen diesen verwilderten Menschen für gestört. Sie behaupten, er sei der vermisste Ehemann von Signora Ganzoli. Arbeiter dagegen erzählten von einem Geist, der in den stillgelegten Gebäuden der Raffinerie auftaucht und sofort wieder verschwindet. „Wir finden ihn und erfahren hoffentlich mehr, vorausgesetzt sein Hirn lässt das zu", versichert ihr Rosa.

Capo Sander vermutet: „Commissario Rosa, da der Ehemann in der Ruine gehaust hat, ist er der Täter?"

Rosa antwortet: „Glaube nicht!"

Capo Sander widerspricht: „Unberechenbar ist er, dazu seine enorme Kraft. Erinnern Sie sich an den Angriff auf mein Auto. Ein Leichtes für einen wie ihn, die beiden in den Keller zu schleppen. Logischerweise besitzt der Ehemann einen Hausschlüssel, das erklärt die fehlenden Einbruchspuren."

„Da stimme ich Ihnen zu, Signora, und das Motiv ist Eifersucht! Stellen Sie sich vor, kaum ist der Gemahl verschwunden, schon sitzt statt ihm ein Fremder an seinem Tisch. Wer würde da nicht aus der Haut fahren? Obgleich ist mir die Lösung zu simpel!"

„Commissario zum gestrigen Abend im Hotel. Der Barkeeper offerierte mir die Vorzüge eines sogenannten Wunderpriesters. Beim Frühstück dann dieser Prospekt", sie legt ihn auf den Schreibtisch. „Befürchte, die Geschäfte sind weiterhin im Gange."

Commissario stimmt dem zu: „Wir versuchten den Laden vor Jahren zu schließen und jedes Mal lag es an der Staatsanwaltschaft, die das verhindert hat."

Die Kollegin schmunzelt. „Wie bei meinen Ermittlungen auch, es fehlte uns genügend belastendes Material und man sagte uns, die Beteiligten seien selbst schuld, wenn sie bei einer Prostituierten ihr Geld verschwenden."

„Das Hotel, Kollegin, redet sich damit heraus, sie vermieten die Zimmer, was hinter den Türen passiert, da mische man sich nicht ein. Und über welche Wege die Organisation ihre Dirnen einschleusen, darüber wissen Sie zusammen mit Ihrer Ausländerbehörde am besten Bescheid."

„Commissario seit Jahren bin ich hinter dieser Bande her, wechselte meinen Wohnsitz von Mailand nach Padova. Ein Teil des Fußvolkes sitzt ein, leider sprießen immer wieder neue, wie die giftigen Pilze im Wald." Sie schweigt, dann sagt sie: „Fuentes aalglatte Person, ihm den Kopf abzuschlagen ist schwierig, obwohl die Akten sich stapeln."

„Das Problem ist Signora, eine Religion, auch wenn es die Falsche ist, unterliegt keiner Strafe. Außerdem fehlen bei den Ritualdrogen Quellenangaben, uns bleiben Vermutungen. Blutproben von

Geschädigten beweisen zwar eine Indikation, aber dem Blut liegt keine Quittung bei. Das Hotel, mit den gepflegten Räumen, gab bei unseren Abstrichen ihre scharfen Putzmittel preis. Fanden wir Blutspuren, stammten sie von Hühnern oder Ochsen. Sie wissen selbst, ihr damaliger Prozess, ein Teilerfolg, ein kläglicher Deal zwischen dem Richter und deren Anwälten.

Geschickt verlagerte dieser Miguel Fuentes jedwede kriminelle Handlung auf die Liebesdienerinnen wie zahlreichen Handlangern. Er zeigte sich, arm, vergeistigt, unwissend, ein Houngan der nichts Böses im Sinn hat. Sara Milic, seine engste Vertraute, war für ihn ein Werkzeug, denn sie kannte genauestens die Abläufe. Was erzähle ich, Sie kennen bestens ihre Vita. Details preisgeben wird sie kaum, wegen ihres psychischen Zustandes schickt man diese Dirne geradewegs zurück in die Geschlossene."

„Okay! Commissario ich fahre ins Hotel, bleibe dort eine zusätzliche Nacht, überlege in Ruhe eine Strategie, wie ich weiter agiere. Dummerweise war meine Plapperei beim Chef über eine bevorstehende Aufklärung verfrüht. Am Montag, spätestens am Dienstag, lege ich zwangsweise meinen Bericht bei ihm vor, einen Aufschub bekomme ich leider keinen."

„Wir basteln einen Bericht, der ihren Chef beruhigt", Rosa schmunzelt. „Zu meinem Bedauern, Signora, sind wir zum Warten gezwungen auf das, was die Durchsuchungen ans Licht bringen. Vorerst sitzt dieser Miguel Fuentes fest. Allein die Anklagen vonseiten ihrer Dienststelle reichen dafür aus, dass er bleibt. Seine Anwälte haben da keine Chance, ich bin mir sicher!"

„Das ist ein Trost, Signore Rosa! Aber freuen wir uns erst, wenn das Gerichtsurteil gesprochen ist." Amarinta verabschiedet sich, verlässt die Polizeistation. Auf ihrem Weg huscht wortlos eine stattliche Erscheinung in Uniform an ihr vorüber, verschwindet direkt ins Gebäude. Vor dem Hoftor wartet sie, bis gemächlich der Elektroantrieb das Eisengitter öffnet. Aber nur handbreit, dann schließt es sofort wieder. Sie dreht sich zum Eingang, eine Stimme ruft ihr entgegen: „Signora Sander, kommen Sie bitte zurück." Ein Carabiniere bringt sie ins Büro des Chefs.

„Gibt es positive Nachrichten?", sagt sie beim Eintreten.

„Signora schließen Sie bitte die Tür! Mein Einsatzleiter hat Neuigkeiten, die Durchsuchungen des Labors, des Hotels sind abgeschlossen. Signore Vice Commissario, hier ist eine Kollegin, unsere Ispettore Capo Sander. Bitte beachten Sie, momentan ist äußerste Verschwiegenheit gegenüber dem Rest der Truppe gefordert, unter uns ist ein Maulwurf!"

Die Haltung des Vice Commissarios versteift sich, die Knöpfe der Uniformjacke blitzen im Licht der Deckenlampe. „Commissario Rosa, Signora Ispettore Capo Sander, seien Sie meiner Geheimhaltung gewiss!"

„Jetzt zu Ihren Ermittlungen, Vice Commissario, lassen Sie hören!"

Der Vice Commissario rezitiert aus einem Protokoll. „Wie es aussieht, sind wir einen gewaltigen Schritt vorangekommen. Im Labor der Apotheke lagern eine Menge gefährlicher Substanzen. Nichts Auffälliges für ein Laboratorium. Zumal die Apothekerin verlauten lässt, es handelt sich hauptsächlich um Pflanzenschutzmittel in überschaubaren Mengen. Abnehmer sind meist Biobauern aus der Region. Der Vertrieb läuft zu 80 Prozent über Zaneti Import/Export – Prüfberichte liegen den Akten bei.

In den dort vorgefundenen, voll bestückten Umkartons stecken braune, daumengroße Karpulen. Im Hotel gab es die Überraschung – verteilt im

Tagungsraum leere Karpulen, wie im Hotelzimmer dieses Fuentes. Wir stellten einen kompletten Karton mit 50 gefüllten Einheiten sicher. Das Entscheidende daran, unsere Spezialisten verglichen die Überreste aus dem Hotel mit jenem Inhalt der Umkartons vom Labor, sie stimmen definitiv in ihrer Zusammensetzung überein. Die Analyse der Substanz ergab eine spezielle, nicht handelsübliche, genauer gesagt auf dem Schwarzmarkt bekannte Droge. Darüber fanden wir in den Unterlagen der Laborantin Aufträge mit dem Namen Fuentes.

Kommen wir zur Blutanalyse des Signores Nussbaum. Das forensische Labor stellte Rückstände fest, die zu einem Präparat aus dem Koffer passen. Sie wissen Commissario, der aus der Küche der Signora stammt. Wie es aussieht, benutzte sie den Deutschen für ihre Versuche. Die Knochen im Keller stammen von Menschen und werden auf DNA-Spuren untersucht, das dauert, da die Auswertungen aufwendig sind! Sicher ist, es sind keine antiken Knochen."

„Vice Commissario, wahrlich eine erfolgreiche Arbeit. Es beruhigt mich, wenn Sie demnächst meinen Posten übernehmen. Bravo, Vice Commissario!"

„Danke, Commissario Rosa! Zum Glück ist diese Ganzoli eine überfleißige Berichtschreiberin. Ein Notizbuch lag ebenfalls in dem Koffer. Darin sind die jeweils injizierten Personen aufgeführt, welche an den Ritualen teilnahmen, einschließlich dieses Nussbaums. Leider sind die meisten Probanden in allen Winden verstreut, aber wir bleiben dran. Die Buchungslisten des Hotels helfen uns, mit Adressen weiterzugehen."

„Vice Commissario ich bedanke mich für Ihren Bericht! Kollegin und Kollege, das ist der eine Teil, der andere ist, wer schlug Signore Nussbaum nieder? Wer steckte ihn zusammen mit der Laborantin ins Kellerloch? Mein Vorschlag: Wir konzentrieren uns auf den Ehemann. Gründe hätte er wahrlich genug."

„Commissario, bevor ich wieder verschwinde, da sind zwei Fakten: Im kriminaltechnischen Labor wurde ein Hackmesser zur Analyse eingereicht und ein Teil des Blutes an der Klinge stammt von einem Ochsen, der andere von einer männlichen Person", er legt das Fax vor. „Die Fingerabdrücke am Griff stammen einzig von Sara Milic. Da ist noch ein letzter Eintrag in Ganzolis Notizbuch, der auffällig ist. Es handelt sich dabei um ein kaum erprobtes, von ihr angefertigtes Medikament für eine Signora Zaneti", er zeigt auf die Stelle im Fax „ein Mittel zum vorzeitigen Abbruch einer Schwangerschaft, wodurch ungünstige Nebenwirkungen und eine mögliche Todesfolge zu erwarten ist."

„Von einem Todesfall, Kollege, verursacht durch Fremdverschulden, bei einer Signora Zaneti ist uns nichts bekannt. Kenne ihren Ehemann, er ist ein ehrenwerter Geschäftsmann in der Stadt. Ich schlage vor, zuerst fragen wir bei den Krankenhäusern und bei den Hebammen über Auffälligkeiten nach."

Amarinta mischt sich ein: „Entschuldigung, Commissario, das dauert zu lange. Geben Sie mir die Adresse dieser Familie Zaneti, dort werde ich vorsprechen. Ich werde von einer Schwangerschaft erzählen, für die ein zuverlässiger Arzt benötigt wird."

„Eine ausgezeichnete Idee, Kollegin. Wenngleich bitte seien Sie nicht beleidigt, in ihrem Alter?"

Amarinta verzieht ihren Mund, lächelt gequält: „Es ist für meine Tochter."

„Na, das passt besser, Ispetore Capo Sander. Kollegen, die Jagd auf dieses Narbengesicht bleibt weiterhin bestehen. Ich bin mir sicher, er ist ein Teil dieser verworrenen Geschichte."

„Commissario zuerst fahre ich zu Mathe Nussbaum ins Krankenhaus, erst dann erkundige ich mich bei diesen Zanetis."

„In Ordnung, Signora, im Anschluss hören wir voneinander."

Amarinta verlässt das Büro, kommt aber wieder zurück: „Entschuldigung, in welchem Krankenhaus liegt er?"

Rosa kritzelt den Namen Ospedale Villa Salus Mestre auf ein Blatt Papier, wünscht sichere Fahrt, dazu Grüße an Signore Nussbaum.

Mit gestreckten Schritten verlässt Amarinta das Commissariato. Obwohl Krankenhäuser nicht zu ihren Traumzielen gehören, freut sie sich auf Mathe. Bei der Anmeldung verweist man sie in den Wartesaal, denn der Patient sei in Behandlung. Damit hat sie nicht gerechnet, doch beim Warten kommt ihr eine Idee. Sie begibt sich auf den Flur, spricht den nächstbesten Arzt an. In Stichpunkten erfährt er die Geschichte der gesuchten, geistig verwirrten Person, einschließlich seiner angeblichen Straftat. Aus fachlicher Sicht erklärt ihr der Mediziner seine Einschätzung, warnt aber vor voreiligen Schlüssen. Im Anschluss sucht sie erneut das Wartezimmer auf und schnappt sich eine Zeitschrift. Dabei übersieht sie die Krankenschwester, die auffordernd zuwinkt, ihr zuruft. Auf dem Weg zum Kranken versichert sie: Alles ist in Ordnung, es war nur ein entzündeter Blinddarm. Er ist in der Aufwachphase. Sie schiebt einen Stuhl ans Bett und flüstert: „In zwei, drei Tagen, wenn alles ohne Komplikationen verläuft, steht einer Entlassung nichts im Wege".

Amarinta setzt sich, entdeckt die Schnitte im Gesicht, der Rest ist mit Verbandsmull eingewickelt. Die blassen, von den Strapazen eingefallenen Wangen – er öffnet die Augenlider. Mit blondem Haar gäbe er einen Doppelgänger ab, allein der blauen Augen wegen. Ihre Erinnerungen lassen in ihrem Magen Schmetterlinge kreisen. Sie flüstert: „Für den Rest deines Urlaubs sind derartige Dummheiten gestrichen, kapiert?" Sie lacht ihn aufmunternd an.

Mathe sagt nichts, sieht den Schimmer einer Person.

Zuerst zögert Amarinta, dann klärt sie ihn auf: „Besser ist, du vergisst Sarina, da sie für lange Zeit im Kittchen landet", sie zupft seine Bettdecke zurecht. „Vor allem ist es für dein Wohlergehen das Beste, denn Gifte sind für deine Gesundheit eine unzuträgliche Nahrungsergänzung." Mathe starrt sie an, verliert kein Wort. „Diese Laborantin wickelte vor dir viele Menschen um den Finger, leider haben sie es nicht überlebt."

Schlagartig sagt er: „Ha wa …?"

„Mathe, ein Vorschlag unter Freunden: Nach dem Krankenhaus verlängerst du deinen Urlaub, kommst zu mir und wir reden in Ruhe darüber. Einverstanden?"

„Wie – lang?", flüstert er mit einer Pause.

„Mathe, ich bin mir sicher, die schmeißen dich nach drei bis vier Tagen wieder raus." Sie steht auf, tritt ans Fenster, setzt sich erneut ans Bett und ergreift seine Hand. „Wer dir das angetan hat, den versuche ich zu finden. Sobald ich mehr darüber weiß, komme ich zu dir zurück. Lauf mir nicht wieder davon. Erhole dich, danach besuchen wir Venedig." Sie küsst ihn auf die Stirn und verschwindet aus dem Zimmer.

Am Abend

Nahe dem Café Vero parkt Amarinta ihren Fiat Seicento. Das Zuschlagen der Autotüre lässt den linken Scheinwerfer aus seiner Fassung springen, der baumelnd am Kabel hängen bleibt. Beim wieder Hineinstecken in die demolierte Vorderfront, sagt sie: „Die Werkstatt wartet auf dich, mein Chef auf den Unfallbericht, leider erwarten mich von den Kollegen blöde Kommentare." Mit einem Papiertaschentuch rubbelt sie ihre Finger, wählt aus, wer zuerst an die Reihe kommt – Signora Zaneti oder die Nachbarschaft? Die zweite Option ist ein Anfang.

Vor dem Café liegen dieses Mal grüne Decken über den Stühlen, dazu das Abendrot. Beim Warten auf die Kellnerin streifen ihre Augen an einem Schild „CHIUSO" des Schaufensters der Apotheke vorbei. Unter dem Arm der Asiatin das Tablett, im Gesicht ihr Lachen bei der Frage: „Signora wünschen Sie einen Tomatensaft?"

Amarinta bestätigt, freut sich, dass man sich erinnert. Schräg gegenüber, wenn die Adresse auf dem Notizzettel stimmt, ist dort das Haus der Zanetis. Eine Kellnerin ist für Informationen aus der

Nachbarschaft die beste Ansprache und so hofft sie beim Servieren ihres Getränkes auf Antworten.

„Aber ja, Signora, bei der Geburt verlor sie ihr Kind. Morgens verlässt ihr Ehemann das Haus, fährt zu seiner Ehefrau in die Reha und kommt eine Stunde vor zwölf wieder zurück. Die Nerven der Ehefrau, man behauptet das, sind angeschlagen."

„Oh mein Gott, stimmt es, eine Totgeburt, sind Sie sicher? Das ist schrecklich!"

„Ja, Signora, das ist für beide fürchterlich. Seitdem vermisst man bei ihrem Ehemann den Humor, seinen Gruß beim Vorübergehen. Mitarbeiter behaupten, er vernachlässigt seine Geschäfte. Ein Ansprechen ist unmöglich, sofort reagiert er, dreht durch."

„Danke, für Ihre Auskunft!" Amarinta bezahlt, trinkt aus, überquert die Straße. Neben dem Hauseingang zeigt ein glänzendes Messingschild eingravierte schwarze Lettern „Zaneti Import Export". Sie drückt den Klingelknopf, wartet, drückt ein zweites Mal, dann öffnet sich die Haustür. Ein hochgewachsener stämmiger Herr mittleren Alters steht breitbeinig vor ihr. Sein mürrischer Gesichtsausdruck passt zu seiner Bassstimme:

„Was wünschen Sie?"

„Bitte um Verzeihung, Signore Zaneti, wenn ich so spät störe, wäre es möglich, Ihre Ehefrau zu sprechen?"

„Sie ist außer Haus, warum fragen Sie? Ich wüsste nicht, dass wir uns kennen."

„Entschuldigung, ich vergaß, mich vorzustellen, Amarinta Sander. Ich hörte, Ihre Ehefrau ist werdende Mutter, wissen Sie, meine Tochter steht kurz vor der Niederkunft. Da wäre …"

„Meine Gattin war schwanger, jawohl", fällt er ihr ins Wort. „Unser Kind ist tot, daran ist diese Giftmischerin schuld", er zeigt mit der Hand in Richtung Apotheke. „Sie hat das Baby auf dem Gewissen! Wenn dieses Weib zwischen meine Finger kommt", er streckt seinen Zeigefinger zum Himmel, „dann Gnade, ihr Gott!" Sein Gesicht glüht dabei wie eine Tomate: „Meine Gattin ist in einer Kurklinik, sie benötigt Ruhe, kapieren Sie, Ruhe! Ihr von der Presse versucht es mit allen Tricks. Ihr seid wie die Pest, abscheulich!"

„Signore! Nein, ich versuche doch nur …"

„Lasst uns in Frieden, verschwinden Sie, bevor ich handgreiflich werde!", seine Faust, kracht dabei mit voller Wucht gegen den Türrahmen.

Amarinta zuckt zusammen, setzt einen Schritt zurück, die Haustüre knallt derart heftig ins

Schloss, dass Putzstücke zu Boden rieseln. „Abgefahren!", sagt sie, und stellt sich die Frage: Wie reagiert dieser Mensch, wenn er auf die Person trifft, die ihm das Kind getötet hat? Dessen Zorn explodiert, im Affekt, ein Schlag ... warum traf es Mathe, es war nicht seine Schuld? Was für ein Leben steckt konkret hinter Mathe? Nie habe ich mir diese Frage gestellt, habe mich verhalten, als wäre seine Person ohne jedweden Tadel. Steht er in einer Beziehung zu den Beteiligten? Zurück im Auto telefoniert sie mit einem Kollegen in Padova und fordert ein komplettes Dossier von Mathe Nussbaum. Auf dem Weg zur Dienststelle überlegt sie: Ich brauche dringend Signore Commissarios Unterstützung, denn nur er kennt am besten seine Mitbürger.

Nach diesem Vorfall fällt es ihr schwer, mit einem Lächeln die Amtsstube der Polizei zu betreten. Ohne Beachtung zu finden, verharrt Amarinta am Schalter, räuspert sich, doch keine Reaktion ist zu erkennen. Sie klopft auf das Holz der Theke: „Entschuldigen Sie, ist jemand ...", bevor sie fertig ist, zeigt ein muffeliger Uniformierter wortlos zu den Stühlen an der Wand. Amarinta verstummt, gehorcht, setzt sich. Neben ihr vier Bürger, denen das Schicksal des Abwartens in den Gesichtern steht. Ein Herr im Anzug am Ende der Reihe bringt eine Menge Ungeduld zum Ausdruck. Prompt löst er den harschen Ton eines Beamten aus: „Wenn Ihnen die Ausdauer fehlt, Signore, kommen Sie ein andermal wieder. Sie sehen, wir sind beschäftigt!"

Amarinta rutscht in eine bequeme Haltung, sofern dies auf einem Holzstuhl möglich ist. Sieben Uniformierte ignorieren die Wartenden; starren auf Bildschirme, blättern in Unterlagen, durchsuchen Aktenschränke. Aus dem Büro des Commissarios kommt ein Appuntato, ein Oberstabsgefreiter, den sie an seinen Achselklappen erkennt, schleicht auf die Wartenden zu. Die vier Bürger neben ihr kleben mit den Augen gebannt an ihm. Aber leider verschwindet die Hoffnung wieder in einem der Büros.

Im Schein einer zuckenden Leuchtstoffröhre dreht Amarintas Sitznachbar eine Zigarette nach der anderen. Sobald sie fertig ist, schlichtet er das unförmige Ergebnis in eine Blechschachtel. Amarinta fällt es bei solchen Anspannungen schwer, sich mit ihren Zigarillos zurückzuhalten. Der Minutenzeiger einer schmucklosen Uhr, über dem Eingang zum Commissario, dreht die Hälfte seiner Runde, ohne dass sich die Lage der Wartenden verändert.

Genug jetzt, Amarinta, kramt in ihrer Umhänge-tasche, stellt sich an die Theke. Ein Polizist, der am nächsten sitzt, schüttelt seinen Kopf, ist von ihrer Dreistigkeit belästigt und äußert sich barsch: „Mir ist entgangen, dass ich jemanden aufgerufen habe!"

Amarinta hält ihm den Dienstausweis entge-gen: „Ispettore Capo Amarinta Sander, ich komme von der Questura Padova Ufficio Stranieri! Bitte informieren Sie sofort, Signore Commissario, dass ich seit über einer halben Stunde hier von Ihnen ignoriert werde!" Ein Wunder geschieht, denn wie vom Blitz getroffen springt ein Oberstleutnant aus seinem Bürosessel auf, eilt ins Zimmer des Chefs. Sie gibt sich dagegen gelassen, unter den verdutz-ten Augen der Beamten.

„Signora Ispettore Sander", ruft Commissario Rosa, der mit einer auffordernden Handbewegung in der Türe steht: „Bitte Kollegin, treten Sie ein, wie ist es mit ihrer Gesundheit bestellt?"

„Schon besser, danke der Nachfrage."

„Bitte setzen Sie sich!" Der Commissario gießt ihr einen Kaffee ein, zögert dabei mit seinen Wor-ten, bis die Tür wieder geschlossen ist. „Hoffe, die Kollegen haben unsere Heimlichkeiten nicht be-merkt."

„Commissario meine Dienststelle berichtet, dass der Maulwurf verhaftet sei."

Er sieht sie fragend an, seine Augenbrauen schieben sich zur Mitte: „Der Verdächtige ist beurlaubt, mehr weiß ich nicht, denn mein Nachfolger hat sich damit beschäftigt?"

„Commissario ich brauche mich nicht mehr zu verstecken!"

„Genial Kollegin, wir arbeiten ab jetzt mit offenen Karten."

„Commissario kommen wir zum Wesentlichen. Meiner neuen Erkenntnis nach ist der Ehemann Ganzoli, trotz Motiv, unmöglich der Schuldige. Ich informierte mich bei einem der Ärzte im Krankenhaus. Der erklärte mir, dass aufgrund einer derart schweren Hirnschädigung keine Merkfähigkeit übrig ist. Für solch eine Straftat benötigt man eine komplexe Planung, hauptsächlich dann, wenn man dies zweimal ausführt. Auf keinen Fall würde diese elende Person seine Ehefrau wiedererkennen. Sein Verhalten ist zwar brutal, trotz alledem, nein. Hier handelt es sich eher um einen geplanten Racheakt.

Dann ist da etwas, Sie erinnern sich? Diese weißen Spuren auf dem Boden des Kellerflurs. Ihr Einsatzleiter war so nett, er hat mir den Bericht über die Befreiung im Keller zukommen lassen. Finden wir die Schuhe, stimmen die Profile der Sohlen zu den Abdrücken, haben wir den Täter. Um das zu beweisen, benötige ich eine Überprüfung der Familie Zaneti genauer gesagt deren Schuhe. Für mich ist Zanetis totales Ausrasten bei meiner Frage nach seiner Ehefrau ausschlaggebend. Außerdem gibt er dieser Giftmischerin die alleinige Schuld, so seine Ansage."

„Signora Ispettore, wie erkläre ich es Ihnen, Zaneti ist ein absolut korrekter Geschäftsmann?", er nestelt am Schreibtisch. „Für mich unvorstellbar, denn seinen Vater kannte ich als einen hilfsbereiten Menschen", Rosa schüttelt den Kopf. „Das ist nicht akzeptierbar."

„Commissario seine Ehefrau kurz vor der Geburt, dieses Präparat und jetzt ist das ungeborene Kind tot. Sind das nicht Gründe genug, um im Affekt zu handeln? Stellen Sie sich vor, was in den Eltern vorgeht, neun Monate Hoffnung! Am Anfang steht Trauer, Enttäuschung, dann brennt die Wut derart, dass jeder vernünftige Gedanke sofort verschwindet. Stellen Sie sich das bei Ihrer Ehefrau vor, wie würden Sie handeln? Gelassen bestimmt nicht?"

„Das ist richtig, Signora!"

„Neigen Sie Signore Rosa dabei zu aggressivem Verhalten, ich male mir das nicht weiter aus. Rache brachte manchen Unauffälligen zum Explodieren, und bei mir ist dieser Zaneti an der Haustüre wahrlich explodiert. Der gleicht einem Vulkan, der kurz vor einem weiteren Ausbruch steht."

Commissarios Kopf fällt in den Nacken: „Überlege ich es mir – der Familie Zaneti gehört das Anwesen, auf dem die Ruine des Nachbargrundstückes vor sich hin bröckelt", Rosa ist sich sicher, „er kennt genauestens den Tatort, aber bitte, bleiben wir respektvoll, solange nichts bewiesen ist."

Amarinta Sander fragt nach: „Was ist mit der Apothekerin? Wie schützen wir sie?"

„Die Apotheke haben wir vorerst dichtgemacht, trotzdem benötigen wir schnellstens einen Richter, der uns Zutritt zu diesem Haus der Zanetis verschafft!" Rosa drückt eine Taste am Telefon, sofort tritt der Appuntato ein und empfängt die Anweisungen. Commissario Rosa starrt vor sich hin. „Wenn Sie für heute Nacht eine Unterkunft benötigen, eines unserer Gästezimmer im oberen Stock ist frei", er freut sich darüber, denn Kollegen, steht das zu. Normalerweise schlafen dort die Kadetten der Polizeischule, wenn sie auf der Dienststelle ihr Praktikum absolvieren.

„Commissario Rosa, das mit dem Richter, was für Zeit nimmt dieser Bescheid in Anspruch? Zaneti könnten Dummheiten einfallen."

„Signora heute ist Sonntag Abend, da habe ich keine Chance, den zuständigen Richter ans Telefon zu locken, aber morgen. Fluchtgefahr sehe ich bei Zaneti nicht, denn der ist ahnungslos. Ich bin mir sicher, am Vormittag liegen die Papiere auf meinem Schreibtisch, dann schlagen wir zu. Bevor Sie auf ihr Zimmer verschwinden; warum das verdeckte Arbeiten gegenüber der Führungscrew dieser Dienststelle? War es allein wegen dieses Maulwurfes?"

„Nein, Commissario, da ist die Geschichte mit Miguel Fuentes, besser ist es, wenn niemand im Umfeld das Geringste mitbekommt. Für mich ist es sicherer, denn eine Unachtsamkeit im Gespräch hätte die Bande sofort aufgescheucht. Schon vor Jahren hatte sich dieser Fuentes abgesetzt. Wissen Sie, mir gefällt das Leben in Padua.

Obendrein bin ich darin geschult, wie die Anführer dieser Organisation ticken. Im Laufe der Jahre sehe ich die armen, verschleppten afrikanischen Mädchen, wie sie unter immensem Druck mitmachen. Im Heimatland verspricht man ihnen den Himmel auf Erden. Mit dem Voodoozauber knebelt man sie vorwiegend seelisch. Durch das Verbreiten von Angst bleiben die armen Dinger gefügig. Abtrünnigen legt der Priester einen Fluch auf, der am Ende auch ihre Familien trifft. Es sind bescheidene Mädchen mit geringer Schulbildung aus meist ärmlichen Gegenden.

Sobald sie in Europa eintreffen, konfisziert man ihnen die Papiere. Zwei, drei Tage arbeiten sie im Service einschlägiger Lokale, und in den Hinterzimmern versprechen sie einen regelrechten Geldsegen. Die Mädchen bemerken sofort ihre wahre Bestimmung, aber dann ist es zu spät. Nach ihrer Einarbeitung verteilen sie die armen Dinger auf die Bordelle quer durch Europa. Das füllt den Menschenhändlern die Geldsäcke. Im Fall Fuentes macht man die Dirnen zu Seelenfängerinnen der speziellen Art. Akquisiteurinnen versprechen den Suchenden ewige Treue jener in Aussicht gestellten Partnerin, wenn sie gemeinsam dem Ritual beiwohnen. Willigen die Freier ein, stecken sie in der Falle. Man nimmt ihnen mindestens das, was der Geldbeutel, im schlimmsten Fall, das Bankkonto hergibt!"

„Signora, das ist aufschlussreich erklärt, vor allem, passiert das unter meinen Augen? Ich las darüber im Polizeireport, war mir sicher, das betrifft nur die Städte wie Rom, Mailand, Neapel."

„Commissario, leider entdecken wir immer wieder Beamte, die ihre Augen verschlossen halten, solange die Schmiergelder fließen. Dazu genießen sie kostenlose, freie Wahl bei diesen Dirnen."

„Mit der Zeit bringt mich Kollegin keiner mehr aus der Fassung. Schuld sind diese illegalen Einwanderer – gegen unsere Touristen sage ich nichts, sie lassen ihr Geld im Land, dann verschwinden sie wieder. Aber diese illegalen, unter denen stecken Verbrecher. Sie harren auf den günstigsten Moment, um loszuschlagen. Zurückschicken in ihr Land, absolut schwierig. Die Regierungen derer Heimatländer sind erleichtert, diesen Abschaum los zu sein! Wir fassen sie dagegen mit Samthandschuhen an. Ich sage Ihnen ehrlich, dieses Pack ist mir suspekt, sie sind fehl am Platz in unserem Land."

„Signore Commissario, das ist keine Einstellung, die ich akzeptiere", sie ist fassungslos, das aus seinem Mund zu hören. „Entschuldigen Sie, ich bin ebenso eine Immigrantin und komme aus Puerto Rico", sie starrt ihn an. „Für mich war es kein Leichtes, in diesem Italien Fuß zu fassen, hauptsächlich überraschte mich ein derart massiver Rassismus unter der Bevölkerung."

„Bitte verzeihen Sie, Signora, meine Kritik war an die Illegalen gerichtet. Ich meinte damit nicht die offiziellen Einwanderer und Einwanderinnen, denn die arbeiten, zahlen Steuern, benehmen sich anständig."

„Egal ob illegal oder legal, jeder verdient eine Chance. Sind Sie einer von denen, die mit vollem Bauch über den Grenzzaun starren, beobachten, wie sie auf der anderen Seite am Hunger verrecken? Wie froh sind die Menschen, wenn man ihnen die Hand reicht, sie aus dem Leid herausholt. Fatalerweise erschwert man diesen Bedürftigen, hier, die Chance zum Überleben, da es hinten und vorn an Geld fehlt. Kein Wunder, wenn sie sich rasch einen Geldschlüssel beschaffen, der den ersehnten Himmel Europas öffnet."

„Signora Sie verstehen mich falsch, ich meine nicht Sie, Signora. Wir benötigen Sie, da Sie mit diesen Menschen Erfahrung haben. Früher quälten wir uns ab mit Taschendieben, Verkehrsverstößen, heute sind Morde, Erpressungen, Menschenhandel hier im Veneto an der Tagesordnung. Geschweige den all die Drogendealer mit ihren kaputten Kunden. Der Stapel auf meinem Schreibtisch, es sind alles Gewaltdelikte aus Mestre und Marghera."

Amarinta versucht es zu erklären. „Das ist mir klar, Commissario, hier leben billigste Arbeitskräfte im Einsatz an der Touristenfront Venedigs. Zum einen sehen sie den Reichtum, zum anderen bleibt ihnen das, was zum Überleben reicht. Lassen wir dieses Problem ruhen, es ist schwer lösbar", sie grübelt. „Völkerwanderungen gibt es, seitdem der Mensch die Erde besiedelt hat. Commissario Ihr Glück ist es, Sie leben in einem Umfeld, ohne herumgeschubst zu werden. Egal, aus welcher Ecke des Planeten die Fremden kommen, es gibt die Guten, gibt die Bösen." Amarinta spricht verhalten. „Wir versuchen, und das ist unser Job, ein Überhandnehmen des Bösen zu verhindern, allein der Guten wegen." Amarinta steht auf, entschuldigt sich, denn die letzten Tage raubten ihr die Kräfte, müde, sagt sie: „Bin gespannt, was der Montag an Überraschungen bietet, wünsch Ihnen eine erholsame Nacht!"

„Einen Moment, Signora!", er steht auf, öffnet die Tür, bittet den Appuntato, ihr die Reisetasche aufs Zimmer zu bringen. „Die morgendliche Glocke zum Schichtwechsel weckt Sie auf, Signora. Keine Sorge, bei uns ist ein Verschlafen unmöglich. Ungestörte Nachtruhe."

Amarinta sitzt auf dem Bett, grübelt nach über die Äußerungen des Commissario: Solche Menschen, die nie aus ihrem Umfeld heraus gekommen sind, vergessen, was es bedeutet, eine Heimat zu verlieren. Es braucht Kraft, vor allem Mut, die eigene Familie, Freunde, ja eine Kultur hinter sich zu lassen. Lebensabläufe sind im Geburtsland geachtet, denen fehlt es oft im Ausland an Aufmerksamkeit. Menschen flüchten aufgrund eines Krieges, viele wegen des vorherrschenden Elends. Aber ist Armut nicht genauso eine Art Krieg, ist es nicht auch ein Kampf ums Überleben. Menschen sterben durch Kugeln, Menschen sterben durch Hunger – wo ist da am Ende der Unterschied?

Montag, den 7. April 2008

Das Zwitschern der Vögel plätschert wie ein Gebirgsbach durchs offene Fenster der Polizeistation, dabei kitzeln die frühen Sonnenstrahlen Amarintas Augenlider. Sie kämpft dagegen an, zieht die Decke über den Kopf, bis der schrille Ton einer Glocke Stärke beweist. Nur langsam gibt sie nach, steht auf, taumelt ins Gemeinschaftsbad der Unterkunft. Nebenbei registriert sie ein reges Treiben in den darunter liegenden Büros.

Flüchtig zurechtgemacht, bepackt mit einem Aktenordner, tappst sie die Treppe hinunter und begrüßt Commissario Rosa. Freundlich bietet er Brioche, dazu Kaffee in seinem Büro an. Dort lässt sich Amarinta in einen Sessel plumpsen, verteilt den Mokka in zwei Tassen, von denen Rosa eine mit zum Schreibtisch nimmt. Er fragt: „Hoffe Kollegin, Sie hatten einen erholsamen Schlaf."

„Commissario, ich erlebte unruhigere Nächte. Heute schon so zeitig im Büro, haben Sie kein Zuhause?"

„Ich stehe am Ende eines langen Berufslebens, Kollegin, da benötigt man kaum Schlaf. Dazu hat meine Bleibe in all den Jahren niemals eine Vermisstenanzeige aufgegeben."

Sie zieht, den Servierwagen mit dem Frühstücksgebäck näher zu sich rann, „Sie essen nichts, Commissario?"

„Ich trinke mit Ihnen eine Tasse, das reicht. Eine Frage, Signora, Sie erzählten gestern von Afrikanerinnen, die bei Fuentes anschaffen. Diese Sara, wie passt eine Weiße in ein solches Geschäftsbild?"

„Commissario, die Auswahl der Huren unterliegt einer Geschmackswandlung der Männerwelt. Mal sind sie aus dem Ostblock, Asien, aus der Karibik, zurzeit aus Afrika. Sara, jener Zwilling, war immer eine Ausnahme, darum hat man an ihr festgehalten. Zwillinge besitzen im Voodoo eine Sonderstellung. Für die Gläubigen sind sie von geheimnisumwitterter Tugend, sind mit den Kräften der Gegensätze ausgestattet: gut und böse, glücklich und traurig usw. Wenn bei den Geistern um Hilfe gebeten wird, weisen ihre Bitten die besseren Chancen auf. Ihnen begegnet man mit Respekt, da sie direkt von Gott abstammen. Vereinfacht gesagt – sie bringen Glück."

„Kollegin, heute Morgen verständigte man den Richter und er wird eine passende Anordnung basteln", er schaut zum Fax. „Aufgrund der unmittelbar bestehenden Gefahr für das Leben der Apotheke-rin erhalten wir den Zugriff auf Zaneti."

„Okay! Commissario dann widmen wir uns jetzt den Protokollen, bis dieses Dokument eintrifft. Versuchen wir, beim Abschluss unseres Falls, jedwede Spekulation vom Tisch zu fegen. Für war ein imposantes Paket an Akten, aber davor Kneifen gilt nicht."

Rosa schmunzelt, zeigt keine Eile, lehnt sich zurück in seinen bequemen Bürosessel. Bei ihm sieht es aus, er wolle den Text auswendig lernen, so wie er auf ein einziges Blatt Papier starrt. Amarinta hetzt durch die Seiten. Unterbricht, kontrolliert ihren Laptop, liest weiter in den Akten. Ungeduldig wartet sie auf Neuigkeiten aus Padova. Immer wieder stört Commissario, stellt Fragen. In der zweiten Vormittagshälfte liegt auf ihrem Laptop die ersehnte PDF-Datei in Postfach. Ab jetzt sind die Akten für sie Nebensache.

„Signora ist bei Ihnen alles in Ordnung?", fragt Commissario, der, wegen ihrer wässrigen Augen, eine Antwort sucht.

Sie zittert vor Aufregung, liest die Absätze mehrmals, um sicher zu sein: „Kein Problem, Kollege, alles in Ordnung!" Tränen kullern ihr über die Backen, schnäuzt in ein Taschentuch, wischt die

Augen trocken. Ihre Gefühlsausbrüche werden abrupt durch ein kraftvolles Klopfen unterbrochen. Der Vice Commissario tritt ein, übergibt ein Schreiben mit der Aussage: „Wir brechen auf! Commissario, hier ist, was Sie angefordert haben!" Rosa überfliegt das Gedruckte, steht auf, dann sagt er: „Kommen Sie, Kollegin, das Ganze war Ihre Idee!"

Zu viert steigen sie in den Wagen, das Blaulicht blitzt in den Fensterscheiben. Ohne Sirene fahren sie zum Haus der Familie Zaneti. Trotz mehrmaligen Klingelns öffnet keiner. Amarinta lächelt.

„Signora, was halten Sie für derart amüsant?", fragt Rosa genervt.

„Entschuldigung, Commissario – spätestens jetzt erahnt Zaneti, dass wir nicht zum Spaß hier aufkreuzen. Wenn er gewitzt ist, versteckt er schnellstens sämtlich belastendes Material."

„Ihm fehlt die Ahnung, Kollegin, wonach wir suchen, weiß nicht, dass wir ihn suchen. Lasst uns verschwinden, wie es aussieht, kommen wir nicht um eine Vorladung herum!"

„Warten Sie damit, Commissario! Lassen Sie mich – ich bin gleich wieder zurück."

Verwundert schauen die Herren ihr hinterher, wie sie über die Straße huscht und im Café verschwindet. Nach zehn Minuten kommt die Kollegin zurück: „Drei Häuser weiter, auf dieser Straßenseite, sitzt Signore Zaneti in der Trattoria."

„Woher wissen Sie das, fragt der Carabiniere."

„Mir ist eingefallen, was die Kellnerin erzählt hat: Jeden Tag verlässt Zaneti morgens das Haus, kommt mittags wieder zurück. Ich fragte Sie, wohin er dann verschwindet und das war ihre Antwort."

Beim Betreten der Trattoria schaut eine Handvoll Gäste auf die Herren mit der Dame. Amarinta erkennt sofort Zaneti, der sich friedlich einen Bissen in den Mund schiebt, dabei von einem Burschen mit Pferdeschwanz vollgelabert wird. Sobald dieser die beiden Uniformierten entdeckt, ergreift er die Flucht durch die Küche. Sofort hängt sich der Carabiniere ihm an die Fersen, zeitgleich aktiviert der Vice Commissario über Funk die Kollegen auf der Wache zur Unterstützung bei der Verfolgung.

Signore Zaneti dagegen bleibt unbeeindruckt am Tisch sitzen, schaut auf, dann sagt er gelassen: „Kommen Sie meinetwegen?"

Der Commissario atmet den Duft der lecker aussehenden Cotoletta alla Milanese mit Bratkartoffeln ein. „Signore Zaneti, mein Name ist Commissario Rosa, bitte entschuldigen Sie, wenn wir

Sie beim Essen stören, aber es besteht leider ein dringender Verdacht."

„Dieser Auftritt hier in aller Öffentlichkeit. Es wäre ein Tick an Höflichkeit – eine Vorladung hätte da gereicht. Finden Sie nicht Commissario?"

„Die Zeit drängt! Sind Sie bereit, mit uns zu kommen, so klären wir das am besten bei Ihnen zu Hause. Es ist nicht aufschiebbar und dauert auch nicht lange. Vorab eine Frage bezüglich des Burschen, der am Tisch gegenübersaß. Kennen Sie ihn persönlich?"

„Natürlich es ist der jüngste Bruder meiner Gattin, und ich lasse mich gerne überraschen, was er wieder angestellt hat." Beim Zahlen sagt Zaneti dem Kellner: „Stell bitte das Essen beiseite, ich komme zurück!", er verlässt mit den Dreien das Lokal. „Wissen Sie, Commissario, ich besuche jeden Tag meine Gattin, fahre im Anschluss direkt von der Kurklinik hierher zum Mittagessen."

„Speisen Sie immer so früh, Signore Zaneti?"

„Ja, um diese Uhrzeit ist nichts los. Für mich ist es egal, ob ich um zehn, elf, zwölf das Essen zu mir nehme. Bitte, Commissario, sagen Sie mir, warum dieser Aufwand? Ist es wegen ihrer Damenbegleitung? Ich hatte sie harsch angefahren."

„Signore Zaneti, nein! Wir vermuten, dass Sie

am Verschwinden zweier Personen beteiligt sind. Hier bitte ist der Durchsuchungsbeschluss. Aufgrund Ihres Schicksalsschlages mit dem Baby, ich bedauere das zutiefst, vermutet man bei Ihnen ein unüberlegtes Handeln. Bitte, wenn Sie es wünschen, ziehen Sie einen Anwalt hinzu, bevor Sie sich äußern. Eines – bin persönlich gekommen, da ich an einen Irrtum glaube. Lassen Sie uns bitte im Haus weiter reden."

Sie folgen Zaneti zu seinem Wohnhaus, betreten dort einen geräumigen Eingangsbereich. Dieser Raum ist mit Familienporträts zwischen goldenen Spiegeln bis zur Decke dekoriert. Unbeeindruckt von der Aktion bittet der Hausherr die Gäste, sich zu setzen. Zeigt dabei auf Ledersessel, die beidseitig an den Wänden sich gegenüberstehen.

Commissario bedankt sich. „Signore Zaneti, wir suchen nach einem Schuhwerk, einem AKU-Trekkingstiefel SUPERALP. Sehen Sie hier die Fotokopie der Sohlenabdrücke. Es ist die Originalgröße, dazu ein Bild aus einem Werbeprospekt. Wenn Sie uns freundlichst einen Zugang zu Ihren Schuhen im Haus gewähren, überprüfen wir, ob es Übereinstimmungen gibt. Signore Zaneti, ich gehe von einem Missverständnis aus, hoffe doch auf Ihre Kooperation."

„Mit Sicherheit, Commissario, es ist für wahr ein absoluter Irrtum, deshalb helfe ich gerne!", er schmunzelt spöttisch.

Fragend schaut ihn Rosa an.

Zaneti fährt fort: „Erstens, besitze ich solch grobes Schuhwerk nicht, denn Wandern ist absolutes Gift für die mir anhaftende Arthrose! Zweitens sehen Sie meine Füße an! Ihre Fotokopie entspricht meiner Größe nicht, daher passe ich beim besten Willen nicht hinein. Selbst, wenn Sie mir die Zehen abhacken." Er zieht einen Schuh vom Fuß, hält die Sohle über das Blatt Papier: „Commissario sehen Sie!"

Rosa nimmt den edlen handgefertigten Budapester, auf dessen Sohle aus feinstem Leder die Nummer 46 eingebrannt ist. „Sie haben recht, die Stiefel wären Ihnen viel zu klein."

„Commissario, wenn ich das Profil betrachte, das Foto im Prospekt, dann habe ich Interessantes für Sie. Die Abdrücke erinnern mich an den täglich hinterlassenen Dreck auf der Treppe. Wie oft bin ich vor Wut an die Decke gesprungen? Hab erst gestern dieses Schuhwerk des Schwagers auf den Dachboden geschmissen. Meine Gattin nimmt den Kerl leider immer wieder in Schutz. Auffällig ist, heute trägt er Sportschuhe ... Kommen Sie, Commissario Rosa! Pardon! Ich gehe lieber voraus, die Stiefel müssten auf dem Dachboden stehen. Vor acht Monaten kam er aus Mailand zu uns. Wir versuchen, genauer gesagt versucht meine Ehefrau, ihm zu helfen. Mehrmals kollidierte er mit dem Gesetz, immer wieder wegen der Drogen, ein schwieriger Fall. Heute beim Essen bettelte er mich um Geld an, das ich ihm aber verweigert habe. Es sind Verbindlichkeiten, die er gegenüber einer gewissen Signora Sarina Ganzoli aus der Apotheke hat. Ich vermute, sie ist seine Dealerin, denn ihr schuldet er das meiste Geld."

Commissario folgt einem langsamen Zaneti Stufe um Stufe. Auf dem Dachboden angekommen, trifft er auf ausgemusterte Möbel, Kartons, Stapel von Zeitschriften. Zaneti deutet auf einen Kleiderständer mit Skibekleidung – dahinter stapeln sich Zeitungen, davor stehen die Stiefel. Mit Latexhandschuhen greift Rosa nach den Trekkingstiefeln. Im Profil stecken vereinzelt Ziegelbrocken mit Mörtelspuren, dazwischen kleben weiße Farbreste. Ein Abgleich mit der Fotokopie ergibt eine exakte Übereinstimmung anhand von Abnutzungsspuren am Profilgummi. Der Commissario zieht ein Formular und einen Plastikbeutel aus der Tasche. In Letzteres packt er die Schuhe. „Das

Labor wird uns weitere Hinweise aufzeigen und Signore Zaneti, Sie haben damit nichts am Hut", Rosa fällt ein Stein vom Herzen. „Wenn Sie erlauben, dass ich die Schuhe mitnehme, dann unterschreiben Sie mir dieses Formular bitte."

Zaneti nickt.

„Danke, Signore Zaneti für Ihre Mitarbeit. Bitte versprechen Sie mir, Gewaltaktionen gegen diese Apothekerin zu unterlassen. Sinnvoller ist es, diese Laborantin wandert ins Gefängnis, auf keinen Fall sie Signore Zaneti. Ihre Aufgabe ist es, sich um ihre Ehefrau zu kümmern!"

„Seien Sie unbesorgt, Commissario Rosa, benötigen Sie weitere Auskünfte, ich bin täglich in der Trattoria anzutreffen. Nächstes Mal reicht es, wenn Sie ohne Anhang kommen."

Freudestrahlend überreicht der Commissario dem wartenden Vice Commissario neben Amarinta Sander die Plastiktüte mit den Worten: „Ab ins Labor, ab ins Büro und was ist mit dem Schwager, gibt es da eine Erfolgsmeldung?"

Der Vice Commissario schüttelt den Kopf: „Nein, weit kommt er nicht, bei unserer tüchtigen Hundestaffel."

„Es heißt abwarten. Ich gratuliere Ihnen, Ispettore Capo Sander, sie haben treffend kombiniert.

Was haben Sie vor, leisten Sie mir in meinem Büro Gesellschaft?"

„Brauchen mich ihre Jungs, um diesen Flüchtenden einzufangen?"

„Nein, Signora, das schaffen wir ohne Sie."

„Ich komme mit bis zum Büro, da steht mein Auto. Für das Schreiben von Berichten fehlt mir momentan die Konzentration. Fahre lieber ins Krankenhaus, denn da ist zusammen mit Mathe Nussbaum Wichtiges aufzuklären."

Jagdzeit in Marghera

Wieder dieser Geruch von Desinfektion. Zum Glück lenkt freudestrahlend Mathe, aus seinem Bett heraus, davon ab: „Amarinta, ohne dich, wäre ich in diesem Kellerloch verfault. Worauf habe ich mich da eingelassen? Diese Sarina, Heilandzagg für die war ich, ein Versuchskarnickel. Jemanden wie sie vergisst man am besten sofort. Ich war denen hautnah auf der Spur, da stimmst du mir zu. Mit dem Narbengesicht hatte ich ebenso recht. Fühl mich besser, denn das Gift ist ausgeschwitzt, und es ist eine Freude, dass du bei mir bist!"

„Mathe, dein Detektivspiel wäre bald fürchterlich geendet. Was hast du mit dem neu gewonnenen Leben vor? Verschwindest du sofort nach Hause, zurück nach Deutschland oder verlängerst du deinen Urlaub?"

„Bei der Abreise aus Deutschland war der Arbeitsplatz bereits Vergangenheit. Über meine Ehefrau benötige ich dir nichts zu erzählen, damit habe ich abgeschlossen. In Stuttgart erneut auftauchen, um dort wie bisher weiterzuleben, das ist für mich keine Option. Ich bleibe hier, ordne meine Gedanken, finde einen neuen Weg in die Zukunft. Die

Motivation zumindest ist da. Den Kopf stecke ich auf keinen Fall in den Sand, es sei denn, ich tappe erneut in einen solchen Mist. Hoffe, du bewahrst mich rechtzeitig davor!"

Amarinta nickt lachend, zögert mit ihren Neuigkeiten, die sie aus Padova erhalten hat. „Dich derart positiv zu sehen, freut mich, so steht einem Besuch in Venedig nichts mehr im Wege. Wenn du keine Einwände hast, dann begleite ich dich! Im Anschluss kommst du zu mir, du weißt schon, dieser Fluch, der ist nicht zu vergessen."

„Ha wa, dein Vorschlag – das ist nett – aber könnten wir zuerst nach Padova? Ich befürchte, die Besichtigungen mit meiner frischen Narbe, das viele Herumlaufen, du hörst von mir ein einziges Gejammere."

„Das hab' ich nicht bedacht, entschuldige."

„Amarinta, ich denke da an einen Brief, der mich gewarnt hat, mit dir Kontakt zu pflegen. Mein erster Gedanke war, du hast mir deinen Ehemann vorenthalten."

„Ich habe keinen! Dieser Brief hängt mit den Kriminellen zusammen, die mich mit dir im Café beobachtet haben. Diese Gruppe um Fuentes übte permanent Druck aus. Durch Verleumdungen, Drohungen vergraulten sie über Jahre jeden meiner privaten Kontakte. Im Übrigen war das der Grund, warum ich vor dir ausgerissen bin. Hoffte, dich aus diesem Umfeld heraus zu halten. Frühere Beziehungen endeten durch weitaus schlimmere Attacken. Ein einziger Freund schaffte es über ein Jahr, dann war er verschwunden."

„Ha wa, hatten sie ihn verschleppt, umgebracht?"

„Nein, er heiratete eine risikofreie, unkomplizierte Person. Bald lege ich die Untersuchung Fuentes zu den Akten, und ich bekomme eine Verschnaufpause. Nicht lange, denn in meinem Job hat das Verbrechen Hochkonjunktur. Mathe Nussbaum da gibt es Ungereimtheiten, die wir zwei zu bereden haben. Dieser Fall verlangte, dass ich dich in die Nachforschungen einbeziehe. Deine Polizeiakte, sie war dünn, aufschlussreich, so zu sagen ein Überraschungspaket."

Mathes Augen starren sie an: „Entschuldige, wie meinst du das, Amarinta, ich habe keine kriminelle Vergangenheit!", er überlegt. „Okay, mit dem Auto hatte ich Probleme, das ist lange her."

„Na ja, es sind da Ungereimtheiten, die deine Person plus Lebenslauf betreffen."

„Bitte, meine Liebe, mach es nicht dramatischer, als es ist. Ich habe Schonzeit, bin ein OP-

Patient."

Sie lacht ihn an. „Zuerst frage ich dich Mathe Nussbaum oder besser Mathew Ferrer, welche Straftaten zwangen, deinen Namen zu ändern. Der einstmals unbescholtene, den Eltern treu ergebene Junge aus Puerto Rico versteckt sich hinter einer neuen Identität. Erinnerst du dich an den zweiten Platz im Tanzwettbewerb?"

„Das mit dem Namen ... Amarinta, das ist nicht ...? Meine Güte, du bist ...", er stottert, verharrt mit offenem Mund und roten Backen, dann reckt sich sein Kopf weit aus dem Kopfkissen ihr entgegen.

An diesem Nachmittag sieht man die Carabinieri durch Marghera jagen, sie durchkämmen die Gärten, Straßen, Hinterhöfe. Sirenen, das blinkende Blau versetzen das Stadtviertel in Aufregung. Die Verkehrspolizei sperrt die Ausfahrtstraßen, überwacht den Bahnhof, die Anleger der Linienschiffe. Die Moderatoren der lokalen Sender rufen die Bewohner zur Mithilfe auf.

Dagegen verhält es sich beschaulich am Empfangstresen der Polizeistation. Commissario Rosa wettert zu einem gleichaltrigen Kollegen, der die Funksprüche koordiniert. Er kritisiert den Aufwand, einzig wegen eines Drogenabhängigen. Er spricht von einer Schande, die so lange dauert, fragt nach der Anzahl der Einsatzkräfte.

Der Kollege sieht in seiner Aufstellung nach: „Commissario zusammen mit unserem Personal, unseren Hunden, sind Carabinieri aus Treviso im Einsatz und Padova mit ihrer Hundestaffel sind vor einer halben Stunde dazugestoßen."

„Das ist unmöglich! Wie lange dauert das, bis bei dem die Luft raus ist." Commissario spielt mit dem Kugelschreiber. „Womöglich putschen ihn diese Drogen derart auf? Kommt erst die Nacht, dann erschwert es die Suche. Zu viele Schlupflöcher in den leer stehenden Industrieanlagen, den unbewohnten Ferienwohnungen."

„Ein Entwischen ist unmöglich, Commissario, vor allem, solange der Helikopter, mit der Wärmebildkamera plus Nachtsichtgerät, im Einsatz ist. Diese Geräte sehen jedes Detail. Sie fangen derzeit an einigen Orten den Flüchtigen auf dem Bildschirm ein, doch er entwischt. Die Suchmannschaften sind dicht an ihm dran. Lange dauert das nicht."

„Kollege, jeder Heli landet, um zu tanken, da setze ich mehr auf die Bodentruppen".

„Wissen Sie, solange mich hier keiner anfunkt, ist alles am Funktionieren. Haben Sie von unserer Signora Capo Sander gehört? Ihr Gepäck hat sie auf dem Zimmer."

„Die Signora?", Rosa lacht. „Vermute, sie ist im Krankenhaus bei diesem Nussbaum. Zwischen den beiden knistert es, ich spüre das. Die kennen sich mehr als flüchtig." Den Satz hatte Rosa zu Ende gesprochen, da schnarrt die Glocke. Auf dem Bildschirm der Außenkamera sieht man am Tor Signora Sander in einer Traube von Reportern. Der Beamte öffnet einen Spalt, sie schlüpft hindurch, dann schließt sich hinter ihr sofort wieder das Tor. Flink kommt sie über den Hof, betritt außer Atem die Dienststelle: „Hallo, Commissario, hallo Kollege! Hattet Ihr einen erfolgreichen Tag? Bei dem Aufgebot an Presse, ich befürchtete, ich komme nie mehr hierher zurück. Commissario, heute Nacht nutze ich erneut ihre Gastfreundschaft aus. Sie sind hoffentlich damit einverstanden? Wissen Sie, der Bericht! Mein Chef hat mich angerufen, der macht Druck wegen der Presse. Mir fehlt Informationsmaterial über den aktuellen Stand der Ermittlungen. Entschuldigung, dass ich sie damit überrumple, doch die Klärung mit Nussbaum war angebracht!"

„Bitte Signora, es ist in Ordnung, bei uns auf der Dienststelle wird es eine lange Nacht werden. Momentan sind unsere Zimmer frei. Bevor Sie sich zurückziehen, verzeichnet die Suchaktion einen ersten Erfolg."

„Lassen Sie hören, Commissario!"

„Den vermissten Ehemann, Signore Ganzoli, erwischten die Beamten in den Industrieanlagen bei Fusina. Verstört, kaum ansprechbar, fiel er den Suchmannschaften in die Hände. Er ist in einer geschlossenen Anstalt. Nach den ersten Einschätzungen bleibt er dort bis an sein Lebensende. Seine Blutgruppe ist identisch mit der auf dem Hackmesser, er war das Opfer. Wie ist der Zustand Ihres Deutschen?"

„Mathe Nussbaum wird zum Glück bald entlassen, und ich beantrage ein paar Tage Urlaub. Gestatten Sie, dass ich mich mit Ihren Akten, die ich für meinen Bericht benötige, zurückziehe?"

„Aber ja, Kollegin, der Packen liegt auf meinem Schreibtisch. Wenn Sie oben sind, schalten Sie am besten sofort den Kopierer ein, der Zeit benötigt, bis er arbeitet. Erfolgreiches Schreiben, wir sehen uns morgen früh. Hoffentlich finden sie später einen ungestörten Schlaf, denn finden wir diesen Verdächtigen, übernachten weitere Kolleginnen."

„Keine Sorge, ich habe ausreichend Arbeit, die müde macht, dann höre ich nichts. Danke für alles, Sie haben mir absolut geholfen, Commissario." Mit den Papieren unter dem Arm verschwindet sie.

Rosa blinzelt seinem Gegenüber zu: „Ich hatte recht, sie strahlt derart Freude aus, da liegt was in der Luft."

Die Verfolgung des drogensüchtigen Burschen zieht sich bis tief in die Nacht hinein. Leider verfehlen die am Boden agierenden Einsatzkräfte wiederholt den Flüchtenden aufgrund seiner verblüffenden Ortskenntnise. Wären da nicht die Suchhunde, sie beweisen einen ausgezeichneten Spürsinn.

Der Abschlussbericht

Am frühen Dienstagvormittag arbeiten die schlaf-trunkenen Augen der Dienststelle schwerfällig. Am heutigen Morgen bleibt die Decksirene stumm, denn das obere Stockwerk ist voll belegt mit er-schöpften Einsatzkräften. Dagegen gurgelt unauf-hörlich die Kaffeemaschine, sie liefert das Koffein an die übrigen Aktiven. Commissario Rosa schleicht bedächtig an den Kollegen vorbei, in der Hoffnung, weitere Fragen zu entgehen. Nachdem er die zweite Tasse Kaffee geleert hat, lässt Rosa die Signora Capo Sander aus dem ersten Stock zu sich rufen.

„Signora Sander, hoffentlich hatten Sie einen erholsamen Schlaf, und bevor ich ins Bett ver-schwinde, unterbreite ich Ihnen Details der ver-gangenen Nacht. Das spart Zeit, für den Nachtrag in Ihrem Bericht."

„Commissario, das ist nett, dass Sie mich un-terstützen. Ich bin mit den Ohren voll bei Ihnen! Apropos, die Kolleginnen in meinem Zimmer ver-hielten sich rücksichtsvoll."

„Das freut mich, zuallererst, Signora Sander, dieses Fax des Labors aus Padova. Es bestätigt, dass die Schmutzreste an den Sohlen, inklusive der Farbe, zu den Proben aus dem Keller gehören. Die Abdrücke stammen eindeutig von den Trekkingstiefeln des Bruders der Signora Zaneti. Außerdem fand man Hühnerblut am Oberleder zwischen Spritzern von Hühnerkot. Seine Vernehmung am frühen Morgen brachte ein vorläufiges Geständnis. Wegen seines Drogenkonsums ist die zweite Befragung abzuwarten, damit die Aussage rechtskräftig ist. Eine Kopie des vorläufigen Vernehmungsprotokolls liegt den Papieren über die Verhaftung bei; er hatte die Hühner der Ganzoli geköpft, um sie einzuschüchtern. Nachdem das nicht geholfen hatte, sperrte er sie in den Keller, hoffte, damit käme er um seine Schulden herum. Unsere Kollegen schafften es, den Flüchtigen am Rande von Mestre, im Jachthafen Passo Campaldo aufzugreifen. In einer aufgebrochenen Jacht fand man ihn am Ende seiner Kräfte.

Zweitens: Warum es Ihren Nussbaum so hart traf, war eine Laune des Zufalls, er saß zu einem ungünstigen Zeitpunkt am Küchentisch. Ortskundig entfernte der Bruder der Zaneti die Stahlplatte im Keller und wartete auf einen günstigen Moment. Ursprünglich hatte er es nur auf Sarina Ganzolis Apothekenschlüssel abgesehen, um im Labor an die Betäubungsmittel zu gelangen. Doch den hatte sie im Holzköfferchen deponiert. Dazu durchkreuzte Nussbaum mit seiner Anwesenheit die Aktion. Schulden, die Drohungen vonseiten Fuentes, die Verweigerung von weiteren Rauschmitteln, trieben ihn zu diesen Gewalttaten. Wörtlich sagte er: Wenn die Wirkung der Drogen nachlässt, beherrscht das Verlangen nach dem Stoff meinen Körper, da gibt es kein Zurück. Ist erst mal einer getötet, spielt ein Zweiter kaum eine Rolle. Seiner Meinung nach hat er Nussbaum erschlagen, den angeblich Toten dann im Keller entsorgt. Er versuchte es an der Schlafzimmertüre der Ganzoli, aber sie war verschlossen. So wartete er auf einen zweiten günstigeren Moment.

Am Abend des nächsten Tages sah er durch das Fenster Sarina Ganzoli trunken taumelnd in der Küche. Ein leichtes Spiel, wie er behauptete. Aus Rache plante er, sie im Keller neben dem Toten verdursten zu lassen, damit ihr klar wird, wie es ist, wenn einem der Stoff ausgeht.

Drittens: Die Forensik ist für längere Zeit in den Katakomben des Hauses beschäftigt. Erste Hinweise passen exakt zur Vorgehensweise dieser Laborantin. Man fand zerbrochene Reagenzgläser, Injektionsnadeln, eingetrocknete Ampullen, dazu

Aufzeichnungen toxischer Rezepturen. Unser Schriftvergleich mit Ihrem Notizbuch stimmt exakt überein. Sie warf die Verstorbenen den angeketteten Hunden zum Fraß vor, die sie bis auf die Knochen abnagten.

Es gab detaillierten Schriftverkehr über den Verkauf von Drogen an Fuentes. Eines interessiert Sie: Bei einer der Vernehmungen dieses Puertoricaners ließ ich ihn auf die Ermordung Ihrer Mutter ansprechen. Seine Antwort verblüffte mich: Das ist längst verjährt, Zeugen dafür gibt es keine. Derjenige, der sie getötet hat, ist verstorben. Das liegt nicht im italienischen Machtbereich. So gesehen hatte er davon zumindest Ahnung.

Dank Ihrer Nachforschungen, Signora Capo Sander, in Zusammenarbeit mit Ihren Kollegen in Padova, gibt es genügend belastendes Material, für das er hinter Gittern landet. Was die Signora Ganzoli angeht, ergeht es ihr nicht anders. Um all ihre Straftaten für den Richter zusammenzubekommen, ist eine Menge abzuarbeiten. Dieses Mal wird die Staatsanwaltschaft im Verfahren gegen Fuentes einschließlich seiner Mitstreiter, wie den Dirnen, Erfolg haben. Liebe Kollegin, es kommt eine Menge Arbeit auf uns zu. Razzien, am Gardasee bei denen Sie anfänglich anwesend waren, hat man gestern beendet. Keiner wird im Veneto zukünftig derartige Rituale mehr anbieten.

Sobald die physischen, wie psychischen Untersuchungen des Fischers Ganzoli abgeschlossen sind, ermitteln wir gegen dessen erstversorgenden Arzt. Amarinta Capo Sander, das war professionelle Arbeit. Ich bin mir sicher, Ihrer Beförderung steht nichts mehr im Wege."

Mit einem breiten Schmunzeln sagt sie: „Abwarten, Commissario, eine Ausländerin, wie ich, verdient sich nur mühsam ihre Lorbeeren."

„Kollegin, keine Sorge, es passt. Für meine ausländerfeindlichen Äußerungen entschuldige ich mich."

„Okay! Wenn Sie es ehrlich meinen!"

„Was unternehmen Sie, Kollegin, im Anschluss?"

„Sobald der Bericht bei meinem Vorgesetzten auf dem Schreibtisch liegt, beantrage ich Urlaub."

„Na dann einen erfüllten Urlaub, entschuldigen sie, Kollegin, werde mich ins Bett verabschieden und wünsche Ihnen weiterhin Erfolg."

„Danke, Commissario Rosa! Erholsame Träume! Bei Gelegenheit werde ich Sie besuchen, solange Sie nicht im Ruhestand sind. Auf Wiedersehen!"

Nach der abschließenden Schreibarbeit überfällt Amarinta ein absolutes Glücksgefühl: Sobald Mathew wieder gesund ist, fängt ein neuer Lebensabschnitt an. Ab jetzt bekomme ich keine Magenschmerzen mehr, wenn ich an Puerto Rico denke, an La Perla, den Geruch von Rum, Fisch, das Meer. Mal sehen, wie das Leben sich gemeinsam mit Mathew entwickelt. Unser Treffen bezeichnete er als Fügung meiner Loas und das aus einem Mund zu hören, der immer meine Religion belächelt hat. Zum Glück gab es keinen kriminellen Hintergrund für seine Namensänderung, sondern einzig die Dominanz seiner Ehefrau. Dass er ihren Namen angenommen hat, darauf wäre ich nie gekommen.

Das Alter hat uns beide verändert, doch unsere Zuneigung ist gleich geblieben. Gemeinsam werden wir nach Puerto Rico fliegen, über die eiserne Treppe spazieren, hinunter zu den Blechhütten bis zum blauen Haus. Das Grab meiner Mutter wartet zu lange schon auf mich. Menschen, die meine Jugend begleiteten, sind leider nicht mehr am Leben. Zum Glück bleiben sie aber weiterhin in meinen Erinnerungen quicklebendig.

Kriminalroman

Paperback
218 Seiten
ISBN-13: 9783769367539
Verlag: BoD - Books, Amazon, Buchhandel
Erscheinungsdatum: 26.03.2025

Sprache: Deutsch